Das Wüstenrudel

WAREV (m), Alphawolf des Wüstenrudels

BEKAM (m), Betawolf des Wüstenrudels

Das Blutrudel

SHIRA (w)

ASKO (m), Heilerschüler, Bruder von Shira

Die Wächter

GRAUPELZ (m)

SCHNEEFLOCKE (w)

SANDSTURM (m)

STURMNACHT (m)

Ausserhalb der Rudel

NEYA (w)

YUMA (m)

AWAN (m), Bruder von Yuma

Rudel der ewigen Jagd

PALAMINO/PALA (m), Bruder von Tamani

(m) = männlich
(w) = weiblich

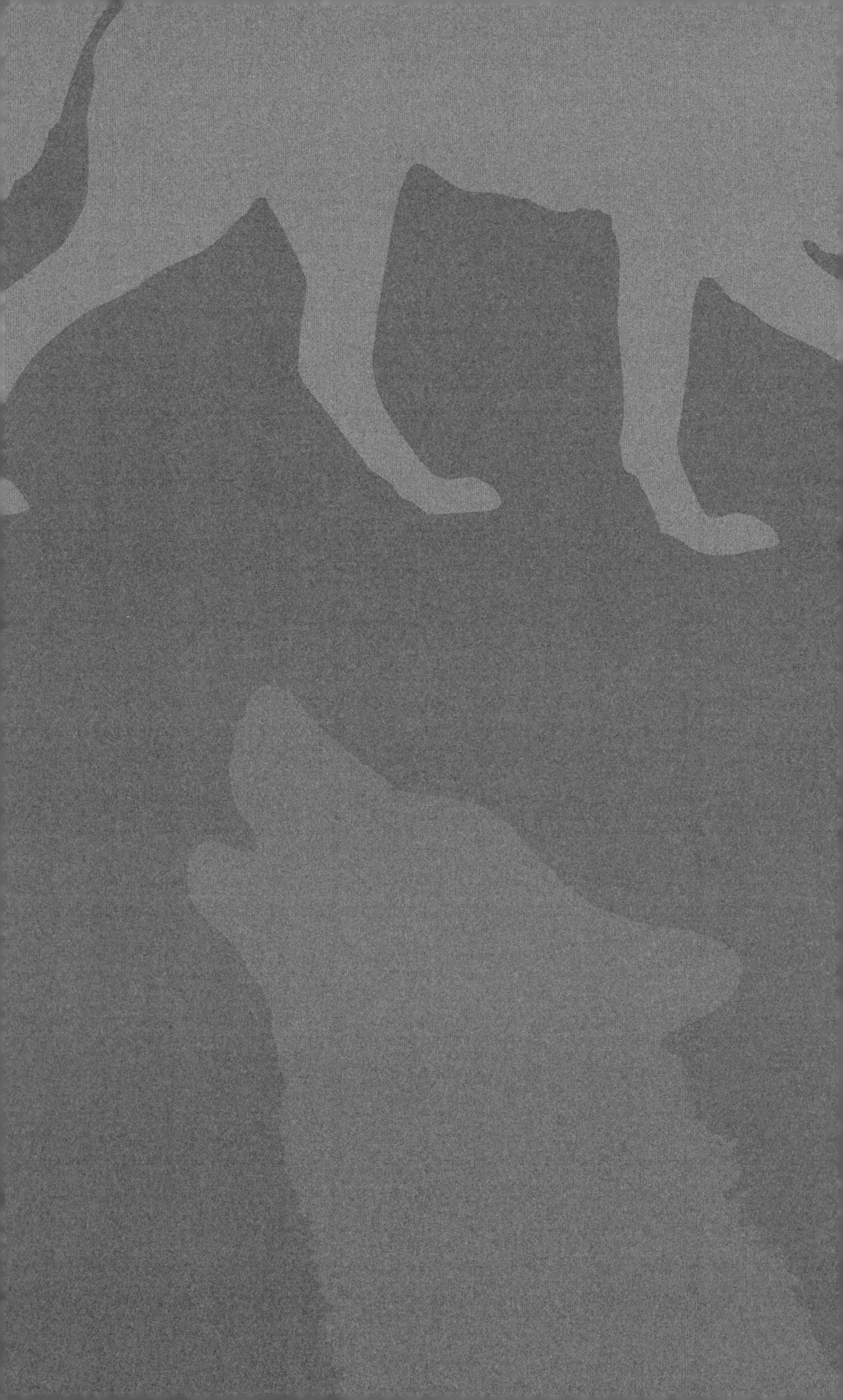

Moonlight Wolves

Das Rudel der Finsternis

Moonlight Wolves

Das Rudel der Finsternis

Charly Art

Kosmos

Umschlaggestaltung: Carolin Liepins, München
unter Verwendung von Motiven von Kompaniets Taras/shutterstock, Anna Chelnokova/shutterstock, one AND only/shutterstock, Ant_art/shutterstock, prapann/shutterstock, mrjo/shutterstock

MIX
Papier aus verantwortungsvollen Quellen
FSC® C014138
FSC
www.fsc.org

Gedruckt auf chlorfrei gebleichtem Papier

ISBN 978-3-440-17056-4
Redaktion: Teresa Baethmann
Lektorat: Julia Hanauer, Frankfurt
Produktion: Verena Schmynec
Satz: DOPPELPUNKT, Stuttgart
Druck und Bindung: Finidr, s.r.o., Český Těšín
Printed in the Czech Republic / Imprimé en République tchèque

Prolog

Ein voller Mond leuchtete am Himmel und ließ das Gebirge silbern glühen. Gespenstig still lag die Landschaft da, fast so, als wären alle Lebewesen, die dort einst gelebt hatten, für immer fortgegangen.

Vier majestätische Wölfe, die auf einem Vorsprung unterhalb eines Gipfels thronten, suchten mit scharfen Blicken die mondbeschienen Berge und einsamen Täler ab. Blut glänzte dunkel an ihren Pfoten, ihre Pelze waren zerfetzt und erzählten von einer brutalen Schlacht. Die Ohren des größten Wolfes, des ältesten von ihnen, zuckten.

»Sie kommen zurück.«

Seine Stimme glich einem ruhigen Flüstern, doch die geweiteten Augen verrieten seine Furcht. Die Begleiter folgten dem Blick des Grauen in eine scheinbar verlassene Senke. Ihre in der Nacht funkelnden Augen bemerkten verstohlene Bewegungen und im Mondlicht blitzende Zähne. Unruhe überkam die drei Wölfe an der Seite des Ältesten, als sie die drohende Gefahr erblickten. Ein großer, hellbrauner Wolf wandte sein Gesicht dem Grauen zu.

»Was sollen wir tun?«

Die Angst, die in seiner Stimme lag, brachte die Wölfin neben ihm dazu, ihren schönen silbernen Pelz an sein Fell zu pressen, um ihm so beizustehen.

»Wir werden natürlich kämpfen!«

Die Antwort kam vom jüngsten der vier. Sein dunkler Pelz war mit unzähligen Wunden übersät, doch seine Augen glühten hell und furchtlos, während er den Hellbraunen fixierte. Der jedoch tat den Ausruf des jungen Wolfes mit einem Ohrenzucken ab und schaute weiterhin zum Ältesten. Dieser wich dem Blick seiner Gefährten aus und starrte hinab ins Tal, als würde er die Zerstörung seines Lebenswerkes mit ansehen.

Es dauerte eine ganze Weile, bis er – immer noch mit ruhiger Stimme – fortfuhr: »Die Rudel können sich glücklich schätzen, dass sie solch tapfere Wölfe wie dich haben, um ihre Welpen auszubilden.« Nun endlich glitt der Blick des Wolfes zu seinen Begleitern und richtete sich auf den jungen Wolf. »Aber ich kann es nicht zulassen, dass wir eine schon verlorene Schlacht weiterführen. Dieses Mal sind wir mit Wunden davongekommen, doch beim nächsten Mal bezahlen wir unseren Mut vielleicht mit dem Leben!« Er hielt inne, als würde es ihm zu große Schmerzen bereiten, fortzufahren, doch schließlich sagte er mit gebrochener Stimme: »Es hat keinen Sinn, wir müssen das Wächtergebirge aufgeben.«

Der Jüngste zuckte zusammen, als wäre er in einen Dorn getreten.

»Graupelz, das kann nicht dein Ernst sein!« Seine Stimme hallte schrill von den Felswänden wider. »Wie können wir es zulassen, dass sie das Wächtergebirge übernehmen?«

Der graue Wolf erwiderte den Blick des jüngeren und ein Ausdruck tiefen Schmerzes schimmerte darin. »Wir haben keine andere Wahl, Sturmnacht. Wir müssen gehen.« Noch einen Herzschlag lang sah er dem Dunklen in die vor Entsetzen geweiteten Augen, dann zuckte seine Rute gebieterisch in die Höhe. Ein unmissverständlicher Befehl. Die silberne Wölfin berührte den Jüngsten sanft mit der Nase oberhalb einer tiefen Wunde an der Schulter, dann wandte sie sich ab und sprang das restliche Stück des Hanges hinauf, bis sie den höchsten Punkt des Berges erreicht hatte. Der große Hellbraune folgte ihr stumm. Pelz an Pelz verschwanden sie über die Kuppe und ließen Sturmnacht und Graupelz alleine zurück.

»Das können wir nicht tun, Graupelz! Wo sollen wir leben, wenn nicht hier? Wo sollen wir Wächter denn die Welpen der Rudel ausbilden, wenn nicht an diesem heiligen Ort?«, fragte Sturmnacht entrüstet. Die Stimme des Schwarzen glich mehr dem verängstigten Winseln eines Jungen als den Worten eines Wächters.

»Das Rudel der ewigen Jagd wacht über uns, Sturmnacht! Es wird eine Antwort auf deine Fragen finden. Ich kann nicht mehr tun, als uns von hier fortzubringen!«

Ein wildes Feuer loderte in den Augen des jungen Wolfes auf. Er öffnete das Maul, um eine weitere trotzige Bemerkung von sich zu geben, doch Graupelz beugte sich vor und legte ihm behutsam die Schnauze auf die Stirn.

»Lass diesen Ort los, Sturmnacht.«

Dann wandte er sich von ihm ab und setzte mit langen Sprüngen den anderen Wölfen nach. Sturmnacht seufzte tief, dann begann er ebenfalls den Aufstieg. Als er am Gipfel des Berges angekommen war, blieb er stehen und wandte sich um. Er musterte nochmals das Tal, das in Schatten verborgen unter ihm lag, und nun konnte er die schimmernden Pelze deutlicher erkennen. Geräuschlos schoben sie sich im Mondlicht umher und bedeckten bereits ein riesiges Felsplateau mit der unendlichen Anzahl ihrer Körper. Keine Frage, seit dem letzten Kampf waren es mehr geworden. Dem jungen Wächter lief ein Schauder über den Rücken, als er den unheimlichen Geruch seiner Feinde wahrnahm. Er wirbelte herum und jagte mit langen Sprüngen hinter den anderen her. Und mit jedem Pfotenschritt entfernte er sich weiter von dem einzigen Zuhause, das er je gekannt hatte.

1. Kapitel

Ein warmer Wind zerzauste Tamanis Pelz und brachte die Gerüche seiner Heimat mit sich. Der junge Wolf sog den vertrauten Duft gierig ein, dann setzte er sich wieder in Bewegung, um den älteren Wölfen seines Rudels zu folgen. Die kleine Gruppe, die Tamani und die anderen jüngsten Mitglieder nach Hause führen sollte, bestand aus fünf Wölfen. An der Spitze schritten mit erhobener Rute Rex und Tara Seite an Seite. Hinter ihnen liefen zwei jüngere Rudelwölfe. Beide hatten grau gemustertes Fell, wie es für das Eisrudel üblich war. Anschließend kamen die jungen Heimkehrer. Das Schlusslicht des Trupps bildete ein älterer Wolf mit dichtem, tiefgrauem Fell. An ihn konnte Tamani sich noch aus seiner Welpenzeit erinnern, er hieß Kamos. Tamani zuckte freudig mit den Ohren, als er an das Wiedersehen mit seinen Eltern und ihrem kleinen Trupp dachte, das früher am Tag stattgefunden hatte. Während Rex Tamani und seinen beiden Geschwistern voller Stolz die Schnauze auf den Kopf gelegt hatte, war Tara hin und her gesprungen, hatte ihre Jungen sorgenvoll beschnüffelt und ihnen dann voller Zuneigung den Pelz geleckt. Noch immer prickelte Tamanis Körper in einer seltsamen Mischung aus Freude und Verlegenheit.

Neko und Aris hatten sich während der Begrüßung abseits gehalten und immer wieder ängstliche Blicke gewechselt. Als Tamani dann von ihrer Ausbildung im Wächtergebirge berichtet und den Wölfen des Eisrudels erklärt hatte, warum die zwei jungen Wölfe bei ihnen waren, hatten Rex und Tara den beiden schließlich gestattet, mit zur Höhle des Eisrudels zu ziehen. Dort wollten sie prüfen, ob die beiden sich als Eisrudelwölfe eignen würden.

Tamani war froh, dass sein Geburtsrudel nicht übermäßig auf die Schilderung seiner Rolle im Kampf gegen die Schattenwölfe reagiert hatte. Zwar schienen Rex und Tara stolz darauf zu sein, dass eines ihrer Jungen eine solch wichtige Schlacht entschieden hatte, doch es sah nicht danach aus, als würden sie ihn im Rudel deshalb anders behandeln.

Tamani konzentrierte sich wieder auf den schmalen, leicht ansteigenden Pfad. Sie folgten ihm schon eine ganze Weile und Tamanis Pfoten schmerzten von der langen Heimreise. Trotzdem war er wild entschlossen zu beweisen, dass er mit den Rudelführern Schritt halten konnte.

Endlich machte der Pfad eine kleine Biegung nach links und der Weg wurde flacher. Tamani und die anderen jungen Wölfe sprangen nun schneller voran, denn auch der Rest des Trupps trabte zügig vorwärts, geradewegs auf einen kleinen felsigen Absatz zu. Es sah fast so aus, als würde es dahinter direkt in die Tiefe gehen, doch bei näherem Hinsehen erkannte Tamani, dass dies einfach der höchste Punkt des Weges war. Er machte ein paar weitere Sätze, doch als er schließlich die Felskuppe erreicht hatte, blieb er stehen. Seine Augen weiteten sich vor Staunen und seine Ohren zuckten. Von diesem Punkt aus konnte man den größten Teil seines Heimatrevieres überblicken. Vor ihm breitete sich am Fuße des Gebirges eine riesige Grasebene aus, umgeben von einem mächtigen Wald. Und gegenüber des Gebirges, auf dem sie sich befanden, konnte Tamani die steil aufragenden Felswände einer weiteren Bergkette erkennen, die sich über die Landschaft erhob. Er spürte Fell an seiner Seite entlangstreichen und hörte Kora überwältigt keuchen, als auch sie das Revier vor sich betrachtete. Nun kamen Ravi, Neko und Aris, und auch sie wirkten fasziniert von der Größe und Schönheit des Gebietes. Tamani hörte ein Lachen hinter sich, und als er sich umwandte, sah er Kamos, der die fünf jungen Wölfe belustigt beobachtete.

»So ging es noch jedem Welpen an diesem Ort«, erklärte der Alte und Tamani sah, dass seine dunkelblauen Augen vor Stolz glühten. »Man gewöhnt sich mit der Zeit an diese Aussicht, aber dennoch bleibt sie immer etwas Besonderes.«

Tamani nickte und richtete seinen Blick wieder auf das Tal. In einer kleinen Einbuchtung am Waldrand glaubte er, große Tiere zu erkennen, die friedlich grasten und sich dabei träge voranschoben. *Vielleicht sind das Elche*, überlegte er, ehe Koras Worte seine Gedanken unterbrachen: »Ist das da vorne das Eisgebirge?«

Tamani folgte ihrem Blick zu den gegenüberliegenden Bergen. »Ja, genau. Und dort ist auch unsere Höhle.«

»Dann muss das die große Ebene sein«, staunte seine Schwester. Tamani teilte ihre Bewunderung für die Landschaft vor sich. Auch er selbst hatte das Revier des Eisrudels nicht so groß in Erinnerung gehabt. Doch nun, da er es von hier aus überblicken konnte, schien es in seiner Größe sogar das Gebiet des Wächtergebirges zu übertreffen.

Wie schön wäre es, wenn Pala nun bei uns sein könnte, dachte Tamani traurig. Er hätte die Heimkehr zum Eisrudel gerne mit seinem verstorbenen Bruder erlebt. *Hoffentlich sieht er uns wenigstens von den ewigen Jagdgründen aus zu.* Er wollte seine Gedanken gerade mitteilen, als Kamos mit tiefer und zugleich belustigter Stimme sagte: »Es freut mich, dass euch unser Revier so begeistert, aber wenn wir nicht bald weitergehen, verlieren wir den Anschluss.«

Tamani blickte den Pfad entlang, der sich hinab ins Tal schlängelte, und erkannte, dass der ältere Wolf recht hatte. Die vier anderen Wölfe bogen gerade um eine Ansammlung von Felsen und verschwanden aus seinem Sichtfeld. Tamani fixierte die Stelle, an der die letzte Schwanzspitze gerade verschwunden war, und hetzte los. Es dauerte nicht lange, bis er die Vorhut eingeholt hatte. Um so wenig Aufsehen wie möglich zu erregen, reihte er sich einfach stumm hinter den vier Wölfen ein. Hastige Pfotenschritte hinter ihm verrieten, dass die anderen ebenfalls aufgeholt hatten. Ohne ein Wort zu wechseln, zog die Gruppe weiter und schon bald hatten sie das Gebirge verlassen und folgten einem schmalen Trampelpfad über die große Ebene auf das Eisgebirge zu. Tamani hatte den Blick fest auf die hohen Felswände gerichtet, sodass er erst bemerkte, dass sich Kora neben ihn schob, als ihr Fell das seine berührte. Obwohl er dadurch gezwungen war, im hohen Gras am Rand des Pfades zu laufen, störte es ihn kein bisschen. Ganz im Gegenteil, er mochte Koras aufgeweckte und zugleich liebevolle Art. Von all seinen Begleitern erinnerte sie ihn am meisten an Shira. Ein schmerzhafter Stich durchzuckte Tamani, als seine Gedanken zu der hellgrau-weißen, jungen Blutsrudelwölfin wanderten, in die er sich während seiner Ausbildung verliebt hatte. So viele Gefühle stürmten mit einem Mal auf ihn ein. Die Erinnerung an ihr weiches Fell, das Gefühl der Wärme, das er immer verspürt hatte, wenn er bei ihr gewesen war, und die Sehnsucht, sie zu sehen. Tamani musste an den Schwur denken, den sie an ihrem letzten Abend im Wächtergebirge gemeinsam geleistet hatten. Sie hatten einander versprochen, für ihre Liebe zu kämpfen, ganz gleich, was das heilige Gesetz oder ihre Rudel ihnen vorschrieben.

Bis heute Morgen hatte sich Tamani einreden können, dass sie das wirklich schaffen würden. Doch nun erinnerten die Wölfe aus seinem Geburtsrudel ihn an sein neues Leben mit ganz neuen Pflichten. Ein Leben, in dem er kaum die Möglichkeit haben würde, sich heimlich mit Shira zu treffen. Sie lebten zwar nicht in verfeindeten Rudeln, aber dennoch war es ihnen nicht erlaubt, befreundet zu sein oder gar wie früher miteinander Beute zu teilen. Vielleicht würden sie sogar irgendwann einmal gegeneinander kämpfen müssen. Eine Welle der Trauer überrollte Tamani und er musste sich mit all seiner Willenskraft dazu zwingen, ruhig weiterzulaufen, statt seinen Schmerz in den klaren Abendhimmel zu jaulen.

»Kannst du dich noch an die Höhle erinnern?« Koras Worte unterbrachen seine Gedanken. Tamani schüttelte sich kurz, bevor er antwortete: »Ich weiß nicht mehr genau, wie es darin aussah, aber ich erinnere mich an viele andere Dinge.« Kora nickte eifrig. »Ich weiß, was du meinst. In meinem Kopf sind auch nur die Erinnerungen an hellere und dunklere Schatten. An warmen Milchduft, die Gerüche unserer Eltern und des Rudels und an das laute Brausen von Wasser.« Tamani nickte. Auch in seinen Gedanken waren das die einzigen Merkmale der Höhle, aber irgendwie hatte er sie doch als etwas Vertrautes in Erinnerung.

»Weißt du noch die Namen von allen?«, fragte Kora weiter, etwas leiser. Tamani schüttelte verlegen den Kopf. Seine Schwester grinste erleichtert. »Da bin ich aber froh! Ich dachte schon, ich wäre die Einzige, die sich blamiert.« Tamani stimmte in ihr Lachen ein, bevor er hinzufügte: »An einige Namen werde ich mich sicher wieder erinnern, wenn ich die Wölfe sehe, aber an die beiden vor uns erinnere ich mich nicht.« Er nickte zu den beiden Graugemusterten vor ihnen.

»Ich mich auch nicht«, erwiderte Kora. Die Ohren des hinteren Wolfes zuckten und Tamani glaubte, ein ungehaltenes Brummen wahrzunehmen. Verlegen sah er zu seiner Schwester, die seinen Blick erwiderte, ebenso peinlich berührt, dann jedoch in ein nervöses Lachen verfiel. Tamani schloss sich ihr an, in der Hoffnung, dadurch seine Sorgen vergessen zu können.

Die Sonne versank bereits hinter den hohen Bäumen, als die kleine Gruppe den Aufstieg ins Eisgebirge begann. Sie hatten das Gebirge umrundet und waren nun auf der Seite, auf der die Höhle des Eisrudels lag. Tamani konnte das leise Brausen eines Wasserfalles hören – das bedeutete, dass sie bald da sein würden. Am liebsten wäre er vorwärtsgestürmt, trotz seiner wunden Pfoten. Aber sein Vater, der den kleinen Trupp anführte, gab ein langsameres Tempo vor und dem Jungwolf war klar, dass er sich daran halten musste. Trotzdem hielt er die Ohren gespitzt und suchte das helle Gestein nach dem Wasserfall ab, der ihm die Höhle zeigen würde. Die Gruppe bog um einen riesigen Felsen und das Tosen wurde lauter. Im goldenen Licht der untergehenden Sonne erkannte Tamani die Wand aus Wasser, die mit höllischem Lärm einen großen Abhang hinabfiel, um sich dann am Fuße des Gebirges in einem Becken zu sammeln. Ungeduld kribbelte durch den Körper des jungen Wolfes, als Rex nicht den Weg zum Wasserfall einschlug, sondern einen Pfad nahm, der sich in einer Art Schlucht bergauf wandte. Ein paar Augenblicke später hielt der Alphawolf an und sah sich nach dem Rest des Trupps um. Er schien sich kurz zu vergewissern, dass niemand fehlte, dann machte er einen Schritt nach vorne. Tamani beobachtete seinen Vater irritiert. Der Alphawolf stand am oberen Ende der Schlucht, die in eine plateauähnliche Fläche überging. Rex war zu einer niedrigen Felswand getreten, die an einer Stelle stark bewachsen war. Er schob seinen Kopf in das Gewirr aus Ranken und trat dann ganz hindurch. Tamani beobachtete gespannt, wie auch die anderen drei Wölfe zwischen den Ranken verschwanden, und trat schließlich auch an die Stelle. Nun konnte er erkennen, dass es keine gewöhnlichen Kletterpflanzen waren. Sie bildeten eine Art Vorhang und hinter diesem Vorhang klaffte ein Loch in der Felswand. Von außen war es kaum erkennbar, nur die Gerüche von vielen verschiedenen Wölfen deuteten an, dass dies nicht nur ein

Felsspalt, sondern der Eingang zu einer Höhle war. Tamani spürte, wie sich Aufregung in seinem Bauch breitmachte, während er seinen Kopf vorsichtig durch die Ranken schob. Vor ihm lag leere Dunkelheit und das Brausen des Wasserfalles hallte leise, aber deutlich durch die Finsternis. Der Graue glitt ganz in die Höhle hinein und machte ein paar vorsichtige Schritte, um seinen Begleitern ebenfalls die Möglichkeit zu geben einzutreten. Er schwankte unsicher, denn der Boden neigte sich abwärts. Schnell erlangte Tamani jedoch sein Gleichgewicht wieder und stand sicher auf allen vier Pfoten. Als er eingetreten war, hatte er gedacht, in der Höhle wäre es stockdunkel. Aber nun, da sich seine Augen langsam an die Dunkelheit gewöhnten, erkannte er, dass der Raum von einer Öffnung am gegenüberliegenden Ende spärlich beleuchtet wurde.

Langsam konnte er die Umrisse der Höhle ausmachen. Sie war größer, als er vermutet hatte. Vor Tamanis Pfoten neigte sich der Untergrund hinab, während die Felswände gleichzeitig auseinanderliefen und den Blick auf einen großen, ebenen Platz freigaben. Tamani erkannte, dass es an der gegenüberliegenden Felswand zwei Öffnungen gab. Durch die eine kam blasses Licht, die andere wirkte wie das dunkle, weit aufgerissene Maul eines Waldläufers. Als er erkannte, dass der Platz voller Wölfe war, die dem Trupp mit glühenden Augen entgegenblickten, erstarrte Tamani und sein Pelz kribbelte vor Nervosität. Kora schob sich neben ihn und er zuckte vor Schreck zusammen. Er konnte sie nur an ihrem Geruch erkennen, denn selbst ihr schneeweißer Pelz wirkte in der Dunkelheit der Höhle wie ein Schatten. Tamani spürte, wie ihn seine Schwester leicht mit der Schulter anstieß. Anscheinend wollte sie, dass er weiterging, dorthin, wo auch Rex und Tara standen.

Trotz der Dunkelheit hatte Tamani keine Probleme, seine Eltern ausfindig zu machen. Ihre Silhouetten zeichneten sich scharf vor dem matten Licht ab, unverkennbar das Alphapaar. Tamani setzte sich vorsichtig in Bewegung und suchte den Weg hinab zu seinen Eltern, bis er den ebenen Bereich der Höhle erreicht hatte. Die Pfotenschritte hinter ihm verrieten, dass Kora, Ravi, Neko und Aris ihm folgten.

»Seid gegrüßt, Rex und Tara!« Eine dunkle Gestalt erhob sich aus dem Schatten und schritt mit stolz erhobenem Kopf hinüber zu den beiden Alphawölfen, bevor sie sich respektvoll vor ihnen verbeugte. Auch die anderen Wölfe in der Höhle erhoben sich nun und versammelten sich unter leisem Gemurmel um die Neuankömmlinge. Tamani betrachtete sie neugierig. Das Eisrudel musste um die zwanzig Wölfe zählen.

»Sind sie wohlbehalten zurück?« Die Stimme gehörte dem Wolf, der vor dem Alphapaar stand. In Tamanis Ohren klang sie vertraut.

»Wie viele sind es?«, fuhr der Wolf fort, als Rex genickt hatte.

»Fünf!«, erklärte Tara und in ihren Worten lag so viel Stolz, dass Tamanis Pelz vor Freude prickelte. Es kam nicht selten vor, dass nur wenige oder gar keine Jungwölfe von ihrer Ausbildung im Wächtergebirge zum Rudel zurückkehrten, und die Alphawölfin schien sehr froh zu sein, dass so viele ihrer Jungen wieder bei ihr waren.

»Fünf? Aber damals haben es doch nur vier Welpen bis auf die Scholle geschafft. Wie können dann fünf wieder hier sein?« Der Wolf klang verwirrt. Er richtete seine funkelnden Augen auf die Jungwölfe.

»Zwei weitere Jungwölfe haben sich unseren drei Jungen angeschlossen, um ebenfalls Eisrudelwölfe zu werden.« Rex' Stimme klang gelassen, aber Tamani merkte, dass eine ungewohnte Autorität darin mitklang. »Wir besprechen das gleich noch in der Lichthöhle mit dem Ältestenrat«, fügte der Alphawolf hinzu, sodass allen klar war, dass er keinen Widerspruch duldete. Einen Herzschlag lang fixierte er sein Gegenüber noch, dann wandte er sich an die Jungwölfe: »Willkommen im Eisrudel! Ab sofort wird diese Höhle und dieses Revier eure Heimat sein. Das Rudel der ewigen Jagd hat euch mit Stärke und Mut durch eure Ausbildung und zurück bis zu uns geführt, dafür erweisen wir euch Ehre.« Rex senkte kurz den Kopf, während überall in der Höhle zustimmendes und zugleich freudiges Gemurmel aufstieg.

Mehrere Wölfe drängten sich um Tamani und seine Gefährten herum, hießen sie willkommen und streiften wohlwollend den Pelz des Grauen. Der Jungwolf zuckte verlegen mit den Ohren. Die Zeit, in der sie vom Eisrudel begrüßt wurden, kam ihm wie eine Ewigkeit vor.

Rex hob den Kopf, als die Stimmen schließlich verstummt waren und sich die Mitglieder des Rudels wieder zurück auf ihre Plätze begeben hatten. »Ihr seid sicher müde. Kamos zeigt euch eure Schlafplätze. Nehmt euch etwas Beute und ruht euch dann aus. Morgen erwartet euch ein anstrengender Tag.« Er nickte den

Jungwölfen nochmals zu, dann wandte er sich um und steuerte auf den Gang zu, der die Höhle mit Licht füllte. Einige Wölfe folgten ihm, die meisten jedoch zogen sich in die Schatten der Höhle zurück und begannen, leise mit ihren Gefährten zu flüstern. Tara trat zu Kora, Ravi und Tamani. »Gute Nacht, meine Jungen«, sagte sie mit einem weichen Tonfall und strich nochmals liebevoll um Tamani und seine Geschwister herum. »Ich bin stolz, dass ihr eure Ausbildung beim Wächtergebirge so erfolgreich beendet habt. Ich bin mir sicher, ihr werdet euch gut im Eisrudel einleben.« Sie schenkte den Jungwölfen noch einen letzten warmen Blick, bevor sie Rex folgte.

»Nun, dann will ich euch mal eure Schlafplätze zeigen«, ertönte Kamos' Stimme hinter Tamani. Der Graue drehte sich um und folgte dem älteren Wolf und den anderen Jungwölfen zu einer Felswand. Im fahlen Licht erkannte er ein großes Moospolster, das genug Platz für ihn und seine vier Begleiter bot. Tamani hörte seinen Magen knurren, als er den Beutegeruch wahrnahm, der sich mit dem Duft des frischen Mooses vermischte.

»Hier sind eure Schlafplätze und genug Beute, damit ihr euch stärken könnt«, erklärte der ältere Wolf. »Und was die Dunkelheit angeht: Gebt euren Augen ein paar Tage Zeit, dann werden sie sich daran gewöhnt haben.« Er blickte die Jungwölfe nochmals mit einem freundlichen Leuchten in den Augen an, dann trabte er davon.

Tamani sah ihm noch kurz nach, wie er auf die helle Öffnung zuhielt, in der Rex mit den anderen Wölfen verschwunden war, dann ließ er sich auf das Moos sinken. Obwohl sein Magen vor

Hunger rumorte, nahm er nur ein paar Bissen von der Beute und ließ sich dann in eine Kuhle sinken. Er hörte, wie sich die anderen weiter über die Beute hermachten. Die Geräusche vermischten sich mit dem Gemurmel in der Höhle. Tamani ließ seinen Blick nochmals durch die Dunkelheit gleiten, bevor er zufrieden die Augen schloss und den Kopf auf seine Pfoten legte. Es dauerte nicht lange, bis er eingeschlafen war und sich das entfernte Brausen des Wasserfalles in seinen Träumen verlor.

2. Kapitel

»Tamani, wach auf!«

Der junge Wolf öffnete blinzelnd die Augen und erkannte im fahlen Licht der Höhle die Umrisse von Kora, die über ihm aufragte.

»Was ist denn los?«, murrte er und ließ seinen Kopf zurück auf die Pfoten sinken. Er fühlte sich erschöpft und kraftlos, so als hätte er die ganze Nacht über gekämpft, statt sich auszuruhen.

»Kamos war gerade bei uns«, erklärte Kora und in ihrer Stimme lag Dringlichkeit. »Er hat gesagt, wir sollen uns beeilen. Er erwartet uns vor der Höhle.« Tamani rappelte sich auf. »Dann los! Sind die anderen schon wach?« Kora nickte. »Ja, wir warten nur noch auf dich.« Der Graue zuckte verlegen mit den Ohren. Er war ihr Alphawelpe gewesen. Eigentlich hätte er selbst dafür sorgen sollen, dass alle wach waren. »Danke, dass du mich geweckt hast«, murmelte er gerade laut genug, dass ihn Kora hören konnte. Ihre Augen leuchteten gutmütig auf, dann beugte sie sich nach vorne und leckte ihm über den Kopf. »Keine Sorge, ich bin es gewohnt, dass meine Brüder ohne mich nichts auf die Reihe bekommen.« Ein Lächeln huschte über ihr Gesicht und Tamani fühlte sich augenblicklich besser. Er nickte ihr zu und hob seine Stimme dann ein wenig: »Ich denke, wir sollten Kamos nicht länger warten lassen. Kommt!« Die anderen Jungwölfe schlossen sich ihm an. Vorsichtig suchte Tamani einen Weg den Abhang hinauf und schob sich schließlich durch die pflanzenverhangene Öffnung ins Freie. Vom Licht geblendet, taumelte er ein paar Schritte nach vorne und blieb dann stehen, um seinen Augen die Möglichkeit zu geben, sich langsam an die Helligkeit zu gewöhnen. Fast sofort erblickte er Kamos, der nur drei Wolfslängen von ihm und seinen Begleitern entfernt saß. Der Tiefgraue hatte die Pfoten ordentlich nebeneinander gesetzt und seine dunkelblauen Augen funkelten interessiert. Tamani spürte, wie ihn Ehrfurcht überkam beim Anblick des älteren Wolfes. Seine Körperhaltung verriet Tamani seinen hohen Rang im Rudel und machte dem Jungwolf unmissverständlich klar, wie niedrig er sich selbst einzuordnen hatte. Instinktiv legte er seine Ohren an und hielt die Rute gesenkt, als er zu ihm lief.

»Guten Morgen, Kamos«, begrüßte er den Älteren und bemerkte beschämt, wie unterwürfig seine Stimme klang. Ein amüsiertes Lächeln breitete sich auf Kamos' Gesicht aus, während er die Begrüßung mit einem Nicken entgegennahm. »Guten Morgen, Jungwölfe. Ich weiß, dass ihr noch müde von den letzten Tagen sein müsst, aber ihr seid spät dran. Akai erwartet uns bereits am Donnerbecken.« In seinen dunklen Augen glomm etwas auf. War das etwa Besorgnis? Ehe Tamani weiter darüber nachdenken konnte, war Kamos bereits herumgewirbelt und preschte einen schmalen, ausgetretenen Pfad hinab. Sofort setzte sich Tamani in Bewegung und stürmte hinter ihm her. Seine Müdigkeit war vergessen, seine Sinne waren geschärft. Seine Geschwister,

Neko und Aris folgten ihm. Kamos war trotz seines fortgeschrittenen Alters schnell und durch seine geschmeidigen Bewegungen wirkte es so, als würde er über den Pfad fliegen. Tamani bemühte sich, den Abstand zu verringern, doch als er um die nächste Ecke bog, explodierte plötzlich der Lärm des nahen Wasserfalles unmittelbar vor ihm. Erschrocken schlug er einen Haken und kam knapp hinter Kamos zum Stehen, der nun nur noch langsam voranschritt. Tamani glich sein Tempo an das des Älteren an, während sein Blick immer wieder zu dem gewaltigen Wasserfall flog, der nur wenige Pfotenschritte neben ihm die Felsen hinabstürzte.

»Seid vorsichtig!«, warnte Kamos von vorne, doch seine Stimme wurde vom Brausen des Wassers fast verschluckt. »Die Felsen sind durch die Gischt rutschig.« Tamani spürte, wie eine seiner Pfoten auf dem glatten Stein fast den Halt verlor. Er kam ins Straucheln, fing sich jedoch gleich wieder und suchte sich seinen Weg nun vorsichtiger den schmalen Felsgrat hinab. Hinter sich vernahm er das angestrengte Keuchen seiner Gefährten und trotz des überwältigenden Duftes von Quellwasser glaubte er, ihren Angstgeruch wahrzunehmen. Vermutlich fürchteten sich die anderen ebenso wie er selbst davor, den Halt zu verlieren und den Abgrund hinabzustürzen. Mit einem Mal ertönte ein warnendes Jaulen von Ravi, das den Lärm des herabstürzenden Wassers übertönte: »Kora, pass auf!« Unwillkürlich wirbelte Tamani herum. Seine Schwester, die hinter ihm gelaufen war, schien den Halt verloren zu haben. Sie war von dem schmalen Pfad abgekommen und hing an der Felskante neben dem Wassersturz! Nur ihre Vorderpfoten, die sie am Fels festgekrallt hatte, hinderten sie noch am Fallen. Tamani sprang zu ihr. Seine Pfoten glitten über den nassen Untergrund und fast wäre er selbst abgerutscht. Angst biss ihm in die Magengrube, doch er beugte sich nach vorne und packte seine Schwester am Nackenfell, ehe ihre Pfoten den Halt verlieren konnten. Mit all seiner Kraft versuchte er, sie hinaufzuziehen, doch der Boden war zu rutschig und Kora sackte ein Stück weiter ab. Tamani spürte, wie ihr ganzer Körper bebte, doch er schaffte es nicht alleine, ihr zu helfen! Gerade als ihn seine Kräfte zu verlassen drohten, wurde das Gewicht seiner Schwester leichter. Ravi hatte Kora ebenfalls gepackt.

»Los, zieh!«, brachte Tamanis Bruder durch ein Maul voller Fell zustande und so gut es ging stemmten sie sich nach hinten. Dann endlich hatten sie es geschafft und Kora lag wieder auf dem felsigen Pfad. Sie bebte noch immer vor Angst und ihre Augen waren weit aufgerissen. Ihr von der Gischt nasses Fell klebte an ihrem Körper, sodass sie klein und zerbrechlich wirkte. Tamani sah zu dem gewaltigen Wassersturz hinüber. Im Gegensatz dazu *war* sie tatsächlich klein und zerbrechlich. Er wollte sich gar nicht ausmalen, was geschehen wäre, wenn er und Ravi es nicht geschafft hätten, sie hochzuziehen. Zum Glück hatten ihre Kräfte ausgereicht.

»Kora! Ist alles in Ordnung?« Kamos kam den Pfad wieder hinaufgesprungen und sah die junge Wölfin mit schreckgeweiteten Augen an. Kora blickte zu ihm auf und nickte, während sich ein mattes Lächeln auf ihr Gesicht schlich. »Ja, alles gut. Tamani und Ravi haben mich gerettet.« Kamos nickte wohlwollend mit dem Kopf. Von der anderen Seite des Weges näherten sich Aris und Neko, die offenbar hinter der Gruppe zurückgefallen waren.

»Wir haben gesehen, was passiert ist!«, rief Neko. »Hast du dich verletzt?«

»Nein, keine Sorge, mir geht es gut.«

Der Schwarze atmete erleichtert auf und auch Aris entspannte sich.

»Bist du bereit weiterzugehen?«, fragte Kamos. Kora erhob sich langsam. Sie wirkte noch immer etwas unsicher, doch sie nickte und so setzte Kamos den Abstieg fort. Erleichterung überkam Tamani, als seine Pfoten endlich wieder trockenen Boden berührten und sich der Pfad verbreiterte. Jetzt konnten sie wieder schneller voranspringen, auf den riesigen Wald zu, der sich nicht weit entfernt am Fuße des Berges erstreckte. Dann entdeckte Tamani auch das große Becken, in dem sich das schäumende Wasser des Wasserfalles sammelte, bevor es in einen kleinen Fluss strömte, der im Wald verschwand. Diesen Ort musste Kamos vorhin gemeint haben, als er vom Donnerbecken gesprochen hatte.

Die schmale Fläche zwischen dem Wasserbecken und den Bäumen bestand aus Sandstein und erstreckte sich bis zur Mündung des Flusses. Tamanis Ohren zuckten überrascht. An der Mündung saß mit hocherhobenem Kopf ein großer Wolf und blickte Kamos und den fünf Jungwölfen entgegen. Sein Fell war von einem hellen Grau und seine Schultern beeindruckend breit. Als der Trupp mit Kamos an der Spitze die Sandsteinfläche erreichte, erhob sich der Wolf und trabte ihnen mit senkrecht gestellter Rute entgegen.

»Ihr seid spät, Kamos. Die Sonne steht bereits kurz vor dem Aufgang.« Seine Stimme hatte etwas Strenges und Tadelndes. Tamani blieb stehen, als Kamos ihm mit der Rute ein Zeichen dazu gab.

»Ich weiß, Akai. Ich werde dafür sorgen, dass es nicht wieder vorkommt.« Überrascht betrachtete Tamani den älteren. Er hatte die Ohren eng an den Kopf angelegt und die Rute gesenkt, ein eindeutiges Zeichen der Unterwerfung. Wieso hatte dieser Akai so eine Autorität, obwohl Kamos ganz deutlich älter war? Trotz seiner Größe und des massigen Körpers schien er nur wenige Sonnenkreise älter zu sein als Tamani. Dennoch, sein sicheres Auftreten und seine Haltung flößten auch Tamani unwillkürlich Respekt ein. Akai entließ Kamos aus seinem forschenden Blick und fixierte stattdessen einen Jungwolf nach dem anderen. »Seid gegrüßt. Mein Name ist Akai und ich bin der Betawolf des Eisrudels.« *Betawolf*. Das Wort zuckte wie ein Blitz durch Tamani hindurch. Er hätte es kennen müssen!

Als keiner der Jungwölfe sich rührte, zuckte der Betawolf mit der Rute. »Jedes Mal dasselbe!«, knurrte er, doch aus seiner Stimme war Belustigung zu hören. »Ein Jahr sind diese Jungwölfe weg und schon haben sie alles über ihr Geburtsrudel vergessen!« Er machte eine kurze Pause, in der er jeden der jungen Wölfe nochmals musterte. »Wisst ihr, was ein Betawolf ist?« Einige Herzschläge lang herrschte Schweigen, bis Kora zögernd hervorbrachte: »Ein ranghoher Wolf im Rudel?« Auf Akais Gesicht zeigte sich ein Lächeln. »Richtig«, bestätigte er. »Der Betarang ist nach dem Alpharang der höchste im Rudel. Meine Ranggefährtin Alea und ich sind also so etwas wie Rex' und Taras Stellvertreter. Wenn sie nicht dabei sind, führen wir die Jagd an und wir kümmern uns mit um ihre Jungen. Außerdem habe ich die Ehre, gemeinsam mit Kamos die Jungwölfe des Rudels nach ihrer Ausbildung im Wächtergebirge in unser Rudelleben einzuführen.« Die tiefblauen Augen des Betawolfes strahlten vor Stolz. »Nun, da ihr wisst, wer ich bin und was meine Aufgaben sind, würde ich gerne erfahren, wer ihr seid.« Tamani glaubte, gesehen zu haben, wie der Blick des Hellgrauen zu Neko und Aris gehuscht war, und er fragte sich unwillkürlich, ob er sie sich nur ihretwegen vorstellen ließ. Dann fiel ihm ein, dass es seine Aufgabe war, sich und seine Begleiter vorzustellen.

»Das ist meine Schwester Kora.« Tamani nickte zu ihr hinüber. Dann fuhr er fort: »Der Weiße dort ist mein Bruder Ravi und diese beiden hier sind Neko und Aris.« Nacheinander deutete er auf die genannten Jungwölfe. »Und ich bin Tamani.«

Akais Augen glommen auf. »Tamani? Du warst der Kleinste des Wurfes, nicht wahr? Nun, so klein bist du mittlerweile nicht mehr.« Tamani, von einem plötzlichen Gefühl des Stolzes erfüllt, reckte den Kopf in die Höhe.

»Es scheint mir, als wäre ich dieses Jahr auf eine aufgeweckte Truppe von Jungwölfen gestoßen.« Akai lachte, aber dann wich das gutmütige Leuchten in seinen Augen einem ernsten Ausdruck. »Sicher wollt ihr wissen, was euch bevorsteht?« Er wartete nicht auf eine Antwort, sondern sprach einfach weiter: »Heute werden wir euch die Grenzen des Reviers zeigen und in den folgenden Tagen werdet ihr euch mit der Jagd im Rudel beschäftigen und unsere Jagdtechniken erlernen.« Er hielt inne und fixierte mit seinem Blick Tamani. »Habt ihr das verstanden?« Der Jungwolf nickte stellvertretend für seine Gefährten.

»Gut. Dann kann eure Ausbildung jetzt beginnen!«

3. Kapitel

Tamani fühlte sich, als hätte ihn ein Waldläufer gepackt und mit aller Kraft zu Boden geschleudert. Was meinte Akai damit, ihre Ausbildung würde jetzt beginnen? Tamani und die anderen waren doch bereits den halben letzten Sonnenkreis ausgebildet worden! Er überlegte, ob es ihm erlaubt war, in der Gegenwart eines solch hochrangigen Wolfes unaufgefordert zu sprechen, da hob Kora neben ihm die Stimme: »Ausbildung? Was meinst du damit? Die Wächter haben uns bereits ausgebildet.«

Akai erwiderte ihren Blick. »Die Wächter haben euch beigebracht, wie ihr eure Instinkte einsetzt, wie man nach den Regeln lebt, die uns vom Rudel der ewigen Jagd gegeben wurden, und andere grundlegende Dinge. Aber jetzt beginnt eure eigentliche Ausbildung.« Er machte eine kurze Pause. »Kamos und ich werden euch in das Eisrudel einführen. Wir werden euch beibringen, wie wir hier jagen, euch unsere Reviergrenzen zeigen und euch in unsere Familiengruppe eingliedern, in der ihr den Rest eures Lebens verbringen werdet.« Tamani spürte eine angenehme Aufregung in sich aufsteigen. Am Anfang hatte ihn die Aussicht auf eine weitere Ausbildung verschreckt, doch nun merkte er, wie sehr er sich darüber freute, endlich ein fester Bestandteil seines Geburtsrudels zu werden.

Akai wandte seinen Kopf Kamos zu, der neben ihn getreten war. »Wir sollten losgehen.« Der ältere nickte und machte einen Schritt auf die fünf jüngeren Wölfe zu. »Wie Akai euch bereits erklärt hat, werden wir euch heute die Grenzen unseres Reviers zeigen. Ihr werdet lernen, diese Grenzen zu bewachen und zur Not mit Entschlossenheit und Wildheit zu verteidigen. Heute sind wir aber kein Grenztrupp, wir verhalten uns also ruhig. Redet nur, wenn unbedingt nötig, und hört genau zu, wenn Akai oder ich euch etwas erklären.« Die Augen des grauen Wolfes funkelten mahnend.

»Seid ihr bereit?«, fragte der Betawolf nun. Als niemand Einwände erhob, zuckte er gebieterisch mit der Rute und wandte sich um. Ohne auch nur einen Herzschlag lang zu zögern, machte er einen gewaltigen Satz und landete mit einem lauten Platschen im Fluss. Das Wasser reichte ihm bis zum Bauch, doch als würde es ihm nichts ausmachen, watete er einfach stumm vorwärts. Hinter ihm glitt Kamos ins Wasser und folgte dem Betawolf mit kräftigen Pfotenstößen. Tamani zögerte einen Augenblick, dann stieg Entschlossenheit in ihm auf. Er wollte sich vor den älteren Wölfen beweisen und sprang ebenfalls in den Fluss. Die Kälte des Wassers ließ ihn aufkeuchen. Puh, es war eindeutig kälter, als er es sich vorgestellt hatte! Hinter sich hörte Tamani Ravis angewidertes Knurren. Entschlossen biss er die Zähne zusammen und machte ein paar weitere Sprünge auf das andere Ufer zu, wo er sich voller Erleichterung aufs Trockene zog. Bald würde die Wärme der aufgehenden Sonne die Nässe vertreiben. Der Graue sah sich zu den anderen Jungwölfen um und erkannte, dass nur noch Aris und Ravi durch den Fluss wateten. Kora und Neko hatten sich bereits an Land gezogen und schüttelten sich Wassertropfen aus dem Fell. Tamanis Blick flog zu seinem Bruder Ravi zurück und er spürte eine bekannte Sorge in sich aufwallen. Der Tod von Maja, der Wölfin, die Ravi so geliebt hatte, hatte ihn für eine ganze Weile aus dem Gleichgewicht gebracht und noch immer wirkte er geschwächt.

Tamani ließ es zu, dass Kora und Neko an ihm vorbei hinter Akai und Kamos in den Wald preschten, während er wartete, bis sein Bruder hinter Aris das Ufer erklommen hatte. Erst dann setzte auch er sich in Bewegung. Nach ein paar Herzschlägen entspannte sich Tamani. Er genoss den frischen und zugleich vertrauten Geruch des Mischwaldes um sich herum und erfreute sich daran, dass ihm durch das schnelle Laufen wieder warm wurde. Bald war er bei Neko, überholte ihn und schob sich neben Kora. Er beschleunigte seinen Lauf noch ein wenig, bis er auch Kora hinter sich gelassen hatte und nur noch eine Wolfslänge von Kamos entfernt war. Er spürte, wie unbändige Energie durch seinen Körper pulsierte. Er war bereit, es mit jedem feindlichen Wolf aufzunehmen, der auch nur eine Pfote über die Grenze zum Revier des Eisrudels setzte.

Als Tamani bemerkte, wie die beiden älteren Wölfe vor ihm ihren Lauf verlangsamten, tat er es ihnen sofort gleich, bis er schließlich hinter ihnen hertrottete. Der Geruch in der Luft hatte sich verändert. Ein säuerlicher Gestank wehte ihm durch die Bäume entgegen. Schließlich ließ Akai sie anhalten, und nachdem er sich versichert hatte, dass alle Jungwölfe anwesend waren, fragte er mit gesenkter Stimme: »Könnt ihr das riechen?« Tamani und seine Begleiter nickten.

»Hier ist die Grenze zum Hinterland«, erklärte der Betawolf. »Wie ihr riecht, lebt dort ein anderes Rudel. Der Name dieses Rudels ist uns unbekannt, und da unser Revier das ihre vom großen Fjord trennt, gehören sie nicht zu unserem Bündnis.« Die Verachtung in Akais Blick war nicht zu übersehen. »Wie ihr sicher wisst, leben wir mit den Rudeln am großen Fjord in einem meist friedlichen Bündnis, denn da wir dieselben Gottheiten und Gesetze haben, kommt es nur selten zu größeren Auseinandersetzungen. Wir begegnen uns mit höflicher Distanz. Bei Rudeln, die nicht zum Bündnis gehören, ist jedoch Vorsicht geboten. Einige von ihnen mögen vielleicht ähnliche Moralvorstellungen haben wie wir, doch es gibt genug Rudel, die heimtückisch und bösartig sind!«

»Das fremde Rudel, dessen Revier hier an unseres grenzt, ist uns jedoch unterlegen«, fügte Kamos hinzu. »Sie haben sich nur selten über die Grenze gewagt. Und es jedes Mal bereut.« Tamani entdeckte einen harten Ausdruck in den Augen des älteren Wolfes, ganz so, als hätte er jedes Mal selbst dafür gesorgt, dass das fremde Rudel geflohen war.

»Es gibt viele Rudel, die nicht zu der Gemeinschaft am großen Fjord gehören«, sagte Akai und knurrte leise. »Prägt euch diesen Geruch gut ein, Jungwölfe.« Der Betawolf wandte sich von der Grenze ab, um weiterzulaufen, und gab seinem Trupp mit der Rute ein Zeichen, ihm zu folgen. Die Gruppe zog schweigend durch den Wald, begleitet vom Gesang einiger kleiner Vögel und dem rauen Krächzen der Raben.

Sie waren eine ganze Weile gelaufen, als Tamani einen neuen Geruch in der Luft wahrnahm. Als der Geruch stärker wurde, hielten sie erneut an. »Dort drüben ist die Grenze zum Revier des Wüstenrudels. Momentan sind sie uns friedlich gesinnt, aber ich rate euch trotzdem, ebenso aufmerksam mit dieser Grenze umzugehen wie mit der letzten. Solltet ihr Wölfe dieses Rudels treffen, seid höflich, vermeidet Provokationen und übertretet keinesfalls die Grenze.« Akais Blick schweifte über die Jungwölfe, als wollte er sich vergewissern, dass sie seinen Worten folgten, dann zuckte seine Rute in die Höhe und die Gruppe setzte sich wieder in Bewegung. Immer wieder wandte sich Tamani beim Laufen zu den anderen Jungwölfen um, doch niemand, nicht einmal Ravi, zeigte Anzeichen von Erschöpfung. Während sie dahintrabten, ließ der Graue seinen Blick über das Land jenseits der Grenze schweifen, in der Hoffnung, Telai oder seine Geschwister vom Wüstenrudel zu erblicken, doch sein Wunsch erfüllte sich nicht. Die Sonne kletterte stetig höher in den Himmel, während der kleine Trupp den Grenzmarkierungen folgte. Eine Weile liefen sie an einem kleinen Bach entlang, der dann aber tiefer ins Revier des Eisrudels hineinführte. Langsam spürte Tamani, wie seine anfängliche Energie abnahm. Nun wünschte er sich, am gestrigen Abend doch etwas mehr von der Beute gefressen zu haben.

Der unterholzreiche Mischwald war inzwischen einem eher kahlen Nadelwald gewichen und Tamani konnte fühlen, wie bei allen die Nervosität wuchs, während sie nahezu ungeschützt vorwärtstrabten. Schließlich begann sich der Wald zu lichten und vor der Gruppe ragten einige Felsen auf. Akai hielt genau auf die Steinbrocken zu und erklomm den ersten, während sich der restliche Trupp um ihn herum versammelte und zu ihm aufblickte. Das leise Rauschen des Meeres und der salzige Geruch, der in der Luft lag, verrieten Tamani, dass sich das Meer in der Nähe befand. Die Felsbrocken vor ihm versperrten ihm jedoch die Sicht darauf. Rechts von ihnen ragte in einiger Entfernung zudem die Bergspitze eines Gebirges auf. Gestern waren sie ganz in der Nähe an der Küste entlang zu ihren Rudeln zurückgereist. War das wirklich erst gestern gewesen? Akai unterbrach seine Gedanken: »Wir werden hier eine kurze Rast machen. In den Schatten der Felsen lässt sich sicher etwas Beute fangen. Wenn die Sonne ihren höchsten Punkt erreicht hat, gehen wir weiter. Solange habt ihr Zeit, wieder zu Kräften zu kommen.«

Zufrieden genoss Tamani die Wärme der Sonne und des Felsens unter ihm. Sein Magen war angenehm gefüllt, seine Muskeln gelockert. Als er hörte, wie sich die Wölfe um ihn herum regten, setzte er sich ebenfalls auf und richtete seinen Blick zum Himmel. Die Sonne stand genau über ihm und das hieß, dass ihre kurze Rast nun zu Ende war. Tamani erhob sich und sprang hinab auf den Waldboden zu den anderen, die sich bereits um Akai scharten.

»Kommt, wir gehen weiter.« Der Betawolf lief los, Kamos reihte sich ein und Tamani folgte ihm mit neu gewonnener Energie. Als Nächstes hielt sie der Hellgraue an der Stelle an, an der sie am gestrigen Tag auf ihre Eltern und die anderen drei Wölfe gestoßen waren. Ein neuer Geruch wehte in Tamanis Nase und unwillkürlich stockte ihm der Atem. Er richtete den Blick auf die unsichtbare Grenze vor ihm, während sein Herz wie wild hämmerte. Die Duftmarkierungen gehörten eindeutig zum Blutrudel, dem Rudel, dem Shira angehörte! Jemand stieß ihn mit der Schulter an. Tamani drehte sich zur Seite und schaute in Koras blaue Augen. An ihrem Blick erkannte er, dass sie wollte, dass er Akai zuhörte. Er nickte knapp und richtete seine ganze Aufmerksamkeit wieder auf den Betawolf.

»Wir werden nun an der Blutrudelgrenze entlanglaufen. Mit ihnen haben wir momentan keinen Konflikt, aber einem Blutrudelwolf darf man dennoch nie trauen!« Tamani spürte, wie sich ihm das Fell sträubte. Akai mochte der Betawolf des Eisrudels sein, aber er hatte kein Recht, das so zu verallgemeinern! Shira konnte man trauen!

Falls Akai Tamanis funkelnden Blick bemerkt hatte, ignorierte er ihn, denn er setzte sich wieder in Bewegung. Kamos und die Jungwölfe folgten ihm und trotz des schnellen Tempos warf Tamani immer wieder kurze Blicke ins Revier neben ihnen. Doch als sie schließlich das Eisgebirge erreichten und sich von den Duftmarkierungen abwandten, hatte er weder Shira noch einen anderen Wolf des Blutrudels entdecken können. Tamani unterdrückte die Enttäuschung und die Erschöpfung, die an ihm nagten, wie es zuvor der Hunger getan hatte.

Die Sonne ging bereits unter, als sie den steinigen Pfad einschlugen, der zum Donnerbecken führte, und Akai verlangsamte endlich das Tempo. Als der Betawolf die Gruppe dann um sich versammelte, fühlte sich Tamani völlig ausgelaugt und wäre am liebsten auf der Stelle eingeschlafen. Akai bedachte die Jungwölfe mit einem forschenden Blick, bevor er zu sprechen anhob: »Ihr habt euch heute alle gut geschlagen. Dass ihr nun die Grenzen kennt, hat euch eurem Ziel, ein Eisrudelwolf zu werden, wesentlich nähergebracht. Morgen werdet ihr während eurer ersten Jagdlektion das Innere unseres Reviers kennenlernen und auch dafür werdet ihr eine Menge Kraft brauchen. Legt euch deshalb bald zur Ruhe.« In seinen Augen funkelten Strenge und Zuneigung zugleich, während er einen Jungwolf nach dem anderen fixierte. »Hier am Donnerbecken ist der Treffpunkt der Grenz- oder Jagdtrupps. Kamos und ich erwarten euch hier, sofern nichts anderes vereinbart ist, jeden Morgen bei Sonnenaufgang. Ich hoffe, ihr seid pünktlich.« Die Art, wie er den Satz aussprach, machte klar, dass es mehr ein Befehl als eine Hoffnung war.

»Bevor ihr euch morgen zum ersten Mal einem unserer Jagdtrupps anschließt, gibt es noch einiges zu besprechen.« Akais tiefblauer Blick glitt über die Jungwölfe, bevor er fortfuhr: »Unsere bevorzugte Beute sind Wapitis und andere Hirscharten, denn sie sind leicht zu fangen. Es gibt auf der großen Ebene eine Einbuchtung in den anliegenden Wald, in der sich die Hirsche oft aufhalten. Dort wird die Jagd morgen stattfinden.« Der Betawolf hielt kurz inne. »Auch wenn Hirsche unsere Hauptnahrung sind, jagen wir noch andere Tiere. In den oberen Hängen der Gebirge lassen sich manchmal Bergziegen entdecken. In den Wäldern verstecken sich Wildschweine und Rehe und ab und zu verirren sich auch Elche in unser Revier.« Wieder legte Akai eine Pause ein, und als sein Blick dann über die Jungwölfe glitt, glaubte Tamani, Besorgnis darin zu entdecken. »Wie euch sicherlich klar ist, sind die meisten dieser Tiere keine harmlosen Fluchttiere. Ganz im Gegenteil: Manche können euch angreifen oder sich mit brutalen Mitteln zur Wehr setzen.« Er nickte Kamos zu und der Ältere trat vor, um die Rede des Betawolfes zu vollenden.

»Die Stoßzähne eines Wildschweines oder das Geweih eines Hirsches können euch verletzen. Ein Elch kann euch niedertrampeln und viele andere unserer Beutetiere können euch mit einem gezielten Tritt einen Knochen oder den Schädel zertrümmern. Handelt also bei der Jagd mit ebenso viel Vorsicht wie bei einem Kampf.«

Tamani hatte im Wächtergebirge schon einige Kämpfe erlebt, trotzdem wich er unwillkürlich einen Schritt zurück. Kamos schien die Furcht der Jungwölfe bemerkt zu haben, denn er fügte mit sanfterer Stimme hinzu: »Dem Rudel der ewigen Jagd sei Dank: Solche Unfälle passieren nicht häufig.« Akai schob sich neben den älteren Wolf, den Kopf und die Rute hoch erhoben. »Greift ein Tier, egal, wie schwach es aussieht, niemals von vorne an. Direkt von hinten auch nicht, denn dann könnte es nach euch auskeilen. Am besten, ihr versetzt eure Beute in Panik, denn wenn sie vor euch flieht, kann sie euch nicht gleichzeitig angreifen. Trotzdem solltet ihr euch morgen erst mal im Hintergrund halten. Nur für alle Fälle.« Er fixierte jeden der Jungwölfe mit einem mahnenden Blick, um seine Worte zu verdeutlichen. »Die Jagd wird bei uns so ähnlich ablaufen, wie ihr es im Wächtergebirge gelernt habt. Wenn wir den Hirschplatz erreicht haben, wird der Anführer des Trupps die Namen der Wölfe aufrufen, die sich postieren sollen. Jeder von euch wird gemeinsam mit einem erfahrenen Rudelmitglied eingeteilt. Sucht die Herde der Wapitis nach einem möglichen Ziel ab. Sobald das Kommando zum Angriff ertönt, springt ihr los und tut alles, um die Tiere in Panik zu versetzen, damit sie vor euch fliehen.« Akai hielt inne und seine Ohren zuckten, als wäre er aufgeregt. »Während der Jagd müsst ihr den Anführer des Trupps im Auge behalten. Nur er hat das Recht, ein Beutetier auszuwählen und es anschließend zur Strecke zu bringen. Achtet also auf jedes winzige Detail. Die Blicke, ein Zucken der Ohren oder der Rute … Und konzentriert euch dann vollständig darauf, das von ihm ausgewählte Tier außer Gefecht zu setzen.«

»Ihr werdet nach und nach ein Gespür für unsere Art der Jagd entwickeln«, warf Kamos ein. »Habt ihr noch irgendwelche Fragen?« Die Jungwölfe schwiegen. Keiner schien heute noch mehr Informationen aufnehmen zu können. Ein amüsiertes Lächeln huschte über das Gesicht des Wolfes. »Das habe ich mir fast gedacht. Nun denn, gute Nacht und bis morgen bei Sonnenaufgang.«

4. Kapitel

Tamani wurde von schwachem Licht geweckt. Müde hob er den Kopf, um seinen Blick auf den Ausgang der Höhle richten zu können. Jeder Knochen seines Körpers schmerzte, der gestrige Tag war lang und anstrengend gewesen. Er lauschte dem schon vertrauten Brausen des Wasserfalles, dehnte mit einem gewaltigen Gähnen seine Kiefer und setzte sich dann auf. Er bildete sich ein, dass sich seine Augen bereits an das Zwielicht der Höhle gewöhnten, und als er seinen Blick zu den anderen vier Jungwölfen gleiten ließ, sah er, dass sie noch schliefen. Eine Bewegung neben ihm schreckte ihn auf, und als er den Kopf wandte, entdeckte er zwei Wölfe, die Seite an Seite auf den Ausgang zutrabten, die funkelnden Augen weit geöffnet. Tamani blickte ihnen nach und versuchte, ihre Gerüche zuzuordnen, doch er erkannte sie nicht. Sein Blick glitt über die zusammengerollten Körper seiner Rudelgefährten. Sie hatten sich in kleinen Gruppen zum Ruhen zusammengefunden, vermutlich nach Rängen geordnet. Tamani entdeckte einige Stücke Fleisch auf dem Beutehaufen, deren verführerischer Duft seinen Magen knurren ließ. Ob eines der Stücke wohl ihm und den anderen Jungwölfen zustand? Da sie am niedrigsten in der Rangfolge standen, erschien es ihm unwahrscheinlich. Zuerst würden sich die Ältesten und Ranghöchsten bedienen. Der Rest musste sich mit dem zufriedengeben, was noch übrig blieb, oder warten, bis der Jagdtrupp zurückkehrte. Tamanis Ohren zuckten. Obwohl niemand es ihm erklärt hatte, spürte er, wie die Rangordnung über allem schwebte. Er dachte an die bevorstehende Jagd und unwillkürlich tauchten in seinem Kopf die Bilder seiner ersten Jagd im Wächtergebirge auf. Ein Gefühl der Wärme breitete sich in ihm aus. Damals hatten Shira und er jeweils einen Trupp angeführt und sie beide waren mit ihren Wölfen erfolgreich gewesen. Schlagartig verschwand die Wärme aus Tamanis Körper und zurück blieb nur eine erdrückende Leere. Er dachte an die junge Wölfin, die er liebte, und spürte, wie sein Herz vor Kummer stach. *Wir leben nun in getrennten Rudeln*, sagte er sich streng. Er durfte einfach nicht so oft an sie denken, dann würde er irgendwann akzeptieren, dass sie kein Paar sein konnten. Doch schon bei diesem Gedanken fühlte er etwas in seinem Inneren zerbrechen und ihm entfuhr unwillkürlich ein leises Winseln. Als sich neben ihm etwas rührte, wandte Tamani den Kopf. Aris war erwacht.

»Guten Morgen«, murmelte der Graue mit gesenkter Stimme.

»Wir sollten bald los«, erwiderte Aris und sein Kopf schwang zum Eingang der Höhle, wo stetig helleres Licht einfiel. Tamani nickte. Zu gerne hätte er seine Zeit damit verbracht, sich mit Aris und seinen anderen Freunden auszutauschen, doch angesichts der fortgeschrittenen Zeit wagte er es nicht zu trödeln. Er erhob sich und schüttelte sich, um die letzten Moosreste aus seinem Fell zu entfernen. »Lass uns die anderen wecken, damit wir gleich losgehen können.« Aris nickte und gemeinsam weckten sie die übrigen Jungwölfe, die blinzelnd und gähnend versuchten, den Schlaf abzuschütteln.

»Glaubt ihr, dass bei der Beute auch etwas für uns dabei ist?«, sprach Neko schließlich Tamanis Gedanken aus und setzte sich auf. Aris neben ihm zuckte mit den Schultern. »Ich denke, dass Akai uns wie gestern irgendwann Rast machen lässt.« Kora neben ihm schüttelte energisch den Kopf. »Hast du etwa vergessen, dass wir heute die Jagdtechniken des Eisrudels erlernen? Sicher werden wir während des Jagens keine Zeit für eine Pause haben.«

»Wie wäre es, wenn wir direkt zum Donnerbecken gehen und uns von unserem Hunger zu einer guten Jagd anspornen lassen?« Tamani blickte in die Gesichter seiner Freunde, um herauszufinden, ob sie mit dem Vorschlag einverstanden waren. Als niemand Einwände erhob, sagte er: »Dann lasst uns gehen.« Er setzte sich in Bewegung und als er sich durch die schmale Höhlenöffnung ins Freie schob, bemerkte er, dass es bis zum Sonnenaufgang nicht mehr lange dauern würde. Sie mussten sich beeilen! Ohne darauf zu achten, ob ihm die anderen Jungwölfe folgten, stürmte Tamani los, den Pfad entlang, der zum Donnerbecken führte. Diesmal war er auf die glatten Felsen beim Wasserfall gefasst und verlangsamte dort sein Tempo. Das Tosen des Wassers war hier viel lauter als das gedämpfte Rauschen in der Höhle, doch Tamani blendete das Geräusch aus und konzentrierte sich nur darauf, seine Pfoten sicher zu setzen, damit es ihm nicht wie Kora ergehen würde. Als er schließlich gemeinsam mit seinen Freunden die Ebene erreichte, befand sich dort bereits ein Trupp von sechs

Wölfen. Unwillkürlich blieb Tamani stehen, während er die Wölfe vor sich musterte. Er erkannte nur Akai, die anderen Wölfe waren ihm fremd, obwohl sie den Geruch des Eisrudels an sich trugen. Er spürte, wie sich Kora neben ihn schob, auch sie schien überrascht, dass noch weitere Wölfe anwesend waren. Tamani zuckte nochmals mit den Ohren, um seine Unsicherheit zu vertreiben, dann setzte er sich in Bewegung. Akai saß zwei Wölfinnen gegenüber und schien mit ihnen in ein Gespräch vertieft zu sein. Hinter ihnen hielten sich drei jüngere Wölfe auf, die den Neuankömmlingen interessiert entgegenblickten.

Als Tamani und seine Gefährten näher kamen, erhob sich der Betawolf und trat zu ihnen. »Es freut mich, dass ihr diesmal pünktlich seid, auch wenn ihr die Letzten des Trupps seid.« Seine tiefblauen Augen funkelten, doch Tamani sah darin auch Nachsicht. »Heute werdet ihr eure erste richtige Jagd beim Eisrudel miterleben. Möge das Rudel der ewigen Jagd mit euch sein.« Er nickte den Jungwölfen aufmunternd zu und wandte sich dann wieder den Wölfinnen zu. Aufregung flatterte in Tamanis Bauch wie ein kleiner Vogel, doch es schien, als wäre der Zeitpunkt zum Aufbruch noch nicht gekommen. Dann ertönte ein freudiges Jaulen. Tamani wandte den Kopf und sah einen jungen Wolf, der auf ihn und seine Freunde zugesprungen kam. Hinter ihm folgten etwas zögerlicher zwei gleichaltrige Wölfe mit neugierigem Blick. Unwillkürlich wich Tamani ein Stück zurück, zwang sich dann jedoch zum Stehenbleiben und schaute dem ersten Wolf in die dunklen Augen.

»Seid gegrüßt, Jungwölfe.« Die Stimme des Wolfes klang höher und fröhlicher, als Tamani erwartet hatte, und über sein Gesicht huschte ein Grinsen angesichts des Witzes, den er soeben gemacht hatte. Denn er selbst war sicher nur einen Sonnenkreis älter als die fünf neuen Jungwölfe. »Ich bin Lakota«, stellte er sich vor. Tamani betrachtete sein Gegenüber genauer. Er hatte seidiges graues Fell, das nur an seiner Brust und dem Bauch heller war, und forsch glühende Augen, die von einem dunklen Blaugrau waren. Lakota wedelte freudig mit der Rute zu den beiden, die hinter ihm standen. »Das sind Makui und Viakim.« Zuerst schnippte er zu der schlanken, hellgrau-weißen Wölfin, dann zu dem grauen Wolf mit hellen Zeichnungen im Fell. »Und wer seid ihr?«

Tamani stellte seine Begleiter und sich selbst vor und ihm fiel auf, wie viel leichter es war, mit Lakota zu sprechen, als mit Akai oder Kamos. Der junge Wolf nickte allen zu und wirbelte dann zu den beiden hinter ihm herum. Er schob die Vorderpfoten so weit nach vorne, dass sein Brustkorb den Sandstein zu seinen Pfoten berührte, und seine Rute schlug dabei freudig hin und her. »Endlich sind wir nicht mehr die Jüngsten!«, rief er aus und wippte dabei hin und her. »Was meinst du, Makui, ob wir jetzt mehr Beute abbekommen?« Die helle Wölfin beugte sich wie Lakota hinab und entblößte spielerisch ihre Fangzähne. »Ich klaue einfach etwas von deinem Anteil, dann werde ich auf jeden Fall satt!« Lakota stieß ein gespieltes Knurren aus und stürzte sich mit einem Satz auf Makui. Die beiden gingen mit einem dumpfen Aufschlag zu Boden und kugelten übereinander. Tamani betrachtete sie mit großen Augen. Er hätte nicht gedacht, dass die älteren

Wölfe sich in einem so ausgelassenen Spiel verlieren könnten. Aber Lakota und Makui wirkten viel aufgeweckter und kindischer als all ihre anderen Rudelgefährten.

»Welches Algenhirn ist auf die grandiose Idee gekommen, die drei mit zur Jagd zu nehmen?« Eine der beiden Wölfinnen, weiß mit hellgrauem Bauch und Pfoten, war zu ihnen getreten und sah mit einem genervten Funkeln in den Augen auf die beiden Kämpfenden hinab. Dann löste sie den Blick von ihnen und wandte sich den fünf neuen Jungwölfen zu. »Ich bin mir sicher, ihr erkennt mich nicht mehr, richtig?«, fragte sie, und als niemand etwas sagte, fuhr sie fort: »Mein Name ist Amali und im Gegensatz zu diesen schrägen Wieseln …«, sie deutete mit der Schnauze auf Lakota und seine Begleiter, »verhalte ich mich nicht, als wäre ich ein unerzogener Welpe!« Sofort unterbrachen die beiden jungen Wölfe ihr Spiel und Lakota funkelte Amali an. Er öffnete das Maul zu einer patzigen Erwiderung, doch bevor er etwas sagen konnte, hatte die Wölfin sich abgewandt und stolzierte zurück zu Akai.

»Selber schräges Wiesel!«, knurrte der junge Wolf, doch sein gesträubtes Nackenfell glättete sich bereits. Er und Makui setzten sich auf, um sich den Staub aus dem Fell zu schütteln.

»Ihr seht genauso müde aus, wie ich mich fühle!«, bemerkte Lakota nach kurzem Schweigen und in seinen Augen leuchtete Spott, als er die Jungwölfe betrachtete.

»Akai und Kamos haben uns gestern das ganze Revier gezeigt, wundert es dich da, dass wir erschöpft sind?«, fragte Kora ungewohnt spitz. Sie hatte die Rute erhoben, als wollte sie verdeutlichen, dass sie sich ihrem Gegenüber nicht unterwerfen würde. Lakota senkte beschwichtigend den Kopf.

Tamani spürte ein Knistern in der Luft und zuckte beunruhigt mit den Ohren. »Worauf warten wir hier eigentlich?«, fragte er schnell, um das Thema zu wechseln.

»Das ist vor jeder Jagd so«, erklärte Lakota und deutete mit der Rute auf Akai und die beiden Wölfinnen, mit denen dieser sprach. »Wir warten, bis alle hier sind, und tauschen uns kurz aus, bevor wir dann bei Sonnenaufgang aufbrechen. Akai meint, das stärke den Zusammenhalt.« Der Blick des jungen Wolfes richteten sich voller Interesse auf Tamani und dem Grauen wurde unangenehm warm unter seinem Pelz. Er mochte Lakota zwar, weil er viel gelöster wirkte als die meisten Rudelwölfe, aber er spürte trotzdem die Autorität des höheren Ranges.

»Für euch Jungwölfe ist diese Wartezeit übrigens gut, um die anderen Wölfe kennenzulernen«, fuhr der Ältere fort. »Kennt ihr die Wölfin, die neben Akai sitzt?« Tamani blickte zu der Weißen hinüber und schüttelte leicht beschämt den Kopf, doch sein Gegenüber schien sich an seiner Unwissenheit nicht zu stören. »Sie heißt Alea und ist die Betawölfin unseres Rudels.« Als hätte die Weiße mit dem silbernen Glanz im Fell die Worte des Jüngeren gehört, hob sie den Kopf und blickte zu ihm und den Jungwölfen herüber. Dann wandte sie sich wieder ihren Gesprächspartnern zu. Tamani betrachtete die Wölfin aufmerksam. Ihr Fell glänzte und an ihren eleganten Bewegungen ließ sich die Höhe ihres Ranges erkennen.

»Hat das Eisrudel auch einen Heiler?«, unterbrach Nekos

Stimme Tamanis Gedanken. Lakotas Augen glommen überrascht und zugleich voller Neugier auf. »Natürlich haben wir einen Heiler. Warum fragst du?« Die Ohren des dunklen Jungwolfes zuckten verlegen. »Im Wächtergebirge wurde ich zum Heiler ausgebildet. Denkst du, dass es möglich ist, meine Ausbildung hier fortzusetzen?« Lakota zögerte kurz, als hätten ihn die Worte des Schwarzen irritiert. »Ehrlich gesagt kenne ich mich mit Heilern und deren Ausbildung nicht sonderlich gut aus«, gab er zu. »Du solltest Kamos fragen, sobald wir von der Jagd zurück sind. Er wird dir deine Frage sicherlich beantworten können.« Kaum hatte der Graue mit der hellen Brust seinen Satz vollendet, da ertönte ein Jaulen. Tamani schwang den Kopf zu Akai herum. Er und Alea standen mit erhobenen Ruten da und der Betawolf rief den Rest des Trupps mit einem Ohrenzucken zu sich.

»Heute bin ich der Anführer des Trupps«, erklärte Akai mit einem Seitenblick auf seine Ranggefährtin, als sich der Trupp um sie geschart hatte. Seine Rute zuckte in die Höhe. »Vorwärts!« Er wirbelte herum und stürzte sich in den Fluss, nur um sich einige Herzschläge später am anderen Ufer hinaufzuziehen und in den Wald zu stürmen. Seine Wölfe folgten ihm und die Jungwölfe reihten sich als die Letzten des Trupps ein. Tamani zwang sich dazu, ohne zu zögern hinter seinen Rudelgefährten in den Fluss zu springen. Er verbot sich, die Kälte auch nur zu beachten, und preschte einfach hinter den anderen her, ganz gleich, wie viel Wasser er dabei aufspritzte. Als er sich auf der anderen Seite ans Ufer zog, spürte er dennoch die eisige Kälte, die ihm bei den ersten Schritten den Atem raubte. Dann hatte er sich daran gewöhnt und glich seine Bewegungen an die seiner Gefährten an. Die Schmerzen seiner Muskeln, die er bei den ersten Sprüngen verspürt hatte, verflogen bald und er konnte sich ganz darauf konzentrieren, nicht zurückzufallen.

Nachdem sie eine Weile durch den Mischwald gerannt waren, den großen Schatten des Gebirges stets über sich, lichtete sich der Wald schließlich zu einer größeren Grünfläche, die von Bäumen umgeben war. Tamani blieb jedoch keine Zeit, die Lichtung zu betrachten, denn Akai behielt die Geschwindigkeit bei und er musste sich mittlerweile abmühen, um mitzuhalten. Als sie kurz darauf wieder zwischen die Bäume stürmten, dauerte es nur ein paar Pfotenschritte, bis sie den Schutz des Waldes erneut verließen. Vor dem Trupp breitete sich eine hügelige, mit Gras bewachsene Fläche aus. Zu Tamanis Überraschung schlug Akai nicht den Weg in den Wald ein, sondern schlich sich in die hohen Grasbüschel des ersten Hügels. Der Rest des Trupps folgte ihm. Nahezu lautlos schlichen sie hinter dem Betawolf her. Nur hier und da war manchmal das leise Rascheln eines trockenen Grashalmes zu hören. Es ging stetig leicht bergan, bis Akai seinen Trupp schließlich anhalten ließ. Er spähte mit angelegten Ohren auf der anderen Seite hinab und Tamani schob sich nach vorne, um ebenfalls auf die große Ebene blicken zu können. Ehrfurcht raubte dem Jungwolf den Atem, als er auf die riesige Grasfläche hinuntersah. Dann erkannte er in einiger Entfernung eine Wapitiherde, die sich dunkel von der hellen Umgebung abhob. Mit einem erstickten Bellen gab Akai den Befehl zum Weitergehen und sprang den

Hügel an der Seite hinab. Tamani und die anderen Jungwölfe reihten sich wieder hinter den älteren Rudelgefährten ein und gemeinsam stürmten sie los. Sie waren kaum ein paar Schritte vorwärtsgesprungen, als die Stimme des Betawolfes erneut ertönte: »Alea, Aris, Ravi, Viakim!«

Tamani sah zu, wie sich die genannten Wölfe vor ihm aus der Gruppe lösten. Er selbst jedoch beschleunigte seinen Schritt noch ein wenig, um zu Makui vor ihm aufzuholen. Er fragte sich, welchem der älteren Wölfe er zugeteilt werden würde, und sein Pelz kribbelte vor Aufregung. Insgeheim hoffte er auf Lakota, denn das Lauern mit dem jungen Wolf würde sicher spaßig und zugleich spannend sein. Vielleicht konnten sie sogar Freunde werden? Eine ganze Weile sprang die Gruppe stumm vorwärts, bis Akai erneut die Namen der Wölfe aufrief, die sich postieren sollten: »Amali, Makui, Kora, Lakota, Neko!« Tamani spürte Enttäuschung in sich aufwallen, als Lakota und Makui wegsprangen.

Schlagartig verflog dieses Gefühl jedoch wieder, als ihm bewusst wurde, dass er und Akai die letzten beiden Wölfe des Trupps waren, die noch nicht postiert waren. Der Betawolf hatte sich also entschieden, gemeinsam mit Tamani den Angriff auf die Wapitiherde vorzubereiten. Der Jungwolf zuckte ehrfürchtig mit den Ohren, während er zu seinem Ausbilder aufschloss. Nachdem sie eine Weile im Schutz des hohen Grases vorwärtsgeprescht waren, verlangsamte Akai sein Tempo. Sofort machte Tamani es ihm nach und schlich schließlich geduckt hinter dem Älteren her. Als der Betawolf im niedrigen Gras anhielt, winkte er Tamani mit einem Zucken der Rute zu sich. Der Jungwolf tat, wie ihm befohlen, und ahmte Akais kauernde Haltung nach, während er über das Gras hinweg zu der Wapitiherde blickte. Sie waren den Tieren nun näher und er konnte erkennen, wie die einzelnen Hirsche friedlich grasten und nur hin und wieder den Kopf hoben, um sich umzusehen. Tamani zuckte zusammen, als Akai neben ihm zu sprechen anhob: »Die Herde ist auf der großen Ebene, also können wir sie nicht einkesseln. Stattdessen starten wir eine Hetzjagd. Wir versuchen, ein Tier von der Herde zu trennen, und jagen dann so lange hinter ihm her, bis es zu erschöpft ist, um Widerstand zu leisten. Hast du einen Vorschlag, welches Tier sich dazu am besten eignen würde?«

Tamani wusste, welch große Ehre es war, dem Betawolf vorschlagen zu dürfen, welches Beutetier sie absondern würden.

»Ich denke, der Hirsch dort vorne könnte ein gutes Ziel abgeben.« Er deutete auf das Tier. Es war ein Jungtier, denn der Ansatz des Geweihes war kaum zu erkennen. Tamani glaubte zudem, den Geruch von Blut zu riechen, und der junge Hirsch hinkte kaum merklich.

»Gute Wahl«, zischte Akai und duckte sich. Seine angespannten Muskeln spielten kraftvoll unter seinem Pelz. Auch Tamani straffte seine Schultern und fixierte das ausgewählte Beutetier.

»Bist du bereit?«

Der Jungwolf nickte, ohne den Blick von dem Hirsch abzuwenden.

»Du rennst erst los, wenn ich es auch tue, verstanden?«

Wieder nickte der Jüngere und duckte sich ein wenig tiefer. Akai stieß ein kurzes, lautes Jaulen aus und sofort entstand Bewegung unter den Wapitis. Einige von ihnen blickten sich noch erschrocken um, während andere bereits in Richtung Gebirge losstürmten. Fast wäre Tamani selbst beim Ertönen des Signals vorgeprescht, aber Akai hatte sich nicht bewegt, also blieb auch er, wo er war. Mittlerweile stürmte die gesamte Herde vorwärts und ihre Hufe ließen den Boden erbeben. Tamani sah nun auch die anderen Wölfe, die aus ihren Verstecken gesprungen waren und mit langen Sätzen hinter der Beute herjagten. Nur Akai hatte sich noch immer nicht geregt. Als der Trupp kurz davor war, die Höhe zu erreichen, auf der Tamani und der Betawolf kauerten, bellte dieser plötzlich: »Jetzt!«

Mit einem gewaltigen Sprung setzte Akai nach vorne und raste auf das Jungtier zu, das bereits hinter der Herde zurückfiel. Tamani schoss dem Älteren nach. Seine Aufregung war in Energie umgeschlagen, die ihn nun dazu brachte, förmlich über das Gras zu fliegen. Den jungen Hirsch fest im Blick, jagte er vorwärts und beachtete die übrigen, vor ihm zurückweichenden Wapitis kaum. Akai hatte sich dem Jungtier gerade genug genähert, um einen Angriff zu starten, als dieses noch einmal schneller wurde, sich zur Seite warf und blindlings in die Herde stürmte. Hinter dem Tier schloss sich die Gasse wieder, als hätte die Herde den jungen Hirsch verschluckt.

Akai fackelte nicht lange. Als wäre das sein eigentlicher Plan gewesen, machte er einen weiten Satz in die Herde hinein und die Beutetiere um ihn herum stoben auseinander. Tamani sauste dem Betawolf hinterher und schlug so eine Schneise in die fliehenden Tiere. Er spürte, wie jegliches Gefühl seinen Körper verlassen hatte und er nur noch von seinem Jagdinstinkt vorangetrieben wurde. Er spannte alle seine Muskeln an und machte einen Sprung auf die rückwärts scheuenden Hirsche zu, noch einen Herzschlag, bevor auch Akai nach vorne stürzte. Panisch wechselten die Tiere die Richtung, doch einige Wölfe des Trupps hatten ihnen bereits den Fluchtweg versperrt. Sie hatten die Wapitis erfolgreich umzingelt!

Tamani baute sich mit gefletschten Zähnen vor den Tieren auf und schaute dann zu Akai. Es war nun am Betawolf, ein neues Opfer zu wählen. Akais Ohren zuckten nach vorne zu einer Hirschkuh und Tamani fixierte sie mit glühenden Augen. Er wollte sich nach vorne werfen, um einen Angriff zu starten, als eine plötzliche Bewegung direkt vor ihm ihn zurückweichen ließ. Gerade noch rechtzeitig, denn schon donnerten die Hufe eines Wapitis genau vor seiner Schnauze auf den Boden. Angst durchzuckte Tamani und die Warnungen des gestrigen Tages blitzten in seiner Erinnerung auf. Die umzingelten Tiere vor ihm schienen vor Panik wild geworden zu sein, denn sie traten kräftiger um sich und ließen ihre tödlichen Hufe immer wieder unmittelbar vor ihm niederkrachen. Mit angelegten Ohren wich Tamani zurück. Jeglicher Jagdtrieb hatte ihn verlassen. Mit einem Mal begannen die Hirsche, sich wieder voranzubewegen. Sie stürmten genau auf Tamani zu!

»Weg da!«, jaulte Akai und Tamani gehorchte, blind vor Angst. Ohne auch nur einen Herzschlag lang darüber nachzudenken, warf er sich nach links, während die Wapitis mit donnernden Hufen rechts an ihm vorbeizogen und ihn mit ihren Körpern weiter zur Seite trieben. Staub wirbelte hinter ihnen auf, als sie sich von ihm entfernten.

Einige Herzschläge lang herrschte Stille, dann sah Tamani, wie Akai auf ihn zugestürzt kam. Der Betawolf hatte das Fell vor Sorge gesträubt. »Tamani, ist alles in Ordnung?« Keuchend blieb er vor dem Jüngeren stehen und blickte auf ihn herab. Tamani nickte langsam, während der betäubende Schock langsam aus seinen Gliedern kroch. Nun scharte sich auch der restliche Trupp um ihn, allen voran Kora und Neko.

»Was ist passiert?«, ertönte eine klare Stimme. Als Tamani aufblickte, erkannte er Alea, die ihm sorgenvoll zublinzelte.

»Die Herde ist auf ihn zugestürmt, als wäre sie verrückt geworden, aber er ist noch rechtzeitig weggekommen«, antwortete Akai. Tamani spürte wieder, wie Blut durch seine Adern gepumpt wurde, und ein unkontrolliertes Zittern erfasste seine Glieder.

»Ist wirklich alles in Ordnung?«, fragte Kora, während sie sich zu ihrem Bruder beugte und seine Stirn vom Staub befreite.

»Ja, alles gut.« Der Jungwolf richtete sich auf und obwohl er noch etwas wackelig auf den Pfoten stand, schaffte er es dennoch, das Gleichgewicht zu halten. Einen Augenblick lang herrschte Schweigen, bis Amali hervorbrachte: »Die Herde ist uns entwischt.« Lakota warf den Kopf zu ihr herum und seine blaugrauen Augen funkelten voller Zorn. »Danke, Amali, für diese geistreiche Bemerkung. Was würden wir nur ohne dich tun?«, zischte Lakota und bleckte die Zähne. Die Weiße legte wütend die Ohren an und öffnete das Maul zu einer bissigen Antwort, doch bevor sie etwas sagen konnte, erhob Alea die Stimme: »Ich denke, Amali wollte eigentlich fragen, ob wir einen weiteren Jagdversuch starten sollten.« Die Betawölfin ermahnte die beiden streitenden Wölfe mit einem strengen Blick.

»Ich glaube nicht, dass das von großem Nutzen wäre«, entgegnete Akai und fuhr fort: »Wir alle haben einen Schreck bekommen und besonders Tamani sollte sich etwas ausruhen.« Die Stimme des Betawolfes hatte sanft und bestimmend zugleich geklungen, sodass niemand widersprach. Akai nickte zufrieden und wandte sich an Tamani: »Schaffst du es bis zur Höhle?« Der Jungwolf nickte, obwohl ihn schon die Aussicht auf den langen Weg so sehr erschöpfte, dass ihm die Kraft zum Sprechen fehlte.

»Gut, dann folgt mir!«, befahl der Betawolf und führte seinen Trupp langsam voran. Die Wölfe reihten sich hinter dem Anführer ein und Tamani folgte am Schluss. Die anderen Jungwölfe flankierten ihn schützend, als hätten sie Sorge, dass er gleich zusammenbrechen könnte. Vermutlich erweckte er mit seinen kraftlosen und unkoordinierten Bewegungen genau diesen Eindruck. Der Graue ließ die Schultern sinken angesichts der Enttäuschung, dass sie ihre erste Beute verpasst hatten. Dann jedoch kam ihm ein neuer Gedanke. Die Jungwölfe hatten zwar bei ihrer ersten Jagd nichts erlegt, aber dennoch hatten sie Ausdauer und Mut bewiesen – damit hatten sie gezeigt, dass sie geeignet waren, vollwertige Eisrudelwölfe zu werden.

5. Kapitel

Tamani schob sich durch den schmalen Höhlenausgang in das helle Licht der Mittagssonne. Fast zwei Mondwechsel waren seit seiner ersten Jagd vergangen und mittlerweile hatten sich die Jungwölfe an das Leben im Eisrudel gewöhnt. Neko und Aris schienen von allen akzeptiert zu werden. Nur von Shira hatte Tamani seit der Ankunft beim Eisrudel nichts mehr gehört. Zu gerne hätte er sie endlich wiedergesehen. Doch das tägliche Training ließ ihm dazu keine Zeit, denn er war meist von Sonnenaufgang bis in die Nacht hinein auf den Pfoten. Trotzdem stand sein Entschluss fest, sie bald zu treffen. Er musste nur noch einen Weg finden, sie zu benachrichtigen.

Heute war der erste Tag, an dem die jungen Wölfe getrennt worden waren. Nachdem sie am Morgen geholfen hatten, das Nestmaterial der Schlafnester auszuwechseln, sollten sich Tamani und Kora zum ersten Mal einem Grenztrupp anschließen, während die anderen drei mit dem Jagdtrupp loszogen. In Tamanis Pfoten kribbelte Stolz über das Vertrauen, das Akai Kora und ihm entgegenbrachte. Als er nun den Weg zum Donnerbecken hinabstürmte, Kora dicht hinter sich, verspürte er freudige Erwartung.

Der einzige Wolf, der bereits auf der sandigen Ebene saß, war Kamos. Tamani begrüßte ihn mit einem respektvollen Nicken.

»Seid gegrüßt, ihr beiden«, erwiderte der Ältere und seine Augen glänzten freundlich. Die beiden Jungwölfe ließen sich vor dem grauen Wolf nieder und sahen ihn gespannt an. Ihnen war nur gesagt worden, dass sie sich dann, wenn die Sonne am höchsten stand, dem Grenztrupp anschließen sollten. Was jedoch ihre Aufgabe war, hatte ihnen niemand erklärt.

»Ihr wollt sicher wissen, was ihr zu tun habt, richtig?« Ohne auf eine Antwort zu warten, fuhr der Ausbilder fort: »Die Grenztrupps sind bei uns in zwei Gruppen unterteilt. Die eine sorgt dafür, dass die Grenzen frisch markiert werden, und die zweite beobachtet alles genau, prüft, ob es Hinweise auf Grenzüberschreitungen oder andere Ungewöhnlichkeiten gibt.« Er sah die beiden Jungwölfe eindringlich an. »Ihr beide werdet heute gemeinsam mit Viakim den Aufgabenbereich der Späher übernehmen, also zur zweiten Gruppe gehören. Er wird euch weitere Instruktionen dazu geben, während wir an der Grenze entlangziehen.« Kamos' Rute zuckte zu dem Steinweg, der neben dem Wasserfall hinab zum Donnerbecken führte. »Seht, da kommt der Rest des Trupps.« Als Tamani den Kopf wandte und die drei Wölfe entdeckte, die auf sie zugesprungen kamen, stellte er voller Stolz fest, dass er sie alle kannte. Die hinteren beiden waren Amali und Viakim und der, der vorneweg sprang, hieß Okupa. Die Jungwölfe hatten den Graugescheckten vor einiger Zeit bei einem Jagdausflug kennengelernt, und obwohl er nicht mit ihnen gesprochen hatte, mochte Tamani ihn. Die drei Wölfe preschten über die Sandsteinfläche und blieben dann keuchend vor Kamos stehen. Der Ältere nickte ihnen zu und erklärte dann: »Die Sonne steht bereits über dem höchsten Punkt, wir sollten sofort aufbrechen.« Seine Rute zuckte in die Höhe, und wie Tamani es erwartet hatte, stürzte er sich in den Fluss und durchquerte ihn. Der Trupp folgte ihm, die beiden Jungwölfe reihten sich hinter Viakim ein. Seine hellen Zeichnungen schimmerten matt in seinem grauen Pelz, als er den älteren Wölfen mit angelegten Ohren nachsetzte. Tamani fragte sich, warum der junge Wolf so anders war als die anderen des Eisrudels. Er wirkte stets eingeschüchtert, fast ängstlich, und er schien andauernd um die Gunst der anderen Rudelmitglieder zu werben. Das Merkwürdigste jedoch war seine Ausstrahlung. Bei den meisten seiner Rudelgefährten spürte Tamani die Autorität ihres höheren Ranges. Bei Viakim jedoch spürte er nur Unterwürfigkeit und Angst. Er nahm sich vor, Lakota darauf anzusprechen, wenn er ihn das nächste Mal sah.

Mittlerweile war der Trupp langsamer geworden und an dem penetranten Geruch, der in der Luft hing, erkannte der Graue, dass sie sich der Grenze des Wüstenrudels näherten. Kurz darauf sonderte sich Viakim vom Trupp ab, um dann kaum mehr als eine Wolfeslänge neben den Geruchsmarkierungen anzuhalten. Kurz blickte er hinüber in das andere Revier, bevor er sich zu den Jungwölfen umwandte, die ihm gefolgt waren. »Wisst ihr, was ihr zu tun habt?« Die Stimme des jungen Wolfes klang sanft und Tamani wurde klar, dass er ihn zum ersten Mal hatte sprechen hören.

»Wir wissen nur, dass wir nach Ungewöhnlichem Ausschau halten sollen«, erwiderte Kora und im Vergleich zu Viakim waren ihre Worte voller Sicherheit.

Über das Gesicht des Hellen zuckte ein schüchternes Lächeln. »Nun, dann wisst ihr ja, was eure Aufgabe ist«, sagte er und fügte sogleich hinzu: »Wir prüfen mit all unseren Sinnen, ob es Anzeichen für Grenzüberschreitungen gibt. Wenn uns etwas auffällt, melden wir es dem Anführer des Trupps. Heute also Kamos.« Viakim nickte zum Rest des Trupps, der sich langsam vorwärtsschob und dabei alle paar Schritte eine Markierung hinterließ. »Kommt. Wir sollten uns beeilen, um nicht zurückzufallen«, erklärte er hastig und setzte sich dann in Bewegung. Das Maul halb geöffnet und die Schnauze zum Wittern in die Höhe gerichtet, trabte der Helle hinter den anderen her.

Tamani ahmte seine Haltung nach und folgte ihm, Kora dicht hinter sich. Mit jedem Atemzug drang dem Jungwolf der kalte Geruch des Wüstenrudels ins Maul und er konnte die Grenzmarkierungen mit ihren gegensätzlichen Düften fast wie ein sichtbares Hindernis neben sich sehen. Ihm fiel jedoch nichts auf, das darauf hindeutete, dass ein anderer Wolf unbefugt ihr Revier betreten hatte. Das Einzige, was er bemerkte, war eine unheimliche Ruhe, die sich über den Wald gelegt hatte. Als den Jungwölfen zum ersten Mal die Grenzen gezeigt worden waren, hatte der Gesang von Vögeln und das Rascheln von Beutetieren im Unterholz den Trupp begleitet. Nun wirkte die Gegend, als wären alle Tiere vom Erdboden verschluckt worden. Hatte irgendwas oder irgendwer sie verschreckt?

Die Aufregung, der Grenze eines anderen Rudels so nahe zu sein, ebbte dennoch ab. Tamani konnte bereits das leise Rauschen des Waldflusses hören, der streckenweise die Grenze markierte, als Viakim plötzlich anhielt, den Kopf und die Ohren in die Luft gereckt. Tamani wäre fast in ihn hineingelaufen. Er hörte Kora überrascht keuchen, auch sie schien irritiert von dem plötzlichen Halt.

»Riecht ihr das?«, fragte Viakim. Tamani hob die Nase, um zu wittern. Sofort nahm er den unangenehmen Geruch wahr und sein Pelz sträubte sich.

»Ja«, bestätigte auch seine Schwester hinter ihm und verzog das Gesicht. Viakim blickte zu den Jüngeren zurück, die blauen Augen geweitet. »Das müssen wir sofort Kamos melden!« Zum ersten Mal lag in seinen Worten so etwas wie Bestimmtheit. Tamani nickte und der Gemusterte wandte sich um und preschte los. Als er den anderen Teil des Trupps erreicht hatte, wurden seine Bewegungen zögerlicher, bis er neben Kamos stehen blieb.

»Kamos? Wir haben etwas entdeckt.« Seine Stimme hatte jegliche Bestimmtheit verloren und klang nun nur noch demütig.

»Was habt ihr gefunden, Viakim?« Würdevoll drehte sich Kamos zu ihm um.

»Wir haben einen fremden Wolf gerochen«, erklärte der Gemusterte, den Blick zu Boden gerichtet. Ein Grollen ertönte hinter Kamos und Tamani erkannte, dass es von Amali kam, die die Zähne gebleckt hatte. Kamos ignorierte das Verhalten der Wölfin. »Führe uns zu der Stelle!«, befahl er und seine Rute zuckte nach oben. Viakim nickte respektvoll, dann stürmte er den Weg zurück, den sie gekommen waren. Die anderen Wölfe folgten und auch Tamani und Kora schlossen sich ihnen an. Viakim hielt an der Stelle, an der der Geruch des Eindringlings am stärksten war, und erklärte mit hastigen Worten: »Hier. Ich bin mir aber nicht sicher, ob es der Geruch vom Wüstenrudel ist. Er ist … schauderhaft!«

Kamos öffnete das Maul, um Witterung aufzunehmen, und die anderen Wölfe taten es ihm nach. Tamanis Fell sträubte sich, als der fremde Duft nochmals über seine empfindsamen Geruchsknospen wehte. Er war ganz anders als alles, was der Graue je gerochen hatte. Der Geruch war markant, er erzählte von vielen Wölfen, doch zugleich erinnerte er ihn irgendwie an die Ausdünstungen des Todes, düster und bedrohlich.

»Wie kann das Wüstenrudel es wagen, die Grenze zu überschreiten!«, knurrte Amali, die Augen vor Zorn funkelnd.

»Du beschuldigst die Falschen«, erwiderte Kamos ruhig und drehte sich zu seinem Trupp um. »Der Wolf, der hier war, gehört nicht dem Wüstenrudel an. Sein Geruch ist fremdartig und unangenehm. Ich glaube aber nicht, dass er die Grenze zu unserem Revier überschritten hat. Die Spur verläuft genau auf den Geruchsmarkierungen, vermutlich hat er gehofft, dadurch seinen eigenen Duft zu verbergen.«

»Nun, das ist ihm nicht gelungen«, kommentierte Okupa trocken. Kamos ging nicht auf den Einwurf ein, sondern fuhr fort: »Vielleicht war es nur ein Vagabund oder ein Verstoßener. Trotzdem werden wir sofort zur Höhle zurückkehren. Rex muss es erfahren.« Die Rute des Ältesten richtete sich auf, er wirbelte herum und stürmte zwischen den Bäumen davon. Der Rest des Trupps preschte hinter ihm her.

Die Sonne warf bereits lange Schatten, als der Grenztrupp die Höhle erreichte. Tamani schob sich als Vorletzter in die dunkle Öffnung, hinter ihm kam nur noch Viakim.

Kamos rief nach Rex und Tara, und sofort erhob sich das Alphapaar und trat ihm entgegen. Neugierig scharten sich auch die anderen Wölfe des Rudels um sie.

»Habt ihr etwas Ungewöhnliches entdeckt?«, fragte Tara ruhig. Kamos nickte. »Der Wald, der ans Revier des Wüstenrudels grenzt, wirkte heute ungewöhnlich ruhig, aber das ist nicht der Hauptgrund dafür, dass wir so schnell zurückgekehrt sind. Wir haben den Geruch eines fremden Wolfes an unserer Grenze gefunden. Er muss alleine gewesen sein und gehört nicht zum Wüstenrudel. Sein Duft war ganz anders, viel stechender, fast unheimlich. Außerdem scheint es, als wäre er genau auf der Grenze gelaufen, um unentdeckt zu bleiben.«

Ein Raunen ging durch die Höhle.

»Nur wer etwas Schlechtes im Schilde führt, muss sich verstecken!«, rief eine junge Wölfin.

»Vielleicht war es nur ein Vagabund«, warf Akai von seinem Platz hinter dem Alphapaar ein. Rex nickte und erhob die Stimme, um das aufgebrachte Gemurmel verstummen zu lassen: »Akai könnte recht haben. Wir sollten nicht voreilig handeln.« Der Blick des Alphawolfes ging zu Tara, die bestätigend den Kopf senkte.

»Tara und ich werden mit dem Ältestenrat beratschlagen, was zu unternehmen ist.« Rex' Rute zuckte gebieterisch in die Höhe, als Zeichen, dass sich die Wölfe wieder ihren Aufgaben zuwenden sollten. Unter leisem Getuschel verteilte sich das Rudel im Zwielicht, während das Alphapaar gemeinsam mit den Mitgliedern des Ältestenrates auf die helle Öffnung zusteuerte, von der Tamani inzwischen wusste, dass sie Lichthöhle genannt wurde. Tamani blickte ihnen einige Herzschläge lang nach, dann wandte er sich ab und trottete hinüber zu seinem frischen Moospolster. Ravi, Neko und Aris hatten sich dort schon zusammengerollt und aufgrund ihres Schweigens ahnte er, dass ihre Jagd wenig erfolgreich gewesen war. Tamani nickte seinen Gefährten aufmunternd zu und ließ sich auf seinem Platz nieder. Obwohl die Entdeckung der unangenehmen Geruchsspur ihn nicht losließ, rollte er sich zusammen, um zu schlafen. Sein Körper fühlte sich schwer wie Stein an, der lange Tag hatte ihn erschöpft. Tamani spürte, wie Kora sich neben ihn schob.

»Habt ihr keinen Erfolg gehabt?«, fragte sie die anderen mitfühlend. Neko antwortete niedergeschlagen, dass sie bei ihrem Jagdauftrag nichts erlegt hätten. Tamani lauschte ihm mit geschlossenen Augen. Hunger rumorte in seinem Bauch, doch er hatte sich mittlerweile an die unregelmäßigen Mahlzeiten gewöhnt, die stets von ihrem Jagderfolg abhingen, sodass er schon bald in einen tiefen Schlaf glitt ...

Tamani saß alleine auf der Sandsteinebene beim Donnerbecken und beobachtete den tosenden Wasserfall. Warum war er alleine hier? Wo war der Rest seines Trupps? Hatte er sich etwa verspätet und sie waren ohne ihn losgegangen? Er spürte, wie eine plötzliche Einsamkeit sein Herz ergriff und ihm die Lunge zuschnürte.

Alle hatten ihn verlassen! Nicht einmal sein Bruder Pala und das Rudel der ewigen Jagd schienen noch auf ihn herabzublicken und über ihn zu wachen.

Der Graue schloss die Augen, während er versuchte, stark zu bleiben. Und mit einem Mal veränderte sich etwas. Die eisige Kälte in seinem Inneren schien sich aufzulösen wie Nebel im Sonnenschein und er spürte, wie die Wärme zurückkam. Er schlug die Augen auf, um zu sehen, wo die plötzliche Veränderung herrührte. War vielleicht die Sonne hinter den Wolken hervorgekommen? Sofort erkannte Tamani, dass er sich geirrt hatte. Das plötzliche Gefühl der Wärme war nicht durch die Sonne ausgelöst worden. Kaum mehr als drei Wolfslängen von ihm entfernt konnte er die helle Gestalt eines Wolfes erkennen. Sein Herz begann, wie wild zu schlagen. Vor ihm stand kein Wolf, sondern eine Wölfin! Ihr heller Pelz schimmerte silbern, und als sie sich in Bewegung setzte, erkannte er ihre eleganten und zugleich vertrauten Bewegungen sofort wieder. Shira war zu ihm gekommen! In ihren Augen leuchtete ihre Liebe zu ihm und vor Freude wäre Tamani am liebsten zu ihr gestürmt. Er wollte sich an ihr weiches Fell pressen und sie nie wieder verlassen. Doch er fühlte sich wie gelähmt und konnte keine Pfote regen!

Plötzlich verblasste Shira und eine andere helle Gestalt tauchte auf. Die Enttäuschung darüber, dass die Wölfin verschwunden war, wich einem Gefühl von Erleichterung, als er den Jungwolf erkannte. Pala! Tamani war sehr froh, ihn zu sehen, denn seit seiner Heimkehr zum Eisrudel war er ihm nicht mehr erschienen. Er wollte seinen Bruder begrüßen, doch noch immer war er wie erstarrt und es kamen keine Worte aus seinem Mund. Pala machte einige Schritte nach vorne, dann beugte er sich mit glühenden Augen zu Tamani und flüsterte: »Sie wartet auf dich, Tamani.«

6. Kapitel

In diesem Moment erwachte Tamani. Dunkelheit umgab ihn. Er setzte sich auf und versuchte, seine Gedanken zu sortieren. Er hatte offensichtlich nur geträumt, aber doch hatte er sich Shira so nahe gefühlt wie schon seit zwei Monden nicht mehr. Er sog die Luft ein und war sich sicher, noch einen letzten Hauch vom Duft der jungen Wölfin zu erhaschen. Sein Pelz prickelte, als er sich an Palas Worte in seinem Traum erinnerte. Er hatte gesagt, Shira würde auf ihn warten! Tamani hatte ihr versprochen, für ihre Liebe zu kämpfen. Aber wie konnte er es anstellen, sie wiederzusehen? Es war gegen die Regeln!

Eine Bewegung am Eingang der Höhle erregte seine Aufmerksamkeit. Hoffentlich hatte niemand bemerkt, dass er so früh am Morgen wach war und grübelte. Was sollte er auch sagen, wenn ihn jemand fragte, was los war? Er durfte niemandem aus seinem Geburtsrudel von Shira erzählen, sonst würde das Eisrudel beginnen, an seiner Treue zu zweifeln. Ein unangenehmer Schauer lief ihm über den Rücken, doch Tamani vertrieb seine Bedenken und fixierte die Wölfe, die in die Höhle getreten waren. Im Zwielicht konnte er einen Trupp erkennen, ihm voran mit stolz erhobenem Kopf und vor Zufriedenheit leuchtenden Augen seine Mutter Tara. Er entdeckte, dass der Trupp etwas hinter sich herzog, und angesichts des warmen Duftes, der die Dunkelheit erfüllte, wurde ihm klar, dass es Beute war. Offenbar hatte die Alphawölfin in der Nacht einen Jagdtrupp angeführt und sie waren erfolgreich gewesen. Tamanis Magen knurrte und neben ihm regte sich Kora, als wäre sie von dem Grummeln wach geworden.

»Guten Morgen«, murmelte sie und ihr Blick glitt zu dem gerade eingetroffenen Trupp. »Beute?« Ihre blauen Augen leuchteten hell. Tamani nickte ihr zu und ein Lächeln stahl sich auf sein Gesicht. »Und wir haben noch Zeit, bevor wir zum Training müssen, also bekommen wir sicher etwas ab.« Kora nickte freudig. Neben ihr waren auch die anderen Jungwölfe erwacht. Gemeinsam warteten sie geduldig, bis sie an der Reihe waren, sich ihren Anteil zu nehmen. Wie Tamani es sich gedacht hatte, nahm sich zuerst Tara etwas von der Beute, dann Alea und daraufhin der Rest der Rudelmitglieder in der Folge ihres Ranges. Rex und Akai konnte der Graue nicht entdecken. Vielleicht hatten sie sich bereits etwas von der Beute genommen und es war ihm nur nicht aufgefallen?

Die Jungwölfe waren als Letzte an der Reihe. Alea, die nahe dem Beutehaufen lag, nickte ihnen aufmunternd zu. »Nun seid ihr dran. Nehmt euch genug, damit ihr satt werdet, heute ist genug für alle da.« Die Betawölfin schenkte ihnen noch einen wohlwollenden Blick, dann senkte sie den Kopf wieder, um sich ihrem eigenen Futter zu widmen.

Tamani trat nach vorne und nahm sich einen der Fleischbrocken, die seine Vorgänger übrig gelassen hatten. Gefolgt von seinen Freunden trat er vom Beutehaufen zurück und blickte sich suchend nach einem Ort um, an dem sie gemeinsam fressen konnten.

»Ihr könnt zu mir kommen.«

Tamani wandte sich schnell zu dem Wolf um, der gesprochen hatte, obwohl er ihn an seiner Stimme bereits erkannt hatte. Lakota stand mit erhobener Rute da und sah den Jungwölfen freundlich entgegen. Tamani zuckte dankbar mit den Ohren in die Richtung des Älteren und trabte dann zu ihm. Er spürte Freude in seinem Inneren aufsteigen und endlich verschwand das nagende Gefühl, dass der Traum in ihm ausgelöst hatte. Er war froh, dass Lakota ihn und seine Gefährten ebenfalls mochte, und auch, dass er sogar die Rangordnung außer Acht ließ, um mit ihnen zu fressen. Denn obwohl der Graue mit dem hellen Bauch noch sehr jung war, hatte er im Rudel einen hohen Rang, das war deutlich zu spüren. Tamani ließ sich neben seinem neuen Freund nieder, der bereits über seiner Beute kauerte und mit hastigen Bissen fraß. Es dauerte nur ein paar Herzschläge, dann hatten sich auch die anderen Jungwölfe zu ihnen gesellt.

Eine ganze Weile blieb es still, während alle fraßen. Schließlich durchbrachen Ravi und Neko das Schweigen und begannen, sich mit Aris über Heiler zu unterhalten. Tamani sah zu ihnen hinüber, doch er verspürte kein Interesse, sich an ihrer Diskussion zu beteiligen. Stattdessen ließ er seinen Blick durch die Höhle gleiten. Die älteren Wölfe hatten sich in kleinen Gruppen zusammengefunden, um gemeinsam die Mahlzeit einzunehmen. Der einzige Wolf, der sich nicht daran beteiligte, war Viakim. Er saß im Schatten einer Höhlenwand, mit aufgerichteten Ohren, und Tamani war sich sicher, in seinem Blick Hunger zu lesen.

Doch warum nahm er sich nichts vom Beutehaufen, wunderte sich der Graue. Es wirkte fast so, als würde Viakim vom Rudel geächtet werden. Hatte er etwas verbrochen und durfte deshalb nicht fressen? Tamani rückte näher zu Lakota, sodass nur der junge Wolf und Kora, die neben ihm lag, seine Worte hören konnten. »Lakota?« Der Graue mit der hellen Brust ließ von seinem Fressen ab. »Ja?« Tamani zuckte etwas verlegen mit den Ohren, sprach jedoch weiter. Auch wenn er neugierig wirkte, nun würde er keinen Rückzieher mehr machen können. »Es ist wegen Viakim«, erklärte er. »Mir ist aufgefallen, dass er sich anders verhält als die anderen Wölfe des Rudels. Er ist so unterwürfig, fast ängstlich. Und jetzt sitzt er so weit wie möglich von seinen Rudelmitgliedern entfernt und obwohl er sicher hungrig ist, nimmt er sich nichts von der Beute.« Der Graue nickte zu Viakim, der den Blick sehnsüchtig auf den Beutehaufen gerichtet hatte, sich jedoch nach wie vor nicht rührte.

Lakota hielt seinen Blick einige Herzschläge lang auf den jungen Wolf gerichtet, der sich halb im Schatten verbarg. Dann seufzte er und wandte sich Tamani zu. »Das Ganze ist etwas kompliziert. Ihr wisst sicher, dass es den Alpha- und den Betarang gibt und sich die restlichen Wölfe unter ihnen in der Rangfolge einordnen. Nun, es gibt noch einen weiteren, einen dritten besonderen Rang, den Omegarang.« Er machte eine Pause und wurde nun noch ernster. »Wisst ihr eigentlich, dass Viakim mein Bruder ist?« Tamanis Ohren zuckten überrascht.

»Er, Makui und ich sind aus demselben Wurf, und als wir vor einem Sonnenkreis von unserer Ausbildung im Wächtergebirge zurückkamen, war noch alles ganz normal. Während unserer Ausbildung hier ist Rex und Akai jedoch Viakims zurückhaltender Charakter aufgefallen. Sie wollten ihn dabei unterstützen, sein Verhalten zu ändern, entschlossener aufzutreten, aber das hat nicht funktioniert. Als es für uns schließlich an der Zeit war, unseren Rang im Rudel zu finden, schien er noch ängstlicher geworden zu sein. Er hat mir nie erzählt, warum. Akai hat sich wirklich bemüht, ihm zu einem höheren Rang zu verhelfen, doch nach und nach ist Viakim auf die Position des Omegawolfes geraten.« Lakotas Blick glitt zu Boden und er wirkte sichtlich betroffen. Tamani spürte die Niedergeschlagenheit des Älteren, aber noch immer war ihm nicht ganz klar, was es bedeutete, ein Omegawolf zu sein.

»Und was ist ein Omegawolf?«, hakte Kora in diesem Moment vorsichtig nach und ihre Stimme war voller Mitgefühl. Lakota stieß erneut ein Seufzen aus, hob jedoch wieder den Kopf. »Der Niedrigste in der Rangfolge«, erklärte er. »Eigentlich noch weniger als das. Es ist ungefähr so, als besäßest du gar keinen Rang. Du musst dich jedem unterwerfen und hast die wenigsten Rechte. Aber das Schlimmste ist, dass du als Omegawolf erst fressen darfst, wenn der Rest des Rudels die Mahlzeit beendet hat und es dir ein Wolf des Alpha- oder des Betapaares erlaubt.«

Tamani fühlte sich, als hätte ihn ein Felsbrocken erschlagen, während er versuchte, die Auswirkungen eines solchen Ranges zu erfassen. Unverständnis und Mitleid wogten in seiner Brust. Wie konnte sein Geburtsrudel nur so grausam sein und einen Wolf aus ihrer Mitte verdrängen? Wie konnten seine Eltern das zulassen?

Lakota musste seinen entsetzten Blick bemerkt haben, denn bevor Tamani etwas sagen konnte, erhob der Ältere erneut die Stimme: »Keine Sorge, es ist nicht so schlimm, wie ihr denkt.« Er blinzelte mühsam, als müsste er sich selbst von dem Gesagten überzeugen. »Viakim ist zwar im Omegarang, aber er ist trotzdem ein Teil unseres Rudels und unserer Familie. Außerdem glaube ich, dass er mit seinem Leben so, wie es ist, recht zufrieden ist. Es ist so, als wäre er für diesen Platz geboren.« Lakota richtete den Blick auf seinen Bruder. »Es muss nicht unbedingt einen Omegawolf geben. Viakim hat sich sozusagen dazu entschieden, diesen Rang einzunehmen, obwohl ihn niemand dazu gezwungen hat, und für das Rudel ist er trotzdem genauso wichtig wie jeder andere Wolf.«

Tamani versuchte, die Gefühle des Hellgemusterten nachzuvollziehen, doch er scheiterte. Für ihn selbst wäre es eine kaum erträgliche Qual, ein Leben zu führen, wie Viakim es tat. Aber auch wenn er Viakims Gedanken nicht nachvollziehen konnte, musste er die Lebensweise des Omegawolfes akzeptieren. Einen Herzschlag lang noch sah Lakota zu Viakim, bevor er sich wieder den Jungwölfen zuwandte. »Trotzdem, er ist mein Wurfgefährte, und deshalb versteht er genauso viel Spaß wie Makui und ich.« Das helle Leuchten, das sonst immer in seinen Augen lag, glomm dort wieder auf und seine Ohren zuckten freudig. »Wenn ihr wollt, können wir später ja ein wenig kämpfen«, schlug er vor. »Natürlich nur im Spiel«, fügte er sogleich hastig hinzu. Tamani versuchte, die Gefühle, die in seinem Inneren umherwirbelten, zu ordnen, und schließlich überwog die Freude, dass sich Lakota mit ihm und seinen Gefährten anfreunden wollte, obwohl er älter war. Trotzdem musste er Lakotas Angebot ausschlagen: »Wir würden gerne mitmachen, aber unser Training beginnt bald, und ich bin mir sicher, Akai und Kamos werden nicht erfreut sein, wenn wir mit euch spielen, statt bei ihnen zur Ausbildung zu erscheinen.« Lakota riss überrascht die Augen auf. »Wisst ihr es etwa noch nicht?« Ohne auf eine Antwort zu warten, fuhr er fort: »Rex hat bei Anbruch der Dämmerung beschlossen, selbst einen Trupp zur Wüstenrudelgrenze zu führen, und Akai, Kamos und Makui begleiten ihn.« Tamanis Ohren zuckten. Wieso waren sie von ihren Ausbildern nicht informiert worden? Verwirrt blickte er zu Kora, die aber auch nur mit den Schultern zuckte. Was sollten sie tun, wenn Akai und Kamos sie nicht zur Ausbildung erwarteten? Er war froh, als seine Schwester vortrat und mit einer freundlichen und zugleich zuversichtlichen Stimme sagte: »Es wird uns schon jemand rufen, wenn es etwas für uns zu tun gibt. Bis dahin verbringen wir gerne Zeit mit dir und Viakim.«

Tamani blinzelte in das helle Licht, das durch den Höhleneingang schien. Mittlerweile hatte die Sonne bereits ihren höchsten Punkt überschritten und senkte sich dem Horizont entgegen, während das ganze Rudel auf die Rückkehr von Rex' Trupp wartete. Da ihre beiden Ausbilder nicht da waren und es für die Jungwölfe sonst nichts zu tun gab, hatte Alea ihnen bis zur Ankunft des Trupps freigegeben. Kora und Tamani hatten den ganzen Morgen damit verbracht, mit Lakota und Viakim Kampfzüge zu üben. Ravi, Aris und Neko waren in der Höhle geblieben und nun lagen alle fünf Jungwölfe auf ihrem Moospolster und dösten vor sich hin. Doch dann ließ ein Schatten, der auf die Wand neben ihm fiel, Tamani aufschrecken. Sein Vater und der Trupp waren wieder da! Der Jungwolf konnte noch den Geruch des Waldes und den des Wüstenrudels im Pelz der vier Wölfe erkennen, als sie an ihm vorbei zum unteren Teil der Höhle liefen.

Der Alphawolf beriet sich kurz mit Tara, während sich das Eisrudel um ihn versammelte. Auch die Jungwölfe gesellten sich rasch zu ihnen. Das Alphapaar sprach noch einen Moment miteinander, dann wandte sich Rex um und erhob die Stimme: »Wie ihr wisst, haben mein Trupp und ich die Spur des fremden Wolfes überprüft. Wie Kamos uns bereits gestern mitgeteilt hat, verläuft die Spur eine ganze Weile genau auf den Grenzmarkierungen, biegt dann jedoch ins Revier des Wüstenrudels ab. Trotzdem können wir mit Sicherheit ausschließen, dass dieser Eindringling zum Wüstenrudel gehört, der Geruch ist so dunkel und bedrohlich … Außerdem war der Wald viel zu ruhig – offenbar verschreckt dieser fremde Wolf unsere Beute.« Der Alphawolf musste eine Pause einlegen, denn wilde Spekulationen ertönten aus der Menge und erhoben sich über seine Stimme. Rex ließ ein mahnendes Knurren hören. Er zuckte streng mit der Rutenspitze und brachte die aufgebrachten Wölfe so zum Schweigen. »Wir ordnen an, dass Grenztrupps insbesondere an dieser Grenze auf die Spur des Fremden oder andere Anzeichen seiner Anwesenheit in unserem Revier achten.«

»Aber auch, wenn euch bei der Jagd etwas Ungewöhnliches auffällt: Meldet es uns sofort!« Diesmal hatte Tara gesprochen, die Stimme bestimmt und ruhig zugleich und in den Augen ein sanftes Leuchten.

»Die Versammlung ist beendet«, verkündete Rex nun. »Geht jetzt wieder euren Aufgaben nach!«

Tamani wälzte sich unruhig auf seinem Moospolster hin und her. Akai und Kamos waren zu erschöpft für weiteres Training gewesen und hatten den Jungwölfen deshalb gestattet, sich ebenfalls den restlichen Tag auszuruhen. Deshalb fühlte sich der Graue nun voller Energie, auch wenn der Mond bereits aufgegangen war. In seinem Kopf schwirrten viele Gedanken umher. Gedanken über die fremde Geruchsspur, Gedanken über Viakims Rolle als Omegawolf, aber vor allem Gedanken über seinen Traum. Den ganzen Tag über hatte er die Bilder verdrängen können. Doch nun, da in der Höhle Ruhe herrschte, hatte er das Gefühl, die Schatten des Traumes würden ihre Klauen erneut nach ihm ausstrecken und ihn im Anblick von Shiras glänzendem Pelz gefangen halten. Er wusste, dass es falsch war, sich zu wünschen, ihr nahe zu sein. Sie lebten nun mal nicht im selben Rudel! Aber warum hatte Pala ihm nur diesen Hinweis gegeben? Tamani entschied sich, einen Mondspaziergang zu machen, um ein wenig Bewegung zu bekommen und seine Gedanken verstummen zu lassen. Leise rappelte er sich auf, schlich fast lautlos zum Höhlenausgang und schob sich hinaus. Silbernes Mondlicht hüllte ihn ein und tauchte seine Umgebung in ein gespenstisch leuchtendes Zwielicht.

Ein Blick zum Himmel sagte dem Jungwolf, dass der Vollmond ihm bei seinem nächtlichen Lauf genug Licht spenden würde. Tamani schloss kurz die Augen und genoss das kühle Licht auf seinem Pelz, das so anders als der Schein der Sonne war. Ohne nachzudenken, schlug er den erstbesten Weg ein und ließ sich dann von seinen Pfoten leiten. Erst als ihm ein ungewohnter Geruch in die Nase stieg, blieb er stehen und ließ seinen Blick umherschweifen, um sich zu orientieren. Vor ihm öffnete sich der Wald zu einer kleinen Lichtung und hinter ihm ragte dunkel das Eisgebirge auf. Der Duft, der ihm entgegenwehte, vervollständigte sein Bild. Er war, ohne es wirklich wahrzunehmen, zur Grenze des Blutrudels gelaufen. Warum hatten ihn seine Pfoten ausgerechnet hierher geführt? Etwa in dem verbotenen Verlangen, Shira zu sehen? Nein, es war reiner Zufall gewesen, dass er zu diesem Ort gelangt war!

Er wollte sich gerade von der Grenze abwenden, um zur Höhle zurückzukehren, als ein Rascheln auf der anderen Seite der Geruchsmarkierungen ertönte. Tamani zuckte zusammen und duckte sich instinktiv zu Boden, wohl wissend, dass ihm das niedrige Gras kaum Schutz bot. Was hatte da geraschelt? War es der Wind gewesen? Schon beim nächsten Herzschlag musste er erkennen, wie dumm dieser Gedanke war, denn es wehte nicht die geringste Brise. Er widerstand dem Drang, einfach davonzurennen und in die Höhle zurückzukehren. Still lauschte er in die Nacht und fixierte wachsam die Grenze. Da – wieder ein Rascheln! Tamani presste sich noch tiefer zu Boden, denn nun nahm er den Geruch eines anderen Wolfes wahr. Das Gras teilte sich und enthüllte eine schlanke Gestalt. Der Pelz der Wölfin glänzte silbern im Schein des Mondes. Mit funkelnden Nachtaugen suchte sie die Umgebung ab. Dann entdeckte sie Tamani und dessen Herz setzte aus. Erinnerungen fluteten seine Gedanken und die Gefühle, die er auf dem Weg hierher hatte unterdrücken wollen, stiegen erneut in ihm auf. Auf der anderen Seite der Grenze stand Shira!

7. Kapitel

Plötzlich war sie wieder da: die Wärme. Kein unangenehmes Gefühl wie die Hitze der Sommersonne auf seinem Pelz. Nein, viel sanfter, vertrauter, inniger. Als hätte sich sein Körper Ewigkeiten danach gesehnt, dieses Gefühl zu verspüren. Das Gefühl der Liebe. Angst, Zweifel und schwermütige Gedanken fielen mit einem Schlag von ihm ab und er sprang auf. Er stürmte nach vorne, überquerte die Grenze, ohne zu überlegen, und presste seine Nase an die von Shira. Er spürte, wie ein angenehmes Kribbeln von der Stelle ausging, an der sich ihre Schnauzen berührten, und in ihm stieg unbändige Freude auf. Shira war wieder bei ihm! Es dauerte eine halbe Ewigkeit, bis Tamani wieder einen Schritt zurücktrat, doch sein Verhalten war ihm nicht peinlich. Am liebevollen Leuchten in den Augen der jungen Wölfin erkannte er, dass auch ihr die Situation nicht unangenehm war. Am liebsten hätte er seine Freude hinaus in die Nachtluft gejault, doch er hielt sich zurück. »Shira!«, flüsterte er und stellte fest, dass sich seine Stimme wesentlich fester anhörte, als er erwartet hatte.

»Du bist gekommen!«

Beim Klang ihrer Stimme überlief den Jungwolf ein wohliger Schauer. Mit leuchtenden Augen erwiderte er den warmen Blick aus ihren grünen Augen.

»Ich habe geträumt, dass du hier sein und auf mich warten würdest, aber ich hatte nicht geglaubt …« Ohne ihren Satz zu beenden, machte Shira einen Schritt nach vorne und rieb ihre Schnauze an Tamanis Wange. »Ich habe dich so vermisst«, flüsterte sie leise und in Tamani flammte ein Feuer auf angesichts der Sehnsucht in ihrer Stimme. Zum einen war er glücklich, dass er ihr so viel bedeutete, dass sie ihn vermisst hatte. Zum anderen verspürte er Wut. Wut auf sich selbst, weil er nicht bei ihr gewesen war. Wut auf die Grenze, die sie trennte, aber vor allem Wut auf die dämlichen Regeln, die es ihnen verboten, sich zu treffen.

»Ich habe dich auch vermisst.« Er leckte ihr übers Ohr, um seinen Worten Nachdruck zu verleihen. Shira presste sich an Tamanis Seite und lehnte ihren Kopf gegen seine Schulter. Hitze glomm in Tamani auf und er blinzelte, plötzlich beschämt darüber, der jungen Wölfin so nah zu sein. »Wie geht es dir?«, fragte er stotternd. Ein kleiner Funke Belustigung leuchtete in den Augen der Hellgrau-Weißen auf. »Das Leben in einem richtigen Rudel ist anders als unser Leben im Wächtergebirge. Viel fordernder und strenger. Aber jetzt, wo ich wieder bei dir bin, geht es mir gut.« Tamanis Ohren zuckten verlegen nach hinten, doch insgeheim freute er sich über ihre Worte.

»Und wie ist es dir seit deiner Ankunft ergangen?«, fragte Shira. Der Jungwolf blinzelte, dann sagte er mit einer Stimme, die ihm viel zu förmlich vorkam: »Im Eisrudel ist es schön, aber es ist anders als im Wächtergebirge, denn du bist nicht dort.« Den letzten Teil des Satzes hatte er eigentlich gar nicht sagen wollen. Tamani sah, wie Shiras Augen vor Schmerz flackerten. »Ich vermisse es so sehr, dich zu sehen und mit dir gemeinsam für unsere Wölfe zu kämpfen«, sagte sie mit trauriger Stimme. Der Graue nickte, aber mit einem Mal überrollte ihn eine Welle der Schuld. Gemeinsam – das ging nicht mehr. *Ich sollte nicht hier sein*, erinnerte er sich. Doch sein Innerstes sträubte sich gegen seinen Verstand und Shiras sanfter Blick hielt ihn gefangen. Er rückte näher an sie heran und ihm wurde vor Verlegenheit ganz warm, weil er ihr so nah war wie noch nie zuvor. Er spürte Shiras Fell an seinem und ihr vertrauter Duft hüllte ihn ein. Einige Herzschläge lang fühlte er sich wunschlos glücklich.

»Wie kann etwas, das sich so richtig anfühlt, so falsch sein?«, murmelte er schließlich. Shira löste sich von ihm, in ihren Augen stand Verletzung. Augenblicklich bereute Tamani seine Worte.

»Was sollte falsch daran sein, dass wir uns sehen?«, entgegnete die junge Wölfin verunsichert. Der Graue drückte sich wieder an sie, um sie zu trösten und um das Gesagte wiedergutzumachen. Er spürte ihr warmes Fell an seiner Seite und sog ihren vertrauten Duft ein. Ihr Treffen musste einfach das Richtige sein! Das Rudel der ewigen Jagd hatte sie schließlich zusammengeführt. Tamani schloss die Augen. Sein Herz sagte ihm, dass er Shira liebte und immer lieben würde, ganz gleich, was die Regeln besagten. Aber er wusste, dass ihre Rudel diese Verbundenheit niemals gutheißen würden.

»Weißt du noch, was ich dir vor zwei Mondwechseln gesagt habe?«, hauchte sie ihm ins Ohr und der Graue spürte ihren smaragdgrünen Blick auf seinem Pelz.

»Dass wir beide es schaffen werden. Unsere Gefühle werden sich nicht ändern und eine Grenze kann uns nicht trennen.« Tamani atmete hörbar aus. »Es hat sich so viel verändert …«, murmelte er und verspürte einen Stich. »Es ist nicht so leicht, wie ich dachte. Die Ordnung in einem Rudel ist so anders.« Er zögerte. »Ich habe versucht, mir auszureden, was du mir bedeutest«, flüsterte er und sah, wie ihre Augen traurig glänzten. Deshalb wählte er seine weiteren Worte sorgfältig. »Ich habe dir versprochen, dass ich für uns kämpfe, und auch wenn hier so vieles anders ist, hat sich das nicht geändert.« Erleichterung überrollte ihn, als sich Shira nach vorne beugte, sodass sich ihre Nasen kurz berührten.

»Danke«, hauchte sie fast lautlos. Tamani zuckte verwirrt mit den Ohren. »Wofür?«

Shiras Augen leuchteten warm, sanft und voller Liebe. »Dass du für uns kämpfst«, erwiderte sie. Einen Augenblick lang sah er sie an, dann sagte er: »Danke, dass du zu mir gekommen bist und mich daran erinnert hast.« Scham stieg in ihm auf. Er hatte nicht den geringsten Zweifel daran, dass Shira niemals versucht hatte, sich ihre Liebe zu ihm auszureden. Seit sie damals vom Wächtergebirge zur Heimreise aufgebrochen waren, war sie es gewesen, die weiterhin an sie beide geglaubt hatte. Er zuckte mit den Ohren, um seine Gedanken zu vertreiben, denn er hatte eine Veränderung in der Nachtluft wahrgenommen. Eine warme Brise zauste ihm das Fell und sowohl das Zirpen der Grillen als auch der blasse Streifen Licht am Horizont verrieten ihm, dass der Tagesanbruch bevorstand. Tief sog er ein letztes Mal Shiras Duft ein, um ihn sich auch genauestens einzuprägen, dann sagte er mit matter Stimme: »Ich will nicht, aber ich muss los. Mein Rudel darf nicht wissen, dass ich hier war, deshalb sollte ich vor Sonnenaufgang zurück sein. Es tut mir leid, aber ich muss gehen.«

In Shiras Augen leuchtete sanftes Verständnis. »Ich weiß«, murmelte sie leise und berührte ihn mit der Nase an der Wange. Dann wandte sie sich um und sprang zurück zu dem hohen Gras, aus dem sie hervorgetreten war. Sie hatte kaum zwei Sprünge gemacht und Tamani wollte sich gerade selbst zum Gehen wenden, als sie anhielt und sich zu ihm umdrehte. »Wirst du wiederkommen?« Ihre Worte klangen nicht verlangend oder fordernd, sondern sanft und verständnisvoll. Der Jungwolf wusste: Wenn er jetzt Nein sagen würde, wäre sie zwar traurig, würde seine Entscheidung aber akzeptieren. Sein Herz hämmerte in seiner Brust, als er mit klarer Stimme sagte: »Ich würde es nicht ertragen, ohne dich zu sein.«

Ein Lächeln breitete sich im Gesicht der Hellgrau-Weißen aus. »Dann sehe ich dich in ein paar Nächten wieder.« Tamani durchlief ein Schauer.

»Ich werde dir Bescheid geben, wann«, sagte Shira, und bevor er fragen konnte, wie, war sie schon herumgewirbelt und das Gras hatte sich hinter ihr geschlossen. Tamani blickte noch einige Herzschläge lang auf die Stelle, an der Shira eben noch gestanden hatte, bevor er sich umwandte und den Weg, den er gekommen war, zurücklief. Sein Inneres war so voller Energie, dass er die gesamte Strecke bis zur Höhle rennend zurücklegte. Als er schließlich bei der mit Pflanzen überwucherten Felsspalte ankam, war er vollkommen außer Atem.

Erst als sich sein Puls beruhigt hatte, schob Tamani sich in den dunklen Spalt. Darauf bedacht, so wenig Lärm wie möglich zu verursachen, schlich er sich zurück zu seinem Moospolster und ließ sich neben Kora sinken. Jetzt spürte er doch Müdigkeit. In der Hoffnung, bis zum Aufstehen wenigstens kurz dösen zu können, schloss er die Augen. Er hatte sich gerade zusammengerollt und den Kopf unter eine Pfote geschoben, als er hörte, wie sich im unteren Teil der Höhle etwas regte. Er blinzelte müde und erkannte im Zwielicht den Umriss einer Wölfin, die im Eingang zur Lichthöhle stand. Tamani zuckte zusammen, als die Gestalt plötzlich ein markerschütterndes Jaulen ausstieß. Er bemerkte, wie sich um ihn herum die anderen Wölfe bewegten und verschlafen die Köpfe hoben. Sobald sie die Wölfin entdeckten, erhoben sie sich hastig und trabten schnellen Schrittes ebenfalls zur Lichthöhle. Angst flammte in Tamani auf. War sein Fehlen etwa bemerkt worden? Oder war er bei seinem Treffen mit Shira gar beobachtet worden? Voller Panik sträubte sich sein Fell. Was sollte er nun tun? Er musste eine Ausrede finden, so wie Sturmnacht es stets getan hatte, als sie bei den Schattenwölfen spioniert hatten. Als Kora neben ihm aufstand, erhob er sich ebenfalls und fragte, ohne ihr den Blick zuzuwenden: »Hast du eine Ahnung, was da vor sich geht?«

»Nein«, entgegnete seine Schwester sofort. »Aber es scheint wichtig zu sein, wenn alle dorthin eilen, als würde es um ihr Leben gehen.« Tamani zwang sich dazu, seine aufsteigende Angst zu unterdrücken, und folgte den anderen Jungwölfen. Er schob sich hinter Aris durch die Felsspalte in eine weitere große Höhle, die sich nun vor ihm ausbreitete. Helligkeit erfüllte den großen Hohlraum und riesige Felsen, die wie Zähne von der Decke hingen oder aus dem Boden wuchsen, bildeten Hindernisse. Der größte Unterschied zur Haupthöhle war jedoch das Brausen des Wasserfalles, das zwischen den Felswänden widerhallte. Tamani ließ seinen Blick umherschweifen, bis er die Lärm- und Lichtquelle entdeckt hatte. Eine große Öffnung klaffte in der Bergwand, halb hinter einigen Felszähnen verborgen. Aufgrund der Unschärfe, mit der er die Bäume draußen durch das Loch sehen konnte, wurde ihm bewusst, dass der Wasserfall genau dort hinabstürzte. Er wandte seinen Blick von dem Wasservorhang ab und sah zu seinen Rudelmitgliedern. Sie hatten sich um eine schlanke Wölfin mit hellgrauem Fell versammelt. Es handelte sich um Alasi, die Heilerin des Rudels. Sie war auch diejenige gewesen, die zu der Versammlung gerufen hatte. Eine erneute Welle der Angst durchfuhr Tamani, als die Wölfin zu sprechen anhob. »Das Rudel der ewigen Jagd hat mich heute Nacht im Traum besucht«, verkündete sie über das Tosen des Wassers hinweg. »Sie sagten mir, dass es an der Zeit sei, mir einen jungen Wolf zu suchen, der die Ausbildung bei mir aufnimmt, und sie zeigten mir auch, wen sie erwählt haben.« Sie machte eine Pause, als erwartete sie Zwischenrufe, doch das Rudel schwieg nur erwartungsvoll.

»Mein Schüler, und damit der nächste Heiler des Eisrudels, wird Neko sein!«

8. Kapitel

Einen Herzschlag lang war in der Höhle nichts zu hören außer dem Brausen des Wasserfalles. Dann entstand Bewegung im Rudel. Während einige bereits angeregt mit ihren Gefährten diskutierten, blickten sich andere um, als fragten sie sich, wer der erwählte Wolf überhaupt sei. Tamanis Anspannung war verflogen. Die Heilerin hatte nichts über ihn und sein Treffen mit Shira gesagt, das befreite ihn von der Last der Angst. Er sah hinüber zu Neko. Sein Freund stand mit angelegten Ohren da und hatte den Blick auf seine Pfoten gerichtet, mit denen er nervös über den Steinboden kratzte. Tamani hatte ihn schon lange nicht mehr so verunsichert gesehen. Dabei hatte Alasi doch genau das verkündet, was er sich gewünscht hatte! Warum also wirkte der Schwarze so, als wollte er der Situation lieber entkommen?

Langsam wurde das unruhige Gemurmel lauter, bis schließlich Protestrufe aus dem Rudel zu hören waren, die das Lärmen des Wasserfalles übertönten. Tamanis Ohren zuckten nach hinten, als ihm klar wurde, welches Problem es gab: Neko war ein ehemaliger Schattenwolf. Auch wenn er dem Eisrudel nie einen Grund gegeben hatte, an seiner Treue zu zweifeln, waren nicht alle Rudelmitglieder damit einverstanden, ihm eine solch bedeutsame Rolle zu übertragen.

»Warum hat das Rudel der ewigen Jagd ihn ausgewählt? Es muss doch wissen, dass dieser Wolf kein vollwertiges Mitglied des Rudels sein kann!« Ein heller Wolf mit stumpfem Fell war nach vorne getreten. An seiner Körperhaltung konnte Tamani erkennen, dass er bereits viele Sonnenkreise gelebt hatte. Die Heilerin wandte ihren Kopf zu dem Alten und Tamani konnte selbst von seinem Platz am äußersten Rand des Rudels das Feuer in ihrem Blick sehen. Ehe Alasi jedoch etwas sagen konnte, kam von der anderen Seite der Höhle ein weiterer Einwurf: »Seht euch seine Fellfarbe an! Alleine sie zeigt schon, dass er gar nicht hierhergehört!«

»Ja! Ihn als Wolf eines niederen Ranges zu akzeptieren, ist das Höchste, was ein ehemaliger Schattenwolf verdient!«

Tamani bleckte wütend und hilflos zugleich die Zähne. Die Worte der älteren Rudelmitglieder waren ungerecht. Neko hatte ihnen nie einen Grund gegeben, ihn so zu behandeln. Warum riefen Rex und Tara die anderen nicht zur Ruhe? Der Jungwolf sträubte unwillkürlich sein Fell. Was konnte er nur tun, um Neko zu verteidigen?

»Du musst dich geirrt haben, Alasi!«, unterbrach ein weiterer Ausruf die Gedanken des Grauen. Er hob den Kopf, um einen Blick auf den Wolf zu erhaschen, der als Letzter gesprochen hatte. Es war Milan, einer der jüngeren Wölfe des Rudels, der sich in der Menge nach vorne geschoben hatte. Die Rute herausfordernd gehoben, fixierte der Grau-Weiße die Heilerin. Diese sah ihm mit einem kühlen und überlegenen Blick entgegen. Ganz offensichtlich fürchtete sie sich nicht im Geringsten vor ihrem Gegenüber.

Tamani sah sich nach seinen Eltern um. Wieso schritten sie nicht endlich ein? Ein eiskalter Schauer durchrann den Jungwolf. Wenn das Alphapaar nicht auf der Seite von Neko war, würde der Schwarze das Eisrudel vielleicht verlassen müssen. Er konnte fühlen, wie Kora neben ihm die Muskeln anspannte, auch sie sorgte sich um ihren Freund.

Tamani blickte genau in dem Moment wieder zur Heilerin auf, als diese das Maul öffnete und sagte: »Du hast wirklich Nerven, mir zu sagen, dass ich mich irre!« Trotz ihrer harten Worte wirkte sie gelassen, nur ihre angelegten Ohren verrieten ihre Anspannung. »Du bist also der Meinung, ein Wolf, der außerhalb des Rudels geboren wurde, gehört eigentlich gar nicht zu uns? Dann scheinst du die Abstammung deiner eigenen Mutter vergessen haben, die zudem die Alphawölfin unseres Rudels ist.« Alasi sah den Jüngeren herausfordernd an. Tamani zuckte überrascht mit den Ohren. Doch dann erinnerte er sich daran, als Welpe die Geschichte gehört zu haben, dass seine Mutter Tara erst als Jungwölfin zum Eisrudel gekommen war. Sie war also auch nicht im Rudel geboren worden! Und hatte nun den höchsten Rang unter ihren Gefährten ...

Ein besseres Argument hätte die Heilerin nicht hervorbringen können. Tamani sah, wie Milan mit den Ohren zuckte. Er schien verunsichert.

»Die Herkunft eines Wolfes sagt nicht das Geringste über ihn und sein Können aus«, fuhr Alasi fort. »Das Rudel der ewigen Jagd hat Neko aufgrund seiner Fähigkeiten und seines Charakters ausgewählt und nicht wegen seines Geburtsortes oder seiner Fellfarbe!« Sie fixierte Milan mit ihren hellblauen Augen und fügte hinzu: »Außerdem sollte kein Wolf es wagen, sich gegen seine Ahnen aufzulehnen.«

Tamani erwartete weitere Protestrufe, doch mit der Rede der Heilerin waren sie verstummt. Die Wölfe, die sich zuvor noch lauthals beschwert hatten, waren nun still und sahen einander verunsichert an.

»Alasi hat recht.«

Tamani atmete voller Erleichterung auf, als er Tara entdeckte, die durch die Menge nach vorne trat und sich neben die Heilerin schob, bevor sie mit fester Stimme sagte: »Als die Jungwölfe vom Wächtergebirge zurückgekehrt sind, hat Tamani für Neko gebürgt und Neko hat uns, seit er hier ist, keinen Anlass gegeben, an seiner Loyalität zu zweifeln. Außerdem sollten wir auf das Rudel der ewigen Jagd hören und Vertrauen in die Geister unserer Vorfahren haben. Sie kennen die Bestimmung eines jeden Wolfes und wissen, welche die richtige Wahl ist.«

Hier und da war leises Flüstern zu hören. Einige Wölfe des Rudels schienen noch immer gegen Neko als zukünftigen Heiler zu sein, doch offensichtlich wagte es niemand, gegen die Heilerin und die Alphawölfin aufzubegehren.

»Gut, dass das nun geklärt ist.« Rex trat neben seine Ranggefährtin und ließ das letzte unruhige Getuschel mit einem strengen Blick verstummen. Dann sah er zu Alasi. »Gibt es sonst noch etwas, das du dem Rudel mitteilen möchtest?« Die Hellgraue senkte dankend den Kopf. »Nein, ich habe alles gesagt, was es zu berichten gab. Neko, ich freue mich auf unsere Zusammenarbeit!« Sie nickte Neko, der zitternd bei seinen Gefährten stand, aufmunternd zu. Der Alphawolf hob die Rute in die Höhe. »Die Versammlung ist beendet, widmet euch nun euren heutigen Pflichten!« Er berührte Tara mit der Nase an der Schulter und folgte den ersten Wölfen zurück in die Haupthöhle. Die Alphawölfin jedoch blieb noch kurz zurück. Tamani sah zu, wie sie leise mit Neko sprach und sich dann abwandte, um ihrem Gefährten nachzulaufen. Im Vorbeigehen nickte sie den Jungwölfen, die als Letzte in der Höhle zurückgeblieben waren, aufmunternd zu und streifte sanft mit ihrem Pelz Tamanis Seite. Dann verschwand sie im Gang zur Haupthöhle. Tamani lief hinüber zu Neko.

»Herzlichen Glückwunsch, Neko!« Kora trat ebenfalls zu ihrem Freund und stupste ihn freudig an. »Jetzt kannst du all das zeigen, was du von Asko gelernt hast.« Ein Lächeln huschte über das Gesicht des Jungwolfes. Tamani spürte, wie die Anspannung, die nun doch wieder seinen ganzen Körper erfüllt hatte, langsam Erleichterung wich. Schlussendlich war Neko anerkannt worden. Er würde zum Heiler ausgebildet werden, so wie er sich das seit seiner Ausbildung im Wächtergebirge gewünscht hatte. Tamani folgte Aris' und Ravis Beispiel und trat nach vorne, um dem Schwarzen zu gratulieren. Er berührte Neko mit der Nase an der Schulter und sagte voller Zuversicht: »Du wirst ein großartiger Heiler werden.«

Die grünen Augen des Freundes leuchteten dankbar auf. »Wenigstens ihr glaubt an mich«, sagte er mit leicht belegter Stimme und sein Blick glitt wieder zu Boden. Die Zweifel der anderen

Rudelmitglieder schienen ihn schwer getroffen zu haben und Tamani wusste nicht, wie er ihm helfen konnte, wieder Vertrauen in sich selbst zu fassen. Zum ersten Mal in seinem Leben wurde ihm klar, dass die natürliche Verbindung, die er zu seinem Rudel empfand, nicht selbstverständlich war. Er hatte sich seit ihrer Rückkehr hier heimisch gefühlt und das Band der Familie hatte ihn schnell seine Unsicherheit vergessen lassen. Wie schwer musste es für Aris und Neko gewesen sein, zu einem fremden Rudel zu ziehen, ohne zu wissen, ob dieses sie überhaupt akzeptieren würde?

»Ach, lass diese Algenhirne nur reden und sie stolz auf ihre tolle Fellfarbe sein.« Alasi schob sich an Tamani vorbei und sah ihren Schüler mit einem warmen Leuchten in den hellblauen Augen an. »Das Rudel der ewigen Jagd hat sein Vertrauen in dich gesetzt und das bedeutet mehr als das Wort von irgendwelchen engstirnigen Mitgliedern dieses Rudels.« Neko schaute sie dankbar an. Die Heilerin schmunzelte leicht, bevor sie sich den anderen Jungwölfen zuwandte: »Vielen Dank, dass ihr eurem Freund beigestanden habt. Trotzdem bitte ich euch nun, die Höhle zu verlassen. Ich möchte meinen Schüler in seine neue Rolle einführen.«

Tamani nickte sofort zustimmend. »Bis später, Neko.« Er machte sich mit den anderen auf den Weg in die Schlafhöhle.

Die Müdigkeit der durchwachten Nacht lastete schwer auf Tamani, doch als er Akai entdeckte, der auf sie zutrabte, zwang sich der Graue auf die Pfoten.

»Aris und Kora, ihr werdet euch heute dem Grenztrupp von Kamos anschließen«, erklärte der Betawolf, kaum dass er bei ihnen angekommen war. Er nickte zu einer Gruppe von Wölfen hinüber, die bereits auf den Höhlenausgang zuhielt. Die beiden angesprochenen Jungwölfe senkten kurz den Kopf vor dem Ranghöheren, dann sprangen sie auf und eilten ohne ein weiteres Wort zu ihrem Trupp. Tamani sah ihnen kurz nach, dann schaute er wieder zu Akai. »Ihr zwei schließt euch unserem Jagdtrupp an«, sagte der Hellgraue und fuhr dann fort: »Wir treffen uns gleich am Donnerbecken. Geht bereits vor, ich werde noch die restlichen Wölfe informieren.« Der Betawolf setzte wieder hinab in den unteren Teil der Höhle. Tamani nickte Ravi zu und versuchte, seine letzten Kräfte zu sammeln. »Komm, lass uns gehen.« Gemeinsam trabten sie aus der Höhle. Der schmale Felsweg neben dem Wasserfall kam Tamani mittlerweile viel ungefährlicher vor. Inzwischen hatte er herausgefunden, wohin er seine Pfoten setzen musste, damit er auch ja nicht den Halt verlor. Koras Absturz kam ihm bereits sehr weit entfernt vor.

Wie Akai angekündigt hatte, waren sie die Ersten und ganz alleine auf der Sandsteinfläche. Tamani drehte sich auf den Rücken und blickte in den heller werdenden Himmel, um seine Müdigkeit zu vertreiben. Seine Gedanken kreisten um das Treffen mit Shira und auch das morgendliche Gezwitscher der Vögel konnte ihn nicht in die Wirklichkeit zurückholen. Was sie wohl damit gemeint hatte, dass sie ihn über den Zeitpunkt des nächsten Treffens informieren würde?

Der Graue wurde von Pfotenschritten aus seinen Tagträumen gerissen. Er drehte sich zurück auf den Bauch und sah den Wölfen entgegen, die vom steinigen Abstieg zu ihnen gesprungen kamen. Es waren Rex, Akai, Amali und Laos, ein älterer grauer Wolf mit einer dunklen Maserung im Fell. Rex nickte seinen Söhnen eine Begrüßung zu, die diese respektvoll erwiderten, und zuckte dann mit der Rute in die Höhe, um seinen Trupp um sich zu sammeln. »Wir werden auf der großen Ebene jagen. Mal sehen, ob heute wieder mehr Beutetiere unterwegs sind«, verkündete der Alphawolf und fügte hinzu: »Da die Sonne bereits aufgegangen ist, werden wir sofort aufbrechen. Folgt mir!«

Das Durchqueren des kleinen Flusses war für Tamani mittlerweile zu einer lästigen Gewohnheit geworden und so beachtete er das Wasser kaum, das ihm sein Bauchfell durchnässte, als er hinter seinen älteren Rudelgefährten herpreschte.

Nachdem der Trupp eine kleine Wiese überquert hatte, verlangsamten die Wölfe vor Tamani ihren Schritt. Sofort glich er seine Geschwindigkeit an und duckte sich ein wenig in den Schatten des Waldes. Nur wenige Herzschläge später blieb der Trupp endgültig stehen und der Jungwolf schob sich lautlos neben Amali. Von hier aus konnte er aus dem Wald hinaus auf die große Ebene blicken. Er entdeckte die Wapitiherde, auf die sie es abgesehen hatten, am Waldrand nahe der Grenze zum Revier des Wüstenrudels. Tamani schaute zu Rex, der mit angespannten Muskeln zur Herde starrte.

»Amali, Ravi«, sagte der Alphawolf nach einer Weile, zuckte mit seinen Ohren und trabte im Schutz der Bäume weiter auf die

Herde zu. Die beiden Angesprochenen blieben zurück, während Tamani sich beeilte und zu seinen Rudelgefährten aufschloss. Aus den Augenwinkeln behielt er jedoch die Wapitis im Blick.

»Laos, Tamani.« Bei den Worten seines Vaters verlangsamten die beiden ihre Schritte, während die übrigen Wölfe weiter durch den Wald davonsprangen.

»Komm mit«, wies Laos Tamani an und schlich in geduckter Haltung zum Rand der Bäume. Tamani folgte geräuschlos und kauerte sich neben ihn. Da sie nun näher bei den Beutetieren waren, konnte er die Herde durch die Äste vor sich deutlicher erkennen. Fieberhaft überlegte er, welches der Tiere Rex wohl als Beute auswählen würde. In den letzten zwei Mondwechseln hatte Tamani viel Erfahrung gesammelt, er wusste nun genau, auf welche Anzeichen er achten musste, um dem Trupp zu helfen, das richtige Beutetier von der Herde abzusondern und zu erlegen. Auch die Angst, die nach der ersten missglückten Jagd sein ständiger Begleiter gewesen war, hatte er durch die Gewohnheit und Routine besiegen können. Aufregung verspürte er aber immer noch. Und der beunruhigte Blick, den Laos auf die Herde warf, sorgte zusätzlich dafür, dass er sich Gedanken machte. Gab es einen Grund zur Sorge? Nahm der Ältere etwas wahr, was Tamani entgangen war? Der Jungwolf konzentrierte sich nochmals auf die Herde, doch nichts, was dort vor ihm lag, kam ihm irgendwie ungewöhnlich vor. Er wollte seinen Rudelgefährten gerade ansprechen, als ein lautes Jaulen die Luft zerriss. Das Zeichen! Wie von selbst setzten sich die Pfoten des jungen Wolfes in Bewegung und er schoss neben Laos genau auf die Beutetiere zu.

Diese waren bereits in wildem Aufruhr und flohen blindlings in den Wald hinein, an dessen Rande sie eben noch friedlich gegrast hatten. Tamani folgte ihnen mit fliegenden Pfoten und beschleunigte sein Tempo noch mehr, als die Tiere zwischen den Bäumen und Sträuchern verschwanden. Aus den Augenwinkeln konnte er die anderen Wölfe des Trupps sehen, die mit langen Sätzen über die Wiese hetzten.

»Treibt sie zum Meer!« Der Jungwolf erkannte die atemlose Stimme seines Vaters. Sofort wechselte er seinen Lauf, sodass er gemeinsam mit dem restlichen Trupp zu Rex und Akai aufschloss und hinter ihnen in den Schutz der Bäume eintauchte. Vor sich entdeckte er Hirsche, die hastig vor ihnen flohen und dabei immer weiter in den Wald hineinsprangen. Tamani versuchte, seine Geschwindigkeit zu erhöhen, doch die Distanz zwischen ihm und den Wapitis verringerte sich kaum. Er hörte, wie Rex Anweisungen gab, die Herde abzudrängen, damit sie die Richtung änderte, doch dazu waren die Wölfe zu weit von ihren Beutetieren entfernt. Plötzlich veränderte sich der Geruch, der in der Luft lag, und der warme, vertraute Duft des Mischwaldes wurde von einem staubigen, durchdringenden Gestank überlagert. Mit einem Mal verstand Tamani den Plan seines Vaters. Würde die Herde die Richtung beibehalten, in die sie gerade floh, würde es nicht mehr lange dauern, bis sie ins Revier des Wüstenrudels wechselte. Dorthin, das wusste der Jungwolf, durften ihr die Eisrudelwölfe nicht folgen, denn schließlich war das Jagen auf fremden Grund verboten. Die Rudel schützten ihre Grenzen gut und ein Übertreten der Duftmarkierungen würde unnötigen Ärger provozieren. Das Fell des Grauen sträubte sich, als er zwischen den Bäumen vor sich den schmalen Waldfluss entdeckte. Silbrig glänzte die Wasseroberfläche im Sonnenlicht. An dieser Stelle des Waldes bildete sie die Grenze zwischen den Revieren von Eisrudel und Wüstenrudel. Die meisten Hirsche hatten das Wasser bereits durchquert und auch die letzten Tiere setzten gerade hinüber. Der Jungwolf zögerte und seine Bewegungen wurden langsamer. Die Jagd war beendet. Sie hatten keine Chance, die Beutetiere noch in ihrem Revier zu erwischen.

»Tamani, Ravi, lauft ans Ende des Trupps und sichert unsere Umgebung ab. Laos, Amali, zu uns, wir werden die Herde in einem Bogen Richtung Meer treiben. Heute lassen wir uns unsere Beute nicht entwischen!« Während Rex seine Befehle in die kühle Luft des Waldes jaulte, verlangsamte er sein Tempo kaum. Schlagartig wurde Tamani klar, was dieser Befehl bedeutete: Sie würden in vollem Bewusstsein die Grenze übertreten und damit gegen die Regeln des Bündnisses verstoßen! Auch Ravi neben ihm schien zu zögern – Rex und die älteren Wölfe des Trupps dagegen waren nicht langsamer geworden, sondern hetzten auf die Grenze zu.

Einen Herzschlag lang überlegte Tamani, ob er einfach anhalten sollte, doch dann entschied er sich, es seinen älteren Rudelgefährten gleichzutun, und beschleunigte seinen Schritt wieder. Seine gesamte Aufmerksamkeit war auf die waldige Landschaft gerichtet, die schon wenige Schritte hinter der Grenze in karge Felsformationen und eine trockene Grasebene überging. Dorthin flohen die Wapitis und stürmten auf ihrer Flucht immer tiefer ins

Revier des Wüstenrudels. Tamani spürte nagende Zweifel in seinem Bauch, als er sich dem Waldfluss näherte. Sie würden gegen eine der heiligen Regeln verstoßen!

Was würde geschehen, wenn sie von einem Grenztrupp des Wüstenrudels entdeckt würden? Dennoch konnte er die Entscheidung seines Vaters nachvollziehen. Sie waren in den letzten Tagen bei der Jagd oft nicht erfolgreich gewesen und nun, im Herbst, mussten sie dafür sorgen, dass das Rudel genug Beute bekam, damit in den kargen Mondwechseln niemand hungern musste. Vor ihm hatte der Rest des Trupps bereits die Grenze übertreten. Auch wenn sie gegen eine wichtige Regel verstießen – sie waren es gewohnt, jedem Befehl ihres Alphawolfes zu folgen. Tamani überquerte den Fluss und die Grenzmarkierungen mit einem großen Satz, und als er auf dem harten Boden landete, spürte er, wie sich sein Pelz sträubte. Rex hatte beschlossen, die Jagd nicht aufzugeben, und auch Tamani musste den Befehlen des Anführers Folge leisten. Aber ihm war nicht wohl dabei. Er raste auf die offene Fläche hinaus, hinter sich Ravi, und fühlte sich mit einem Mal schutzlos und verwundbar. Er konzentrierte sich darauf, seinen Lauf nicht zu verlangsamen, während er die Umgebung nach möglichen Gefahren absuchte. Es blieb ihm nur, zu hoffen und zum Rudel der ewigen Jagd zu beten, dass kein Wolf des Wüstenrudels sie entdeckte ...

Der Graue ließ seinen Blick wieder zur Herde gleiten und stellte voller Erleichterung fest, dass einige Tiere tatsächlich in Richtung Meer rannten. Außerdem schienen die schwächeren Hirsche allmählich zurückzufallen. Die vier älteren Wölfe, die hinter der Menge herjagten, verloren jedoch kaum an Geschwindigkeit und kamen der Beute unaufhaltsam näher. Sie teilten sich auf und trieben ein lahmendes Jungtier immer weiter von der Herde weg. Tamanis Pfoten prickelten unangenehm, aber er musste sich nun voll und ganz auf die Jagd konzentrieren. Als der Wapiti versuchte, mit einem Haken über die öde Grasfläche zurück zur Herde zu fliehen, beschleunigte Tamani seinen Lauf. Er konnte hören, wie Ravi hinter ihm protestierend knurrte, aber er hatte bereits die Hälfte der nötigen Strecke zurückgelegt. Im nächsten Augenblick hatte er den Bogen, den der fliehende Hirsch lief, geschnitten und baute sich vor dem Jungtier auf. Mit gebleckten Zähnen und einem tiefen Grollen versperrte er ihm den Weg. Sofort stockten die Bewegungen des Tieres und es wich vor dem jungen Wolf zurück, der mittlerweile leicht geduckt auf den Wapiti zuschlich.

Von den anderen Seiten erschienen die anderen Wölfe und der Hirsch blieb stehen und sah sich panisch um. Einen Herzschlag lang schien das Tier nach einem Ausweg zu suchen, dann sprangen die Wölfe auch schon auf ein stummes Zeichen vor. Tamani stürzte sich auf die Beute, kämpfte sie gemeinsam mit seinen älteren Rudelgefährten zu Boden und hielt sie fest, während Rex ihr mit einem gezielten Biss den Garaus machte. Sobald der Körper des Wapitis unter ihm erschlaffte, trat Tamani zurück.

Sein Herz schlug heftig und sein Atem ging rasend schnell. Erschöpft und gleichzeitig von einem Gefühl des Triumphes erfüllt, blickte er zu den anderen Mitgliedern des Trupps auf. Sie atmeten ebenfalls schwer, doch auch auf ihren Gesichtern zeigte sich die Freude des Erfolges. Dies waren die Momente, in denen Tamani spürte, dass er beim Eisrudel zu Hause war. Es gab nichts Schöneres, als mit seinem Rudel Beute zu erlegen und zu wissen, dass jeder von ihnen dabei gebraucht worden war und sein Bestes gegeben hatte, um das gemeinsame Ziel zu erreichen.

»Rex!« Ein Jaulen zerstörte den Moment. Tamani hörte Ravis Pfoten, die über den Boden trommelten, während er auf sie zugerannt kam, und er wirbelte zu seinem Bruder herum. Mit einem Schlag wurde ihm klar, dass er Rex' Befehl missachtet und seinen eigentlichen Posten als Beobachter verlassen hatte. Furcht und beißendes Unwohlsein explodierten in seiner Magengrube und eine böse Vorahnung machte sich in ihm breit. Ein starker Angstgeruch ging von Ravi aus, als dieser vor dem Trupp zum Stehen kam und hastig anhob: »Ich habe frische Spuren des Wüstenrudels entdeckt. Sie müssen ganz in der Nähe sein!« Er öffnete das Maul, als wollte er noch etwas sagen, doch er kam nicht dazu, denn im selben Moment traten hinter einer Ansammlung von Felsen sechs Gestalten hervor. Die braunen Pelze der Wölfe verschmolzen perfekt mit dem kargen Hintergrund und der durchdringende Geruch des Wüstenrudels, der ohnehin auf der Fläche allgegenwärtig war, strömte intensiv auf Tamani ein.

»Soso«, ertönte ein tiefes Grollen vom größten der Wüstenrudelwölfe, der offenbar der Anführer des Trupps war. »Die Wölfe des Eisrudels sind also zu Dieben geworden!«

9. Kapitel

Tamani spürte, wie sich ihm das Fell auf seinen Schultern sträubte, als sich die Wölfe des Wüstenrudels vor dem Jagdtrupp aufbauten. Aus den Augenwinkeln konnte er sehen, wie sich Ravi neben ihn schob. Während Rex nach vorne trat, musterte Tamani die Fremden. Sie alle hatten braunes Fell, wenn auch in verschiedenen Farbtönen, und durch ihre kampfbereite Haltung wirkten sie bedrohlich. Tamani spannte die Muskeln an und versuchte, die aufrechte und selbstbewusste Haltung seines Vaters nachzuahmen. Die Wüstenrudelwölfe waren allesamt jünger als der Anführer des Trupps, der ungefähr in Akais Alter sein musste. Erleichtert stellte Tamani fest, dass keiner seiner Freunde vom Wächtergebirge dabei war. Sollte es tatsächlich zu einem Kampf kommen, müsste er sich wenigstens nicht gegen seine ehemaligen Gefährten stellen. Tamani verdrängte seine Gedanken und das dumpfe Gefühl der Angst, um sich auf das Hier und Jetzt zu konzentrieren.

Akai war neben Rex getreten und die beiden Wölfe ragten wie eine schützende Barriere zwischen dem feindlichen Trupp und ihrer Beute auf.

»Sei gegrüßt, Bekam.« Der Alphawolf des Eisrudels neigte respektvoll den Kopf vor dem Wüstenrudelwolf. Sein Gegenüber erwiderte den Gruß mit einem Zucken der Ohren. »Hallo, Rex!« Der Braungescheckte hatte die Lefzen zurückgezogen und die Zähne entblößt. Sein Pelz war gesträubt und seine Augen schienen Funken vor Wut zu sprühen. »Erklär mir, warum jagt das Eisrudel im Revier des Wüstenrudels? Ist bei euch eine große Hungersnot ausgebrochen, die euch zwingt, eure Nahrung auf fremdem Boden zu *stehlen?*« In Tamanis Kehle grollte unwillkürlich ein Knurren. Sein Vater jedoch schien die Beleidigung zu ignorieren, auch wenn die Muskeln unter dem grauen Pelz des Alphawolfes zu spielen begannen.

»Nein, das ist keineswegs der Fall«, erwiderte Rex, ohne sich von dem leisen Knurren des ihm gegenüberstehenden Trupps aus der Ruhe bringen zu lassen. Tamani bewunderte den Mut seines Vaters.

»Es war nicht unsere Absicht, euch Beute zu stehlen. Die Wapitis halten sich fast ausschließlich in unserem Revier auf. Sie sind während unserer Jagd in euer Revier gewechselt, und auch wenn wir ausnahmsweise die Grenze übertreten haben – wofür ich mich hiermit entschuldige –, gehört dieser Hirsch rechtmäßig uns.«

Bekam schien diese Erklärung nicht zufriedenzustellen. Er zischte zornig und seine mattgrünen Augen verzogen sich zu schmalen Schlitzen. »Jede Beute, die auf dem Boden unseres Reviers erlegt wird, gehört rechtmäßig dem Wüstenrudel! Da hilft auch keine Entschuldigung!«, bellte er aufgebracht. Tamani sah, wie Rex die Ohren anlegte und sich das Fell in seinem Nacken sträubte. »Meine Wölfe haben diesen Hirsch erlegt und ich werde nicht zulassen, dass ihr unseren Fang nehmt! Lasst uns in Ruhe, dann sind wir sofort mit unserer Beute von hier verschwunden.«

Der Anführer des gegnerischen Trupps duckte sich ein wenig zu Boden und fixierte Rex mit loderndem Blick. »Ihr werdet darum kämpfen müssen! Das Wüstenrudel lässt Eindringlinge nicht mit einer solchen Tat davonkommen!«, stieß er zwischen zusammengebissenen Zähnen hervor und hob dann seine Stimme zu einem lauten Jaulen: »Wüstenrudel, Angriff!«

Tamani hatte kaum einen Herzschlag Zeit, um sich für den Kampf zu wappnen, da wurde er bereits von einem hellbraunen Wolf zu Boden gerissen. Spitze Zähne gruben sich in sein Fleisch und er gab ein ersticktes Jaulen von sich. Dann endlich gehorchten ihm seine Glieder. Tamani bäumte sich auf, warf den Angreifer zur Seite und stürzte sich, ohne auch nur einen Augenblick zu zögern, auf ihn. Jegliche Angst hatte seinen Körper verlassen und ein rauschender Kampfgeist hatte den Platz eingenommen. Blindlings biss er seinem Gegner in den Vorderlauf und nahm ein schmerzhaftes Aufheulen wahr. Der Hellbraune schob sich, nach Denkung suchend, weg von Tamani, doch dieser nutzte die neue Haltung seines Konkurrenten und schlug seine Zähne in dessen Nackenfell. Er schüttelte seinen Kopf wild hin und her, dann öffnete er seine Kiefer, sodass der Braune zur Seite flog. Mit einem dumpfen Schlag landete der Wolf auf dem trockenen Gras. Schon im nächsten Moment rappelte er sich wieder auf und hetzte hinter einigen seiner Kameraden über die karge Felsenlandschaft davon. Als Tamani sich zu seinen eigenen Rudelgefährten umdrehte, erkannte er, dass auch sie ihre Gegner bereits in die Flucht geschlagen hatten. Der letzte Wolf, der ihnen gegenüberstand, war Bekam. Der Pelz des Braungescheckten war zerwühlt und staubig, außerdem hatte er einige blutige Stellen an seinem Körper. Auch er war offensichtlich geschlagen worden. Bekam fletschte voller Wut die Zähne und funkelte den Trupp vor sich an. »Das wird ein Nachspiel haben, Rex! Wir werden nicht zulassen, dass ihr mit so einem Regelverstoß davonkommt!«, knurrte er hasserfüllt. Dann wirbelte er herum und setzte mit weiten Sprüngen hinter seinem geflohenen Trupp her. Die Wölfe des Eisrudels blickten ihm stumm nach. Niemand rührte sich und es erhob sich kein Triumphgejaul, obwohl sie den Kampf gewonnen hatten. Auch Tamani war nicht nach Jubeln zumute. Sie hatten gegen die heiligen Regeln verstoßen und einen Kampf mit dem Wüstenrudel provoziert. Er konnte sich denken, dass das schlimme Folgen nach sich ziehen würde. Der Jungwolf sah zu Rex, der sich mittlerweile seinem Trupp zugewandt hatte.

»Wir nehmen unsere Beute und verschwinden von hier«, entschied der Alphawolf. Seine Rute zuckte in die Höhe. Tamani trat zu dem erlegten Wapiti und half, ihn vorwärtszuzerren. Sie setzten sich in Bewegung und folgten Rex, der bereits mit schnellen Schritten zurück zur Grenze trabte.

Die Sonne hatte ihren höchsten Punkt bereits überschritten, als der Jagdtrupp bei der Höhle des Eisrudels eintraf. Sie schleiften die Beute durch den schmalen Felsspalt und zum Beuteplatz. Tamanis Muskeln zitterten vor Erschöpfung, als er sich danach im unteren Teil der Höhle niederließ. Die lange Hetzjagd und der anschließende Kampf hatten stark an seinen Kräften gezehrt. Er sah, wie Rex in den Teil der Höhle trabte, in dem das Alphapaar stets die Versammlungen für das Rudel abhielt. Tara tauchte aus dem dunklen Schatten der Felswände auf und die beiden Wölfe begannen, miteinander zu sprechen. Tamani wandte sich ab und sah hinüber zu dem Moospolster, auf dem er und die anderen Jungwölfe ihre Schlafplätze hatten. Bleierne Müdigkeit überkam ihn. Er glaubte, Aris und Kora entdeckt zu haben, die auf dem Polster saßen und ihm entgegenblickten. Der Grenztrupp war also ebenfalls zurück. Tamani wollte sich gerade erheben, um zu seinen Freunden zu laufen, als er mitten in der Bewegung von einem lauten Jaulen gestoppt wurde. Er sah sich zu seinen Eltern um, die mit erhobenen Ruten dastanden und offenbar darauf warteten, dass sich das Rudel um sie herum versammelte. Ein unruhiges Murmeln lief durch die Menge der Wölfe. Tamani trabte zum Alphapaar, um zu erfahren, was sie berichten würden.

»Bei unserer heutigen Jagd haben wir die Grenze zum Wüstenrudel übertreten«, begann Rex seine Rede ohne Umschweife. Sofort verstummte das Getuschel der Wölfe und das Eisrudel lauschte entsetzt den Worten seines Alphawolfes.

»Die Wapitis, die wir gejagt haben, sind ins fremde Revier gewechselt. Wir sind ihnen gefolgt und haben unsere Beute dort zur Strecke gebracht – doch ein Trupp des Wüstenrudels wollte uns am Gehen hindern. Der Anführer verlangte, dass wir ihm unseren Fang abtreten, und als ich ihm sagte, dass er dazu kein Recht hätte, griffen sie uns an. Keiner unserer Wölfe wurde ernsthaft verletzt und wir konnten den Trupp des Wüstenrudels besiegen.« Rex legte eine Pause ein und sofort schwoll eine Flut von Fragen an. Das gesamte Rudel redete durcheinander. Tamani zuckte mit den Ohren. Er fühlte sich unwohl in seiner Haut und fürchtete sich vor den nächsten Worten seines Vaters.

»Wird der Streit weitere Folgen für das Zusammenleben der beiden Rudel haben?« Eine einzige, klare Stimme erhob sich über die Menge. Alea war nach vorne getreten und sah das Alphapaar aus ihren dunkelgrünen Augen eindringlich an. Rex schien kurz zu überlegen, was er auf diese direkte Frage antworten sollte. »Ich weiß nicht, ob der Frieden zwischen dem Wüstenrudel und uns in Gefahr ist«, gab er zu. »Was ich jedoch mit Sicherheit sagen kann, ist, dass wir auf der Hut sein müssen. Wir sollten keinesfalls noch einmal die Grenzen übertreten und vorsichtshalber Maßnahmen zur Verteidigung unseres Reviers treffen.« Der Alphawolf ließ seinen Blick über sein Rudel gleiten, als wollte er seine Wölfe beruhigen und ihre Sorgen vertreiben. »Die Grenze zum Wüstenrudel wird von jetzt an täglich zweimal überprüft. Jeder Grenztrupp wird aus sechs Wölfen bestehen.« Tara neben ihm nickte. »Wenn sie erkennen, dass wir uns nicht einschüchtern lassen, werden sie es sicher nicht auf einen zweiten Kampf ankommen lassen. Alles Weitere werden wir entscheiden, wenn es notwendig ist.« Ihre Stimme klang gelassen und zuversichtlich. Alea senkte respektvoll den Kopf und trat einen Schritt zurück.

Die Routine und die klaren Anweisungen schienen dem Eisrudel tatsächlich die Sorgen vor möglichen Auseinandersetzungen mit dem Wüstenrudel genommen zu haben, denn es war nur noch leises Murmeln zu hören, das nicht weiter ängstlich klang. Rex blickte schweigend zu seinen Wölfen, als wartete er auf weitere Fragen, die es zu beantworten gab, doch niemand meldete sich mehr zu Wort.

»Die Versammlung ist beendet«, verkündete der Alphawolf. Die Rudelmitglieder verteilten sich wieder in der Höhle, doch seine Freunde konnte Tamani nicht entdecken. Dann sah er Lakota und Makui, die angeregt miteinander sprachen, und gesellte sich zu ihnen.

»Hallo«, begrüßte ihn der Ältere und seine Schwester nickte freundlich.

»Wenn ich gewusst hätte, dass ihr bei eurem Jagdauftrag so ein Abenteuer erlebt, hätte ich Rex gebeten, mit euch kommen zu dürfen«, sagte Lakota und Tamani musste über den Humor seines Freundes schmunzeln. Obwohl die Situation mit dem Wüstenrudel noch nicht abschließend geklärt war, hatte der Graue mit dem hellen Bauch seine Gelassenheit nicht verloren.

»Glaub mir, wenn du wüsstest, wie mir die Schulter nach dem Biss von diesem Wüstenrudelwolf wehtut, würdest du deine Meinung schnell ändern«, entgegnete der Jungwolf prompt. Lakota lachte auf, dann wurde sein Ausdruck ernst. »Geht es dir gut oder sollen wir dich zu Alasi bringen?« Tamani schüttelte schnell den Kopf. »Keine Sorge, mit mir ist alles in Ordnung. Ich muss nur etwas Ruhe finden.« In den Augen des Älteren glänzte noch immer leichte Besorgnis, doch als er antwortete, verriet seine Stimme nichts davon: »Und was machst du dann noch hier, du dämliches Pelzknäuel? Los, leg dich auf deinen Schlafplatz und sieh zu, dass du dich erholst.« Makui neben ihm nickte. »Ja, du solltest dich wirklich hinlegen und deinem Körper ein wenig Ruhe geben, damit der Biss ordentlich verheilen kann.« Tamani nickte.

Er verabschiedete sich und trottete zu seinem Moospolster. Ravi lag bereits auf seinem Platz und säuberte seine Wunden. Tamani setzte sich neben ihn, und ehe er darüber nachdachte, sagte er: »Es tut mir leid.« Sein Bruder stoppte in der Bewegung. »Was meinst du?«, fragte er und seine Stimme klang verwirrt.

»Dass ich dich auf deinem Posten alleingelassen habe.« Ohne dass Tamani es wollte, überrollte ihn eine Welle der Schuld. »Vielleicht hätten wir den Kampf verhindern können, wenn wir gemeinsam nach Gefahren Ausschau gehalten hätten und ich dich nicht zurückgelassen hätte.« Tamani wollte gerade fortfahren, als Ravi ihn unterbrach. »Das ist doch Unsinn. Das Wüstenrudel hätte uns auch entdeckt, wenn du Rex' Befehl befolgt hättest. Dass du deinen Posten verlassen hast, ist kein Grund, dich für den Kampf verantwortlich zu fühlen. Außerdem hast du dem Rudel geholfen, Beute zu machen.« Tamani zuckte unsicher mit den Ohren. »Ich weiß nicht …«

»Aber ich!«, entgegnete Ravi heftig. Der Weiße sah seinen Bruder noch einen Herzschlag lang bestimmt an, dann wandte er sich ab und rollte sich zusammen. Tamani überlegte kurz, ob er noch etwas sagen sollte, entschied sich dann jedoch dagegen. Vielleicht hatte Ravi recht. Tamani lief zu seinem Moospolster und drehte sich ein paar Mal im Kreis, um es eben zu machen, dann legte er sich hin. Die Schuldgefühle ebbten ab und zurück blieb der brennende Schmerz in seiner Schulter. Er spürte, wie ihn Müdigkeit umfing, und beim nächsten Herzschlag lag er in einem tiefen Schlaf.

10. Kapitel

Das Geräusch von Pfotenschritten weckte Tamani. Verschlafen blinzelte er in das fahle Licht, das die Morgendämmerung in die Höhle schickte. Er erkannte die Silhouette von Alea und hinter ihr den Rest des Nachttrupps, der gerade in die Höhle zurückkehrte. Seit dem Kampf mit dem Wüstenrudel waren einige Tage vergangen. Noch immer spürte Tamani die Anspannung seiner Rudelgefährten. Es war klar, dass sie noch eine Art Vergeltungsschlag vom Wüstenrudel befürchteten. Und auch die Spuren mit diesem unheimlichen Geruch, die sie immer wieder an der Grenze entdeckten, trugen nicht zur Beruhigung bei.

Alea gab ihrem Trupp mit einem Nicken zu verstehen, dass er entlassen war, und trabte dann mit schnellen Schritten zum unteren Teil der Höhle, wo das Alphapaar schlief. Tamani spürte, wie sich Kora neben ihm aufsetzte, sie war wohl ebenfalls von den Geräuschen des Trupps erwacht.

»Ob sie Spuren des Wüstenrudels in unserem Revier entdeckt haben? Oder des fremden Wolfes mit diesem gruseligen Geruch?«, fragte die Weiße, nachdem ihr Bruder ihr einen guten Morgen gewünscht hatte. Tamani zuckte mit den Schultern und schielte dorthin, wo Alea in den Schatten der Höhlenwände verschwunden war. »Wenn es so ist, werden wir es sicher bald erfahren.« Er streckte sich, um die Müdigkeit aus seinen Knochen zu vertreiben, und setzte sich dann ebenfalls auf. Mit der Zunge begann er, die Moosfetzen zu entfernen, die noch vom Schlaf in seinem Pelz hingen. Als er merkte, dass sich ihnen eine Gestalt aus dem Dunkeln näherte, ließ er von seiner Tätigkeit ab. Der Geruch, der ihm entgegenströmte, verriet ihm, noch bevor er ihn sah, dass es sich um Kamos handelte, und nur einen Herzschlag später trat der Ältere aus den Schatten in den helleren Teil der Höhle. »Guten Morgen, Jungwölfe.«

Tamani machte es seiner Schwester nach und murmelte eine respektvolle Begrüßung, wie sie einem älteren Wolf gegenüber üblich war. Dann richtete er seine volle Aufmerksamkeit auf den Ausbilder.

»Akai und ich haben für heute eine Beurteilung und Verbesserung eurer Kampffertigkeiten geplant. Wir erwarten euch kurz nach Sonnenaufgang bei der Sandfläche am Donnerbecken. Nehmt euch etwas von der gestrigen Beute und fresst, bevor ihr aufbrecht, damit ihr heute bei Kräften bleibt. Es wird ein langer Tag und ich weiß nicht, ob wir unterwegs etwas fangen werden – so scheu, wie die Tiere im Wald zurzeit sind ...« Kamos neigte nochmals knapp den Kopf vor Kora und Tamani, dann lief er zurück in den unteren Teil der Höhle. Tamani erhob sich und seine Schwester knuffte Aris, der noch immer schlief, in die Seite. »Hey, ihr Siebenschläfer, wacht auf! Kamos war gerade da.« Tamani schmunzelte angesichts des tiefen Schlafes seiner beiden Freunde, die die Anwesenheit des Ausbilders gar nicht mitbekommen hatten. Er überließ es seiner Schwester, sie zu wecken, und machte sich auf in den unteren Teil der Höhle. Er lief zu dem Platz, an dem die Beute des Rudels zu einem kleinen Haufen aufgeschichtet war, und wählte sich einen Fleischbrocken.

Als er zurücktrat, war auch Kora da und nahm sich etwas zu fressen. Aris und Ravi waren nicht zu ihnen gekommen, aber der Graue konnte sie auf ihrem Moospolster sitzen sehen. Immerhin waren sie also schon aufgewacht. Tamani wollte sich gerade zusammen mit der Weißen einen Platz suchen, an dem sie ihr Mahl einnehmen konnten, als eine Stimme hinter ihm ertönte: »Kommt doch zu uns!« Es war Lakota, der gemeinsam mit Makui ganz in der Nähe saß und ebenfalls fraß. Tamani schaute zu seiner Schwester, die mit einem fröhlichen Leuchten in den Augen nickte, und trabte dann zu den beiden Älteren.

Tamani ließ sich neben Lakota nieder und wandte sich seinem Fressen zu. In seinem Magen rumorte bereits der Hunger und er war heilfroh, dass Kamos ihnen erlaubt hatte, sich vor ihrem Training etwas von der Beute zu nehmen. Eine ganze Weile herrschte gefräßiges Schweigen, bevor Lakota erneut die Stimme hob: »Sagt mal, habt ihr schon das Neueste gehört?« Ohne auf eine Antwort zu warten, fuhr er fort: »Der Nachttrupp hat wieder frische Spuren von fremden Wölfen auf unserem Revier entdeckt.« Tamani blickte von seinem Mahl auf und richtete die Ohren aufmerksam nach vorne.

»Schon wieder?«, stieß Kora neben ihm überrascht hervor. »Woher weißt du das? Warst du dabei?« Der Ältere schüttelte den Kopf und seine Augen funkelten vor Aufregung. »Ich nicht, aber

Makui war beim Nachttrupp. Sie hat es mir gerade erzählt.« Die Hellgrau-Weiße nickte. »Ja, Alea ist schon bei Rex und Tara, um ihnen davon zu berichten.«

»Waren es diesmal Wölfe vom Wüstenrudel?« Tamani spürte, wie sich sein Nackenfell aufstellte. Würde es das andere Rudel tatsächlich auf einen weiteren Kampf ankommen lassen? Sicher, sie waren in ihrer Ehre verletzt worden, weil man sie in ihrem eigenen Revier besiegt hatte, aber eine Fehde zu beginnen half doch niemandem! Der Graue entspannte sich ein wenig, als Makui den Kopf schüttelte und hinzufügte: »Nein. Die Spuren, die wir gefunden haben, trugen keinen Rudelgeruch an sich, den ich kenne. Sie rochen düster und abstoßend, so wie bei diesen fremden Wölfen. Und sie befanden sich wieder direkt auf der Grenze!« Ihre Augen waren rund und ihre Stimme klang verstört.

»Was denken diese Algenhirne?«, grollte Lakota tief und nun lag ein dunkles Glühen in seinen blaugrauen Augen. »Dass wir den Geruchssinn einer Wasserschnecke haben? Das sind mir allmählich ein bisschen zu viele andere Wölfe, die sich in unserem Revier rumtreiben!« Tamani stimmte ihm stumm zu. Schon während der letzten Tage waren vermehrt Spuren an ihren Grenzen oder tiefer in ihrem Revier entdeckt worden. Stets von unbekannten Wölfen und noch nie war einer von ihnen auf frischer Tat ertappt oder gesichtet worden. Es schien ganz so, als erlaubten sich die Eindringlinge einen schlechten Scherz mit dem Eisrudel. Oder als versteckten sie sich in den Tiefen der Wälder und warteten nur darauf, im richtigen Moment zuzuschlagen. Tamani spürte, wie sich vor Angst seine Magen zusammenzog, als er sich vorstellte, dass fremde und unberechenbare Wölfe durch ihre Wälder streiften. Aber was wollten sie hier?

»Sicher werden wir sie bald antreffen«, sagte Kora und eine ungewohnte Wut schwang in ihren Worten mit. »Sie können sich schließlich nicht ewig vor uns verstecken!«

»Da hast du recht«, stimmte Lakota zu. »Und wenn wir diese Stinktiere endlich finden, sind sie Fischfraß!« Seine Ohren zuckten, als würde ihn diese Vorstellung mit Freude erfüllen. Tamani murmelte Zustimmung, doch in seinem Bauch spürte er eine bedrückende Ungewissheit. Sie wussten nichts über diese Fremden! Vielleicht waren diese ihnen zahlen- oder kräftemäßig überlegen und das Eisrudel konnte es gar nicht mit ihnen aufnehmen?

Der Ältere neben ihm erhob sich und wischte sich mit der Zunge die letzten Blutreste um seine Schnauze weg. »Habt ihr Lust, noch ein paar Kampftricks mit uns durchzugehen, bevor ihr zu eurem Training müsst? Wenn wir die fremden Wölfe erwischen, müssen wir schließlich in Übung sein.« Lakota legte die Ohren an und grinste neckend. Tamani schüttelte den Kopf. »Ich wollte noch bei Neko vorbeisehen, bevor wir aufbrechen«, erklärte er und fügte hastig hinzu: »Aber gerne ein anderes Mal.« Der Graue fühlte sich ein wenig schlecht, weil er es ablehnte, mit dem Freund Zeit zu verbringen, aber er durfte auch seine gleichaltrigen Gefährten nicht vernachlässigen. Er hoffte, dass ihm der Ältere nicht böse war.

»Und ich muss endlich dafür sorgen, dass Ravi und Aris aus ihrem Winterschlaf erwachen und sich hier runterbewegen.« Kora nickte Lakota und Makui zum Abschied zu und sprang dann zurück zu ihrem Schlafplatz. Lakota setzte sich wieder und sah zu seiner Schwester. »Scheint so, als müssten wir alleine üben.«

»Oh nein! Ohne mich! Glaubst du wirklich, ich hätte Lust, mich sinnlos mit dir über den Boden zu kugeln, nachdem ich heute Nacht unser halbes Revier abgelaufen bin? Sobald ich mit Fressen fertig bin, lege ich mich schlafen!«, erwiderte Makui, aber in ihren Augen lag ein helles Leuchten, das die Schärfe aus ihren Worten nahm. Lakota zuckte mit den Schultern. »Dann gehe ich eben zu Viakim«, sagte er gespielt beleidigt und trabte davon. Tamani sah ihm kurz nach, verabschiedete sich dann von Makui und machte sich auf den Weg zur Lichthöhle. Dort hatten die Heilerin und ihr Schüler Neko ihre Schlafplätze und dort würde er sie so früh am Morgen sicher antreffen. Aufgrund des vielen Unterrichtes, der den Schwarzen fast den ganzen Tag in Atem hielt, bekamen seine Freunde ihn kaum noch zu Gesicht.

Als Tamani in die hellere Höhle trat, erfüllte sofort das laute Brausen seine Ohren. *Wie können Alasi und Neko bei diesem Lärm nur schlafen?* Das Rauschen des Wasserfalles erfüllte den ganzen Raum und hallte von den Felswänden wider. Der Graue tappte weiter und entdeckte schon nach wenigen Schritten die Heilerin, die neben einem aus dem Boden wachsenden Gesteinszahn saß und auf den Wasservorhang blickte.

»Hallo, Tamani.« Sie drehte sich zu ihm um, als er näher trat, und empfing ihn mit einem freundlichen Lächeln. »Du bist gekommen, um mit Neko zu reden, richtig?« Der Jungwolf nickte und spürte, wie in ihm Bewunderung aufwallte. Die Heilerin hatte ihn trotz des ungeheuren Lärmes wahrgenommen, während er selbst sich fühlte, als wären all seine Sinne vom Brausen des Wassersturzes betäubt.

»Er schläft dort vorne.« Alasi deutete mit ihrem Kopf zu einer Felswand. Tamani folgte ihrem Blick und konnte in den fliehenden Schatten Nekos dunkles Fell erkennen. Der Schwarze hatte sich zu einer Pelzkugel zusammengerollt und schlief in einer der vielen Vertiefungen des Bodens.

»Vielen Dank.« Tamani verneigte sich tief vor der Heilerin und trabte dann hinüber zu seinem Freund. Schon während er näher kam, hob dieser den Kopf und blinzelte ihm müde entgegen – auch er schien also gelernt zu haben, trotz des Lärmes Schritte wahrzunehmen.

»Guten Morgen, Tamani.« Neko gähnte. »Was treibt dich denn schon so früh zu mir?«

»So früh ist es gar nicht mehr, du Langschläfer. Ich wollte mich erkundigen, wie es dir geht und wie es mit deiner Ausbildung läuft. Wir bekommen dich ja kaum noch zu Gesicht.« Der zukünftige Heiler setzte sich auf und in seinen Augen leuchteten Stolz und Aufregung. »Alasi sagt, dass ich große Fortschritte machen würde, und gut geht es mir auch. Es ist einfach toll, dass ich endlich richtig zum Heiler ausgebildet werde! Mir brummt nur der Schädel von den Namen dieser ganzen Kräuter. Du weißt ja gar nicht, wie viele verschiedene Pflanzen es gibt!« Tamani spürte, wie sich ein Lächeln auf sein Gesicht schlich. Neko wirkte wie ein Welpe, der sich voller Neugier und Freude auf sein erstes Abenteuer stürzte. »Das weiß ich wirklich nicht. Aber du weißt es sicherlich«, scherzte Tamani, von Nekos guter Laune angesteckt.

»Schön wär's«, seufzte Neko. »Es wird noch unzählige Mondwechsel dauern, bis ich so viel weiß wie Alasi und dem Rudel wirklich gut dienen kann.« Tamani konnte nachvollziehen, dass Neko sich für die Natur und ihre Möglichkeiten interessierte, und er bewunderte ihn dafür, dass er bereit war, die Verantwortung eines Heilers zu übernehmen – aber er spürte auch, dass er selbst ganz andere Interessen hatte. Er wollte lieber die besten Kampftricks und Jagdstrategien erlernen und sie üben, statt den ganzen Tag in der Höhle zu verbringen und sich über Kräuter und deren Verwendung zu informieren. »Aber es macht dich glücklich, das alles zu lernen, oder?«, fragte er seinen Freund und er hörte den leisen Zweifel in seiner Stimme.

»Natürlich!« Der Schwarze nickte voller Eifer und in seinem Blick lag Begeisterung, als er hinzufügte: »Es gibt nichts Schöneres, als herauszufinden, welche Kräuter man in welchen Situationen verwenden muss, und zu wissen, dass man seinen Rudelgefährten damit helfen kann.« Die Art, wie Neko die Worte aussprach, überzeugte Tamani und er nickte zufrieden. »Das klingt toll.« Er wollte gerade weitersprechen, als ihn Alasis Stimme unterbrach: »Neko, kannst du bitte kommen? Ich brauche hier deine Hilfe.«

»Ich komme schon«, rief der Schwarze und sprang auf die Pfoten. Mit heller Aufregung in den grünen Augen wandte er sich seinem Freund zu. »Es ist schön, dass du mich besucht hast, aber ich muss jetzt weiterlernen. Viel Erfolg dir und den anderen heute!« Er berührte Tamani flüchtig mit der Schnauze an der Schulter und sauste dann an ihm vorbei zu seiner Ausbilderin.

»Danke, dir auch.« Tamani blickte ihm ein paar Herzschläge lang nach. Der zukünftige Heiler hatte sich neben Alasi gekauert und musterte konzentriert einige Blätter zu seinen Pfoten. Tamani drehte sich um und lief zurück in die Haupthöhle. Auch für ihn wurde es allmählich Zeit, sich zu seiner Ausbildung aufzumachen.

»Da bist du ja!«, rief Kora und erhob sich auf die Pfoten, als sie ihn kommen sah. »Los, wir müssen zum Donnerbecken, die Sonne geht bereits auf.« Ihr Bruder zuckte beschämt mit den Ohren. Er hatte gar nicht gemerkt, wie schnell die Zeit verflogen war. Wie hatte er nur so trödeln können? Kora sprang los und Tamani reihte sich gemeinsam mit Ravi und Aris hinter ihr ein. Zusammen verließen die Jungwölfe die Dunkelheit der Höhle und schlugen den Weg zum Donnerbecken ein. Hier im Freien konnte Tamani erkennen, dass Kora tatsächlich recht gehabt hatte: Die Sonne war schon fast ganz über die Bäume am Horizont gestiegen und hüllte die Welt in ihr goldenes Licht. Der Graue folgte seiner Schwester bis zum Donnerbecken und ließ sich dort an der Mündung des Flusses nieder, der in den Wald hineinführte. Der Morgentrupp mit Rex an seiner Spitze zog an ihnen vorbei und verschwand zwischen den Bäumen. Der Jungwolf fragte sich, ob der Trupp wohl die fremden Wölfe entdecken würde, die in ihrem Revier umherschlichen. Bei der Vorstellung, dass sich Eindringlinge heimlich auf dem Boden des Eisrudels bewegten, sträubte sich sein Fell. Außerdem fand er es unheimlich, dass außer den düsteren Geruchsspuren kaum etwas auf die Fremden schließen ließ. Nur die Beutetiere, die immer weniger wurden, zeigten, dass die Fremden mehr Einfluss auf die Wälder ausübten, als man auf den ersten Blick erahnte. Was wollten sie hier und wie schafften sie es, sich vor dem Eisrudel zu verbergen?

Seine Gedanken wurden von Pfotenschritten und dem Geräusch von herabstürzenden Kieselsteinen unterbrochen.

»Da kommen Akai und Kamos!«, rief Aris und Tamani folgte dem Blick des Schwarzen zum Felsabstieg. Er erhob sich wieder auf die Pfoten, und als die Älteren näher kamen, senkte er respektvoll den Kopf vor ihnen.

»Seid gegrüßt!« Akai ließ seinen tiefblauen Blick über die vier Jungwölfe schweifen, bevor er erneut die Stimme erhob. »Kamos hat euch ja bereits erzählt, was wir heute vorhaben. Wir werden das Kampftraining auf einer Wiese hier in der Nähe abhalten, die sich dafür seht gut eignet. Folgt mir!« Der Betawolf preschte an ihnen vorbei und durchquerte mit wenigen Sprüngen den Fluss.

»Dies hier ist die Kampfwiese«, erklärte Akai, als sie auf einer kleinen Grasfläche angekommen waren, die an drei Seiten von Bäumen umrahmt wurde. An der vierten Seite wurde sie von einer steil aufragenden Felswand begrenzt.

»Hier üben sich die Wölfe des Eisrudels im Kämpfen. Im Wächtergebirge habt ihr die Grundlagen des Kämpfens erlernt, nun wollen wir sehen, was ihr könnt und was an eurer Technik noch verbessert werden kann. Tamani, Ravi.« Der Hellgraue winkte die beiden mit der Rute nach vorne. »Ihr zwei wart beim Kampf gegen das Wüstenrudel dabei. Ich möchte zuerst sehen, wie ihr gegeneinander antretet.« Akai gab dem Rest des Trupps ein Zeichen und sie zogen sich an den Rand der Lichtung zurück, damit die beiden Brüder genug Platz für ihren Übungskampf hatten. Tamani spürte, wie Nervosität in seinen Pfoten pulsierte. Er hatte nun die Chance, dem Betawolf seines Rudels zu zeigen, was er konnte. Der Druck, nicht versagen zu dürfen, lastete schwer auf ihm. Er konnte in einem wirklichen Kampf seine Gegner bezwingen, weil sein ganzer Körper stets von einem ungeheuren Gefühl der Stärke und Sicherheit erfüllt schien. Es war dann, als bewegten sich seine Muskeln ganz von selbst, und er konnte dabei fühlen, wie sein angeborener Kampfgeist ihn vorantrieb. Wie würde es jetzt sein, bei einem Kampf, der mehr ein Spiel war? Tamani schüttelte die Gedanken ab. Er musste eben sein Bestes geben und hoffen, dass es reichte, um sein Können zu beweisen. Er blickte Ravi in die blauen Augen, der ihn konzentriert musterte. Dann duckte sich der Weiße zu Boden, bleckte die Zähne und spannte die Muskeln an. Tamani straffte ebenfalls seine Schultern, wartete jedoch, dass sein Bruder den ersten Zug machte. Schon oft genug hatte er mitbekommen, dass derjenige, der mehr Geduld bewies, bessere Ergebnisse erzielte. Mit einem weiten Sprung griff Ravi an und der Graue reagierte sofort. Während Ravi vor ihm zum Stehen kam und den ersten Biss platzieren wollte, schoss Tamani vor. Er warf sich zur Seite und zog seinen Bruder zu Boden. Schon beim nächsten Herzschlag ragte er über ihm auf und setzte eine seiner Tatzen auf Ravis Kehle ab. Der Jungwolf spürte, wie in seinem Inneren Stolz zu glühen begann, als er von dem Besiegten zurücktrat. Triumphierend sah er zu seinen Gefährten und den zwei Ausbildern.

»Gut gemacht, ihr zwei«, lobte der Betawolf und trat nach vorne. »Du hast Ravis Bewegungen gut beobachtet und deinen Kampfzug perfekt auf ihn abgestimmt, Tamani. In dieser Runde gibt es nichts, was ich an deiner Technik auszusetzen hätte.« Akai nickte ihm anerkennend zu, dann wandte er sich an Ravi, der bereits wieder auf den Pfoten war. »Ravi, du musst daran arbeiten, deine Bewegungen an die Züge deines Gegners anzupassen. Es gibt keine Technik, mit der du jeden Wolf dieser Welt besiegen könntest. Nur ein Kämpfer, der seinen Konkurrenten beobachtet und aus dessen Verhalten lernt, kann eine Schlacht gewinnen.« Ravi nickte und senkte den Kopf, während sich Akai zu Kamos und den anderen beiden Jungwölfen umdrehte. »Als Nächstes sind Kora und Aris dran. Kommt her und zeigt uns, was ihr könnt!«

Die Sonne senkte sich bereits dem Horizont entgegen, als der Betawolf das Kampftraining für beendet erklärte. Sie hatten den ganzen Tag lang geübt. Tamani schmerzten alle Knochen und bei jeder Bewegung brannten seine Muskeln wie Feuer. Auch sein Kopf brummte von all den Anweisungen und Instruktionen zu neuen Techniken.

Hinter Akai schlüpfte der Trupp zurück in die Höhle und der Hellgraue verschwand sofort in den unteren Teil des Hauptraumes. Kamos scharte die Jungwölfe mit einem Zucken der Rute um sich und sagte dann: »Helft Viakim noch beim Erneuern der Moospolster, danach könnt ihr euch etwas von der Beute nehmen und euch ausruhen.« Er nickte zum Abschied und Tamani und die anderen gesellten sich trotz ihrer Erschöpfung zu Viakim, der umhertrabte und das alte Moos von den Schlafplätzen aufsammelte. Sie halfen ihm, es zu entsorgen und neues Moos zu holen, sodass sie schon nach kurzer Zeit alles erneuert hatten. Dann begaben sich die Jungwölfe zum Beuteplatz. Tamani spürte, wie sein Magen nach Nahrung knurrte, und auch seine Pfoten fühlten sich zu schwach und kraftlos an, um der Versuchung eines Mahles noch länger zu widerstehen. Er wollte sich gerade mit einem kleinen Kaninchen zu seinem Schlafplatz zurückziehen, als er hörte, wie Kora mit einer Energie, die er in seinem Zustand nicht hätte aufbringen können, fragte: »Was haltet ihr davon, wenn wir Neko besuchen und ihm auch etwas zu fressen vorbeibringen? Vielleicht hat er Zeit und frisst mit uns.« Sie sah zuerst zu Aris und Ravi, die sofort nickten, dann sah sie Tamani an.

»Gute Idee.« Tamani wählte ein weiteres Stück von der Beute und trug es, seinen Freunden voran, zu Alasis Höhle. Das penetrante Brausen des Wasserfalles und das schwache Licht der Abenddämmerung umhüllten ihn sofort, als er sich durch den Felseingang in die Lichthöhle schob. In der Nähe der Öffnung, hinter der der Wasservorhang hinabstürzte, entdeckte der Graue die Heilerin und ihren Schüler. Alasi war gerade dabei, Blätter zu sortieren, während Neko auf ihre Pfoten blickte und offenbar versuchte zu erkennen, um welches Kraut es sich handelte. Während er die Pflanzen angestrengt beobachtete, bewegte er die Lippen.

»Hallo, Neko!« Kora sprang an ihrem Bruder vorbei und begrüßte den zukünftigen Heiler, indem sie ihn mit der Nase an der Schulter berührte. »Wie geht's dir?« Neko warf ihr einen irritierten Blick zu, murmelte eine rasche Begrüßung und wandte sich dann wieder den Kräutern zu seinen Pfoten zu. Sein Unterricht war wohl mit dem Untergang der Sonne nicht beendet. Alasi drehte sich mit einem belustigten Funkeln in den Augen zu ihrem Schüler. »Du darfst ruhig eine kleine Pause machen und deine Freunde begrüßen«, sagte sie. Neko senkte dankbar den Kopf, dann sprang er neben Kora, um sie ebenfalls mit der Nase an der Seite zu berühren. »Schön, dass ihr gekommen seid!« Er strahlte über sein ganzes Gesicht. Kurz zuckten seine Ohren zu seiner Ausbilderin, dann gab er seinen Gefährten ein Zeichen, ihm zu folgen. Sie begaben sich zu der Vertiefung, in der der zukünftige Heiler schlief, und Tamani ließ seinem Freund das Stück Fleisch, das er für ihn mitgenommen hatte, vor die Pfoten fallen. »Hier, das haben wir dir mitgebracht. Es gibt nicht mehr viel Beute, aber morgen gibt es hoffentlich Nachschub.« Neko neigte blinzelnd den Kopf zur Seite. »Vielen Dank, ich werde mir dieses Stück später mit Alasi teilen, wenn es euch nichts ausmacht. Ich bezweifle, dass ich jetzt genug Zeit zum Fressen habe.« Er schob das Fleisch mit der Pfote zur Seite und lud die anderen mit einem Kopfnicken dazu ein, Platz zu nehmen und ihren Anteil der Beute zu verspeisen. Tamani kauerte sich sofort nieder, um einen Bissen zu nehmen, und aus den Augenwinkeln sah er, dass Aris und Ravi seinem Beispiel folgten. Während sie sich hungrig über ihr Fressen hermachten, fing Kora zu sprechen an: »Erzähl, Neko, wie ist deine Ausbildung?«

»Wirklich toll!«, sagte der Dunkle und fügte schnell hinzu: »Aber auch sehr anstrengend, weil es so viel zu lernen gibt.«

Kora grinste. »Nun, darauf hat dich Asko ja wohl genug vorbereitet, oder?« Neko schüttelte den Kopf. »Keineswegs. Asko konnte mir nur einen Bruchteil von dem beibringen, was ich wissen muss, um ein echter Heiler zu werden.« Zur Verdeutlichung nickte der Schwarze zu Alasi, die noch immer vor den Kräuterhaufen saß und alles zu ordnen schien. »Aber genug von mir«, fuhr er fort. »Wie klappt denn das Training bei euch? Gibt es irgendwelche Neuigkeiten von den Grenzen?«

Voller Eifer begann Kora, von ihrer heutigen Übung im Kämpfen zu erzählen, während die anderen Jungwölfe hin und wieder ergänzende Kommentare einwarfen. Als die Weiße schlussendlich von den fremden Wölfen berichtete, deren Spuren wieder im Revier des Eisrudels gefunden worden waren, sah Tamani, wie ein bestürzter Ausdruck in die Augen des zukünftigen Heilers trat.

»Ich hoffe, wir finden bald heraus, wer diese Fremden sind und was sie hier suchen«, sagte Neko. »Es gefällt mir nicht, dass Eindringlinge in unserem Revier herumspazieren. Das riecht nach Kampf, und Kämpfe führen zu Wunden oder noch Schlimmerem …«

»Du hast recht«, stimmte ihm Tamani sofort zu. Ein Schauder der Furcht fuhr durch seinen Körper beim Gedanken an einen möglichen Kampf gegen unbekannte Gegner.

»Also, ich glaube nicht, dass sie gefährlich werden«, warf Aris ein. »Wenn wir sie endlich mal antreffen, vertreibt das Eisrudel sie, bevor sie überhaupt blinzeln können.«

»Genau, mit Vagabunden werden wir schon fertig«, bestätigte Ravi. »Wir haben es bestimmt nur mit elenden Feiglingen zu tun.

Warum sonst sollten sie sich immer vor uns verstecken und sich nicht blicken lassen?«

Der zukünftige Heiler sah den Weißen nachdenklich an und auch Tamani war nicht wirklich überzeugt. Es konnte sein, dass die beiden recht hatten, aber es war ebenso möglich, dass die Fremden doch etwas im Schilde führten. Und war ihre Anwesenheit der Grund dafür, dass die Wälder so still und leer wirkten? Vertrieben diese Wölfe absichtlich die Beutetiere des Eisrudels oder war das nur eine verheerende Folge ihrer Anwesenheit? Neko öffnete das Maul, um Ravi auf seine Frage zu antworten, doch ehe er etwas sagen konnte, ertönte Alasis Stimme von ihrem Platz bei den Kräutern. »Genug mit deinen Kameraden geplauscht, Neko. Ihr redet euch nur unnötige Angst ein.« Die Heilerin drehte sich um und winkte ihren Schüler mit dem Kopf zu sich. »Es ist an der Zeit, dass du dich wieder dem Lernen widmest. An einem anderen Tag wird dir noch genug Zeit bleiben, dich mit deinen Freunden zu unterhalten.« Nekos Ohren zuckten nach hinten. »Ihr habt sie gehört, ich muss zurück. Auf Wiedersehen und bis bald.« Er senkte entschuldigend den Kopf und sprang zurück zu seiner Ausbilderin.

Tamani und die anderen fraßen auf und tappten dann müde zum Schlafplatz, um sich endlich von den Strapazen des Tages erholen zu können.

11. Kapitel

Es war wieder einmal mitten in der Nacht, als Tamani aus dem Schlaf aufschreckte. Zu gerne hätte er einmal durchgeschlafen, aber das gelang ihm nur selten. Er sah, dass Schatten den Eingang zur Höhle verdunkelten. Alarmiert hob er den Kopf und öffnete das Maul, um Witterung aufzunehmen. Er spürte, wie sich sein Inneres vor Angst zusammenzog. Waren etwa die fremden Wölfe in die Höhle des Eisrudels eingedrungen? Doch er konnte ihren scheußlichen Geruch nicht entdecken, das Einzige, was er wahrnahm, war der vertraute Duft seines Geburtsrudels. Sein Fell, das sich vor Aufregung gesträubt hatte, legte sich wieder an, als er begriff, dass es sich bei den Wölfen offensichtlich um den Nachttrupp gehandelt hatte, der aufgebrochen war, um die Grenzen zu sichern. Der Graue legte den Kopf wieder auf seine Pfoten, doch das Licht des Mondes, das die Höhle nur schwach erhellte, schien in seinen Gedanken nach und hielt ihn wach, obwohl er die Augen geschlossen hatte. Eine ganze Zeit lang versuchte Tamani, sich zum Einschlafen zu zwingen, gab es schließlich aber auf. Was sollte er tun? Er konnte sich nicht vorstellen, in dieser Nacht noch Ruhe zu finden. Lautlos erhob er sich auf die Pfoten, ging die wenigen Schritte bis zum Höhlenausgang und schlüpfte durch den Vorhang aus Kletterpflanzen ins Freie. Augenblicklich umfing ihn die Kälte, die der Fall der Blätter mit sich brachte, und er stellte unwillkürlich sein Fell auf, in der Hoffnung, es würde ihm so mehr Wärme spenden. Mit eisigen Klauen griff der Wind in seinen Pelz und jagte ihm Schauer über den Rücken, aber tatsächlich hielt das gesträubte Haarkleid besser warm. Er blickte zum Himmel auf, an dem einige Wolken die Sterne verdeckten, doch dem Mond genau über ihm hatten sie genug Platz gelassen, damit er die Landschaft unter sich in silbriges Licht hüllen konnte. Tamani entschied sich dazu, den Ort aufzusuchen, an dem Shira und er sich beim letzten Mal getroffen hatten. Er wusste, wie unwahrscheinlich es war, dass sie ausgerechnet in dieser Nacht dort auf ihn warten würde, aber vielleicht hatte sie ihm eine Botschaft hinterlassen. Schließlich hatte sie versprochen, ihn zu benachrichtigen, wann sie sich wiedersehen könnten.

Als er den felsigen Pfad zum Wald hinabstieg, begannen Zweifel in seinem Inneren zu rumoren. Er kannte keine Zeichen, die eine bestimmte Botschaft übermitteln konnten. Wie würde Shiras Nachricht also aussehen und wie sollte er sie verstehen? Außerdem spürte Tamani leise Angst in seinen Pfoten prickeln. Mit etwas Pech würde er dem Nachttrupp direkt in die Pfoten laufen – von den fremden Wölfen, die sich in ihrem Revier herumtrieben, ganz abgesehen. Der Jungwolf beschleunigte sein Tempo, darauf bedacht, trotz seiner Geschwindigkeit so wenige Geräusche wie möglich zu verursachen. Es kam ihm so vor, als wäre der Wald in dieser Nacht noch stiller als sonst. Nur das leise Zirpen der Grillen war zu hören.

Es dauert nicht lange, da hatte er den Wald durchquert und die Grenze zum Revier des Blutrudels erreicht. Tamani duckte sich in den Schatten, den die Bäume auf den Boden warfen, und hielt sich dicht an den Duftmarkierungen, während er sich langsam vorwärtsschob. Er hoffte, dass der markante Geruch der Markierungen seinen eigenen überlagern würde, denn auch wenn sein Pelz mit der Dunkelheit verschmolz, würde ihn ein in der Nähe patrouillierender Trupp sofort riechen.

Als er schließlich den Ort erreicht hatte, an dem er sich noch vor wenigen Tagen mit Shira getroffen hatte, blieb er stehen. Nervös sah er sich um und prüfte die Umgebung auf drohende Gefahren, dann trat er hinaus auf die kleine Lichtung. Er suchte alles genauestens ab, fand jedoch keine Botschaft von Shira. Frustriert blickte er zu dem einzigen Felsen, der die Rasenfläche durchbrach. Er bildete einen kleinen Überhang, der gerade groß genug war, dass der Jungwolf darunterkriechen konnte. Wenn er schon kein Zeichen von Shira entdeckt hatte, dann konnte er wenigstens die Nacht an dem Ort verbringen, an dem er sie beim letzten Mal gesehen hatte. Vielleicht tauchte sie ja doch noch auf? Tamani schlüpfte unter den Steinbrocken und stellte erleichtert fest, dass er genug Platz bot, um sich vollständig darunter zu verstecken. Die Augen auf die Grenze gerichtet, kauerte er sich nieder und wartete, während seine Gedanken zu seinem letzten Treffen mit Shira wanderten. Trotz der schönen Erinnerung verging die Zeit quälend langsam und der Mond schien nur in winzigen Schritten dem Horizont entgegenzuwandern. Tamani hatte gerade beschlossen, zurück zur warmen Höhle zu laufen, als er Pfotenschritte in der Dunkelheit vernahm. Er duckte sich tiefer zu Boden, falls es der Nachttrupp war, doch schon beim nächsten Herzschlag erschien ... Shira! Die junge Wölfin hatte ihren Kopf aus dem Gebüsch am Rande ihres Reviers geschoben und blickte sich suchend um. Ein Lächeln erschien auf dem Gesicht des Grauen und eine wohlige Wärme kroch unter seinen Pelz und verdrängte die Kälte der Nacht. Shira war gekommen! Das Rudel der ewigen Jagd hatte sie also ein weiteres Mal zusammengeführt. Die Hellgrau-Weiße hatte mittlerweile das Maul geöffnet und prüfte angestrengt die Luft. »Tamani?«, wisperte sie dann leise. Der Jungwolf löste sich stumm aus dem Schatten des Überhanges. Er sah, wie die Blutrudelwölfin zusammenzuckte, dann jedoch trat ein Lächeln auf ihr Gesicht.

»Du bist also wirklich hier!« Shira überquerte, ohne zu zögern, die Grenze und sprang ihm entgegen, um ihre Schnauze zur Begrüßung in Tamanis Fell zu vergraben.

»Du auch«, antwortete er noch voller Erstaunen und berührte seinerseits ihre Ohrenspitze mit der Nase. »Komm mit unter den Felsen, dort werden wir nicht entdeckt«, bat er sie dann und führte die Hellgrau-Weiße in den Schatten des Felsens.

»Wie geht es dir?«, fragte Tamani, als sie nebeneinander in der Dunkelheit kauerten. Shira schmiegte sich enger an ihn, bevor sie antwortete: »Gut. Und wie geht es dir und den anderen?« Der Graue, den die körperliche Nähe wieder etwas verlegen machte, war froh, über seine Freunde reden zu können. »Uns allen geht es gut. Neko wurde vor einigen Sonnenwechseln zum zukünftigen Heiler unseres Rudels ernannt. Er freut sich sehr, aber er hat uns auch erzählt, wie anstrengend seine neue Ausbildung ist.« Shira lachte leise auf. »Asko geht es ganz ähnlich. Jeden Tag beschwert er sich über den vielen Unterricht und ist dadurch sogar noch reizbarer geworden, als er es ohnehin schon war.« Tamani musste bei dieser Vorstellung schmunzeln. »Dann ist ja alles beim Alten.«

Die beiden jungen Wölfe unterhielten sich, bis die Morgendämmerung einsetzte.

»Ich muss los«, flüsterte Shira schließlich mit einem traurigen Blick auf den blassen Streifen am Horizont.

»Ich auch«, erwiderte Tamani und spürte, wie unglücklich er darüber war, dass die Nacht schon vorbei war. Gemeinsam erhoben sie sich und trotteten auf die Lichtung. Tamani verabschiedete sich von Sihra, indem er ihre Schnauze mit der seinen berührte, dann wandte er sich zum Gehen. Im letzten Moment fiel ihm jedoch etwas ein und er wirbelte herum und sprang nochmals zu Shira. Sie war bereits kurz vor der Grenze, blieb jedoch stehen, als der Graue neben ihr anhielt.

»Ich würde mich diesmal gerne nicht darauf verlassen müssen, dass uns das Rudel der ewigen Jagd zusammenführt«, sagte Tamani. »Was hältst du davon, wenn wir uns in zwei Nächten wieder hier treffen?«

»Klingt nach einem guten Plan.« Shira leckte ihm liebevoll über die Wange. »Dann bis in zwei Nächten.« Sie drehte sich wieder der Grenze zu und verschwand mit schnellen Schritten in ihrem Revier.

»Möge das Rudel der ewigen Jagd mit dir sein«, murmelte der

Jungwolf ihr nach und machte sich dann ebenfalls auf den Heimweg. Er ließ dieselbe Vorsicht walten wie bei seinem Weg zu ihrem Treffpunkt, und als er den Gebirgspfad erreichte, nahm er mehr als einmal Witterung auf, um sich zu vergewissern, dass der Nachttrupp nicht in der Nähe war. Lautlos schlüpfte er in die Dunkelheit der Höhle und nach einem kurzen Verharren, in dem er nichts außer dem ruhigen Atmen seiner Rudelmitglieder wahrnahm, schlich er auf leisen Pfoten zu seinem Moospolster. Die Wärme der Höhle hüllte ihn ein und die vertrauten Gerüche beruhigten seine aufgewühlten Gedanken. Er rollte sich zusammen und hatte gerade den Kopf auf die Pfoten gelegt, als neben ihm eine verschlafene Stimme ertönte: »Wo warst du?« Erschrocken zuckte Tamani zusammen. Kora blinzelte ihn aus ihren blauen Augen forschend an.

Ein Schauder sträubte das Fell des Grauen und sein Herz begann zu rasen. *Was, wenn sie erraten hat, wo ich gewesen bin?* Sie war zwar seine Schwester, doch auch sie würde einen Verrat an ihrem Geburtsrudel nicht billigen. Sie durfte nicht erfahren, dass er sich heimlich mit Shira traf. Würde es zu Grenzstreitigkeiten zwischen ihren Rudeln kommen, wäre er stets zwischen seiner Loyalität zum Eisrudel und der Treue zu Shira hin- und hergerissen. Um solche Konflikte zu verhindern, verboten die heiligen Regeln des großen Fjords einen engen Kontakt von Wölfen aus unterschiedlichen Rudeln.

Tamani zwang sich zur Ruhe und betete still zum Rudel der ewigen Jagd, dass der Geruch nach fallenden Blättern den Duft der jungen Wölfin überdecken würde, mit der er die Nacht verbracht hatte. Er setzte ein Lächeln auf und versuchte, entspannt zu wirken, als er sagte: »Ach, nirgends, ich konnte nur nicht schlafen und habe deshalb einen kleinen Spaziergang im Mondschein unternommen.« Kora verengte skeptisch die Augen und öffnete das Maul zu einer weiteren Bemerkung, als sie das trommelnde Geräusch von Pfotenschritten unterbrach. Tamanis Blick flog zum Höhleneingang und instinktiv spürte er, dass etwas nicht stimmte. Die hektischen Schritte kamen rasant näher und nun nahm der Jungwolf auch den markanten Geruch von Blut wahr. Schon beim nächsten Herzschlag kam Akai durch den Eingang gestürmt. Noch bevor der Betawolf die Höhle ganz betreten hatte, stieß er ein lautes Jaulen aus: »Alasi! Komm schnell, Makui ist verletzt!«

12. Kapitel

Tamani erstarrte vor Schreck. Er sah Milan und Kamos in die Höhle treten, zwischen sich trugen sie Makuis reglosen Körper. Sie ließen die Ohnmächtige zu Boden sinken und Makui blieb, ohne sich zu rühren, auf der Seite liegen. Im unteren Teil der Haupthöhle entstand Bewegung, als das Eisrudel aus dem Schlaf aufschreckte und dem Eingang entgegeneilte, allen voran Alasi. Die Heilerin hatte das Fell gesträubt, sodass es wild in alle Richtungen abstand, und ihre hellblauen Augen waren vor Sorge weit aufgerissen. Alasi schob sich an Akai vorbei, kauerte sich neben Makui und untersuchte die junge Wölfin. Dann rief sie laut: »Neko, komm her.«

Endlich schaffte Tamani es, sich aus seiner Starre zu lösen. Mit aufgestelltem Pelz und einem unangenehmen Ziehen im Bauch trabte er zu dem Trupp, der umringt vom Rest des Rudels am Eingang der Höhle stand. Er reckte den Kopf, um zu sehen, welche Verletzung Makui hatte. Kaum hatte er freie Sicht auf die Wölfin, stieg Entsetzen in ihm auf – über die Seite ihres Körpers zog sich eine lange, klaffende Wunde. Sie reichte von der Schulter der jungen Wölfin bis zu ihrer Flanke und ihr sonst helles Fell war dunkelrot gefärbt. Tamani hatte in seinem Leben bereits viel Blut gesehen, doch diese gewaltige Wunde ließ ihn zurückweichen. *Lebt sie überhaupt noch?* Doch dann sah der Jungwolf, wie sich ihr Bauch schwach hob und senkte. Erleichtert atmete er auf. In diesem Moment trat Neko nach vorne neben seine Ausbilderin.

»Stütz Makui an der Schulter und nimm sie mit den Zähnen im Nackenfell«, wies Alasi ihren Schüler an. »Wir werden sie in die Lichthöhle bringen, dort können wir sie besser verarzten als hier.« Der zukünftige Heiler tat, wie ihm geheißen, und die Wölfe des Eisrudels machten Platz, um die beiden vorbeizulassen.

»Makui!« Taras entsetzter Ausruf hallte durch das Zwielicht. Mit schnellen Schritten sprang die Alphawölfin hinter den Heilern her, dicht gefolgt von Lakota. Tamani sah ihnen nach und er spürte, dass seine Pfoten zu zittern begonnen hatten. Was war nur passiert, dass die helle Wölfin so schlimm zugerichtet war?

»Was ist geschehen?« Rex hatte sich durch die Menge nach vorne geschoben und stand nun Akai und dem Rest des Nachttrupps gegenüber. Hinter ihm erschien Alea und blickte ihrem Ranggefährten sorgenvoll entgegen. Tamani wandte seine Aufmerksamkeit dem Betawolf zu und versuchte, die unguten Gefühle, die in ihm brodelten, zu ignorieren. Er konnte hören, dass Akai noch immer schnell atmete, doch als er zu sprechen anhob, klang seine Stimme gefasst und sicher: »Wir haben die Grenze zum Wüstenrudel überprüft und innerhalb unseres Reviers Spuren der fremden Wölfe entdeckt. Sie waren so frisch, dass uns klar war, dass wir sie nur knapp verpasst hatten, also sind wir ihrem Geruch gefolgt. Im Wald ist Makui dann von einem Wildschwein angegriffen worden, das vermutlich von den Fremden aufgeschreckt worden ist. Wir haben es Laos zu verdanken, dass der

Keiler in die Flucht geschlagen werden konnte und nicht noch weiteren Schaden angerichtet hat.«

Der Betawolf schnippte mit den Ohren und Kamos und Viakim traten zur Seite, damit Laos zwischen ihnen nach vorne treten konnte. Der Graue mit der dunklen Maserung humpelte und hielt den Kopf gesenkt, als er sich neben Akai stellte. »Ich habe nur meine Pflicht getan«, sagte er tonlos. Eine unheimliche Stille legte sich über die Höhle, während die Mitglieder des Eisrudels das Geschehene zu erfassen versuchten. Von seinem Platz in der Menge konnte Tamani erkennen, dass das Brustfell des Älteren blutgetränkt war. Er hoffte, dass all das Blut von dem Wildschwein und nicht etwa von Makui oder Laos selbst stammte.

»Akai?« Eine zögerliche Stimme durchbrach das Schweigen, das für wenige Herzschläge geherrscht hatte. Neko trat zu den anderen Mitgliedern des Nachttrupps. »Könntest du mir bitte mit deinen Wölfen in Alasis Höhle folgen? Ich soll euch nach Verletzungen absuchen.«

»Natürlich«, entgegnete Akai und zuckte mit der Rute in die Höhe. Er und der Nachttrupp folgten dem jungen zukünftigen Heiler und verschwanden im Eingang zur Lichthöhle. Der Rest des Rudels sammelte sich um Rex. Kein Gemurmel oder Geflüster war zu hören – als fürchteten sich die Wölfe davor, die Stille zu zerstören. Der Alphawolf ließ seinen blaugrauen Blick über die Menge schweifen und ein nachdenklicher Ausdruck trat in seine Augen. »Okupa, Amali, Tamani und Aris«, bellte er dann und sein Sohn zuckte zusammen, als er seinen Namen hörte. »Wir werden aufbrechen und der Spur der fremden Wölfe folgen. Noch mal lassen wir sie nicht entwischen!« Er drehte sich zu Alea um, die ihn ernst ansah.

»Alea, ich möchte, dass du dir einige Wölfe nimmst und den Keiler erlegst. Oder zumindest sicherstellst, dass er unser Revier verlässt!« Die Betawölfin nickte. Rex hob die Rute noch höher, um seinen Trupp um sich zu scharen. Tamani trat nach vorne und reihte sich hinter seinen älteren Kameraden ein, als sein Vater das Zeichen zum Aufbruch gab. Er fühlte sich noch immer wie betäubt, aber er verstand natürlich, dass sie die Gelegenheit nutzen mussten. Hoffentlich hatten sie zu fünft eine Chance gegen die Unbekannten! Der Jungwolf stürmte aus dem Höhlenausgang hinaus in die kühle Morgenluft. Der Angstgeruch des Nachttrupps und die Blutspur, die sich gebildet hatte, wiesen den Weg zu dem Ort, an dem der schreckliche Kampf gegen das Wildschwein stattgefunden haben musste.

»Sie hat so viel Blut verloren«, keuchte Aris hinter Tamani, als sie den Weg entlangrasten, der sie hinab zum Donnerbecken führte. Der Pelz des Grauen kribbelte unangenehm bei den Worten des Freundes und er richtete unwillkürlich den Blick auf die noch frische Blutspur zu seinen Pfoten. Aris hatte recht. Makuis Verwundung war wirklich ernst und bei der Menge an Blut, die sie verloren hatte, waren ihre Überlebenschancen äußerst gering. Tamani musste kein Heiler sein, um das zu wissen.

Rex behielt sein rasches Tempo bei, als sie den Fuß des Gebirges erreicht hatten. Er führte seinen Trupp durch den Fluss und in den dahinterliegenden Wald hinein, stets auf der markanten Spur, die zurückgeblieben war. Als sie schließlich die Stelle des Kampfes erreicht hatten, an der das Laub, das überall um sie herum den Boden bedeckte, aufgewühlt war, ließ der Anführer seine Wölfe anhalten. Tamani konnte dunkle Blutflecken entdecken, die die Blätter sprenkelten. Auf Rex' Zeichen hin schwärmten alle zwischen den Bäumen aus, um das Schlachtfeld zu untersuchen. Tamani öffnete das Maul, um Witterung aufnehmen zu können. Die Gerüche, die in seine Nase und sein Maul strömten, erzählten von einem brutalen Angriff und er unterdrückte ein Winseln. Der Gestank von Blut und Angst überlagerte den Duft des Waldes und darunter konnte der Graue die Fährte des Wildschweines wahrnehmen. Tamani hatte einmal eine Rotte Wildschweine mit ihren Frischlingen gesehen, und auch wenn Graupelz ihnen damals erklärt hatte, dass sie für Wölfe sehr gefährlich sein konnten, hatte er ihm damals nicht wirklich Glauben geschenkt. Tamani schüttelte den Kopf. Er sollte eigentlich nach Anzeichen der fremden Wölfe Ausschau halten. Doch was, wenn das Ungeheuer noch in der Nähe war? Der Jungwolf presste unwillkürlich die Kiefer zusammen.

»Hier!«, ertönte Okupas Stimme und Tamani fuhr vor Schreck zusammen. Er sah zu dem Älteren hinüber, der in Richtung der Wüstenrudelgrenze blickte. »Ich habe die Spur der Fremden entdeckt. Fürchterlich, dieser Gestank!« Der Trupp eilte zu ihm.

»Gut gemacht.« Rex nickte dem Wolf zu und hob dann ebenfalls die Schnauze in die Höhe. Seine Ohren zuckten, dann zischte er: »Die Spur ist frisch. Sie müssen noch vor Kurzem hier gewesen sein. Vorwärts!« Er bedeutete seinem Trupp mit einem

Rutenzucken, ihm zu folgen, und stürmte beim nächsten Herzschlag los. Die anderen Wölfe liefen ihm nach. Während sie sich von dem düsteren Geruch tiefer zwischen die Bäume führen ließen, zog Nebel auf. Tamani schauderte. Wenn sie nun in einen Hinterhalt gerieten, würden sie ihre Gegner erst entdecken, wenn diese über sie herfielen.

»Wir kommen ihnen näher«, knurrte Rex von vorne. Auch der Jungwolf konnte die Nähe der fremden Wölfe riechen. Der markante, bedrohliche Geruch umfing ihn und er schüttelte den Kopf, um ihn aus seiner Nase zu vertreiben. Sie waren nun auch der Grenze zum Wüstenrudel näher und so vermischten sich die beiden Gerüche unangenehm. Als sie um eine große Dornenhecke bogen, ließ Rex den Trupp langsamer werden. Nun schlichen sie nur noch geduckt und fast geräuschlos vorwärts, an den Duftmarkierungen entlang. Tamanis Pfoten kribbelten vor Furcht angesichts der bevorstehenden Konfrontation. Er konnte vor sich das leise Knacken von Ästen und das Rascheln von Laub hören, was eindeutig verriet, dass sich die Eindringlinge vor ihnen befanden. Durch das dichte Unterholz konnte er sie jedoch nicht sehen, nur mit seinen anderen Sinnen wahrnehmen. Dann machte die Fährte plötzlich einen Bogen hin zur Grenze, und als der Trupp vorsichtig aus dem Unterholz hervortrat, zeugten nur noch die leichten Bewegungen einiger Farne davon, dass hier eben noch Wölfe gewesen waren. Rex ließ ein tiefes Grollen hören und auch in Tamani stieg Ärger auf. Die Fremden waren ihnen erneut entwischt!

»Sie sind ins Revier des Wüstenrudels gewechselt, dorthin

können wir ihnen nicht folgen«, murmelte Tamani frustriert und sah zu den Bäumen jenseits der Duftmarkierungen. Trotz seiner Angst vor den Fremden fühlte er sich merkwürdig enttäuscht und wurde gleichzeitig von einer neuen Anspannung erfasst. Die Gefahr war für den Moment vorüber, doch das bedeutete nicht im Geringsten, dass sich das Eisrudel in Sicherheit wiegen konnte. Ganz im Gegenteil, die Unbekannten würden weiterhin durch ihr Revier schleichen und das Rudel damit in ihren unsichtbaren Klauen gefangen halten.

»Was sollen wir jetzt tun?«, fragte Amali den Alphawolf und ihre Ohren zuckten unruhig.

»Wir werden hier warten.« Rex' Stimme klang ruhig und entschlossen, während er zu seinen Wölfen blickte.

»Meinst du wirklich, dass die Fremden ausgerechnet zu dieser Stelle zurückkommen werden?«, wandte Okupa skeptisch ein und auch Tamani sah seinen Vater zweifelnd an. Er glaubte nicht, dass die Fremden vor Sonnenuntergang wiederkamen, und selbst dann würden sie mit Sicherheit nicht denselben Weg wie zuvor wählen, um das Revier des Eisrudels zu betreten. Der Alphawolf schüttelte entschieden den Kopf. »Nein, das wohl nicht. Wir werden aber warten, bis wir einen Trupp des Wüstenrudels antreffen. Schließlich sind die fremden Wölfe in ihr Land eingedrungen.« Tamanis Fell sträubte sich. Das Wüstenrudel war dem Eisrudel immer noch feindlich gesinnt. Wie würden sie reagieren, wenn sie den Trupp an der Grenze entdeckten?

»Ich glaube nicht, dass das eine gute Idee ist.« Amali sah Rex skeptisch an. »Wir werden keine Chance haben, ihnen zu erzählen, was geschehen ist. Sie werden sich auf uns stürzen und unsere Pelze zerfetzen.« Der Alphawolf zuckte entschlossen mit den Ohren. »Das würden sie bereuen.« Er nickte zu einer mit nur noch wenigen Blättern belaubten Hecke und sagte: »Wir werden uns dort verbergen, und wenn wir das Wüstenrudel entdecken, warnen wir sie vor den Fremden. Das ist eine gute Möglichkeit, die Streitigkeiten beizulegen.« Damit trabte der Anführer zu den Büschen und zwängte sich hinein. Tamani und der Rest des Trupps folgten dem Ranghöchsten, sodass sie schon bald gut versteckt im Gebüsch kauerten. Der Jungwolf fixierte die Grenze vor sich aufmerksam und lauschte angestrengt in die Ferne. Er wollte das Näherkommen eines anderen Trupps so schnell wie möglich bemerken. Doch so sehr er seine Sinne auch anstrengte, der Wald blieb stumm. Nicht einmal der Gesang der Vögel war zu hören, nur das Rauschen der Blätter im Wind durchbrach die Stille.

Der Himmel über ihnen wurde langsam heller, als die Sonne aufging, und nach einiger Zeit lichtete sich auch der Nebel um sie herum. Erleichtert atmete Tamani auf und sog den Duft des Morgens ein. Da hörte er plötzlich das Rascheln von Blättern, die unter dem Gewicht von Pfoten zu Boden gedrückt wurden. Tamani duckte sich noch tiefer und legte die Ohren flach an, als auf der anderen Seite der Grenze fünf Wölfe auftauchten. Der eine war Bekam, der Wolf, der bei dem Kampf den gegnerischen Trupp geleitet hatte, und der Wolf vor ihm war der Alphawolf des Wüstenrudels. Der Jungwolf kannte ihn noch von seiner ersten Begegnung mit Telai und dessen Geschwistern, als sie damals als

Welpen zu ihrer Reise ins Wächtergebirge aufgebrochen waren. Der fremdartig staubige Geruch des anderen Rudels wehte dem Grauen in die Nase, während die fünf Wölfe stetig an den Markierungen entlang auf sie zugetrottet kamen, ohne das Eisrudel zu bemerken. Als sie auf ihrer Höhe waren, erhob sich Rex wortlos, schob sich aus den Zweigen heraus und trabte auf die Wüstenrudelwölfe zu. Sein Trupp folgte ihm. Tamanis Herz hämmerte in seiner Brust, während er die Wölfe vor sich beobachtete, die sich nun ebenfalls hinter ihrem Anführer aufbauten und dem Eisrudel mit funkelnden Augen und gesträubtem Fell entgegensahen.

»Sei gegrüßt, Warev.« Rex neigte höflich den Kopf vor dem anderen Alphawolf, hielt seine Rute jedoch hocherhoben, um seine Autorität zu demonstrieren. Warev ahmte die Geste nach und fragte dann mit unverhohlenem Misstrauen in der Stimme: »Warum hast du deine Wölfe hierhergeführt, Rex? Wollt ihr unbedingt wieder einen Kampf mit meinem Rudel provozieren?« Tamanis Vater schüttelte bestimmt den Kopf. »Nein, keineswegs. Wir sind hier, um euch zu warnen.« Der Jungwolf sah, wie sich Warevs Fell sträubte und ein Funkeln in seine Augen trat. Neben dem Anführer des Wüstenrudels knurrte Bekam wie wild und duckte sich mit angespannten Muskeln zu Boden. Es sah so aus, als wollte er sie im nächsten Moment anfallen, und Tamani straffte unwillkürlich seine Muskeln.

»Halt dich zurück!«, zischte Warev zornig und sein Blick schnellte zu seinem Betawolf, bevor er sich wieder Rex zuwandte. »Was genau soll das für eine Warnung sein? Wollt ihr uns etwa drohen?« Tamanis Herz setzte kurz aus, als er begriff, dass hier ein Missverständnis ganz schnell zu einem Kampf führen konnte. Hatte Amali recht gehabt und ein Gespräch mit dem Wüstenrudel war absolut aussichtslos? Was sollten sie tun, wenn der gegnerische Trupp sie einfach angriff? Er zuckte unruhig mit den Ohren.

»Wir wollen euch nicht drohen«, stellte Rex ruhig klar, doch sein Sohn sah, wie sich die Muskeln des Alphawolfes verkrampften. »Wir sind gekommen, um euch vor fremden Wölfen zu warnen.«

Warev funkelte Rex noch einige Herzschläge lang misstrauisch an, dann nickte er dem anderen Alphawolf zu, als Zeichen, dass dieser fortfahren sollte. Rex nahm die Erlaubnis mit einem Zucken der Ohren entgegen, dann hob er zu sprechen an: »Mein Rudel hat in den letzten Tagen vermehrt die Spuren von fremden Wölfen an unseren Grenzen und in unserem Revier entdeckt. Bis jetzt ist es uns noch nicht gelungen, sie aufzuspüren.« Tamani spürte, wie ihn bei den Worten seines Vaters ein Schauder durchrann. Er wusste, dass solch brisante Informationen – und eigene Schwächen – normalerweise nicht vor Wölfen aus einem anderen Rudel preisgegeben wurden. Erst recht nicht, wenn diese anderen Wölfe kurz davor standen, eine Fehde gegen sie zu beginnen. Der Graue fühlte sich noch unwohler als ohnehin schon. Rex ging mit dem Offenbaren ihrer Schwäche ein großes Risiko ein und Tamani konnte nur hoffen, dass es sich lohnen würde.

»Heute Nacht hat ein Trupp die Spur dieser Wölfe gefunden und verfolgt, um sie zu stellen«, fuhr der Alphawolf des Eisrudels fort, wurde jedoch von Warev unterbrochen. »Was soll das mit dem Wüstenrudel zu tun haben?«, fragte er und in den Augen des

Sandbraunen glomm Ungeduld. Rex überhörte den Einwurf und sprach weiter: »Die Spur der Eindringlinge führte bis hierher und bog dann in euer Revier ab.« Der große Graue machte eine Pause, in der er die Wüstenrudelwölfe mit einem durchdringenden Blick betrachtete, bevor er fortfuhr: »Wir wissen über diese Fremden nicht viel. Sie gehören definitiv keinem Rudel des großen Fjords an und stellen eine unbekannte Gefahr für uns alle da. Deshalb sind wir gekommen, um euch zu warnen, damit ihr den Eindringlingen nicht unvorbereitet begegnet.« Die Wölfe jenseits der Grenze schwiegen. Ihre Blicke huschten misstrauisch hin und her, als wüssten sie nicht, ob sie Rex' Worten Glauben schenken sollten. Die Anspannung jedoch war verflogen. Auch Tamani lockerte seine Muskeln ein wenig, als Warev zu sprechen anhob. »Wir sind euch dankbar für eure Warnung. Auch das Wüstenrudel hat die Spuren der fremden Wölfe bereits entdeckt. Vielleicht handelt es sich bei ihnen um ein neues Rudel, das sich hier niederlassen möchte, doch du hast recht: Irgendetwas Seltsames geht hier vor.« Der Alphawolf sah Rex entschlossen an. »Diese Eindringlinge stellen womöglich eine Bedrohung für unsere Rudel dar. Wir werden nicht zulassen, dass sie unser Revier übernehmen und sich hier breitmachen!« Warev nickte seinem Betawolf zu, der mit einem Ohrenzucken antwortete, dann wandte er sich wieder dem Eisrudel zu. »Wir werden uns sofort aufmachen und versuchen, den Trupp zu stellen und vom Gebiet der Rudel am großen Fjord zu vertreiben!«

Tamani spürte, wie ihn Erleichterung überkam. Das Wüstenrudel hatte sie angehört und ihnen geglaubt. Anscheinend hatte es nur einen gemeinsamen Feind gebraucht, um die beiden Rudel wieder zusammenzuführen und ein Gefühl der Verbundenheit zu schaffen. Der Jungwolf konnte den Mut und die Weisheit seines Vaters nur bewundern. Er musste gewusst oder zumindest gehofft haben, dass sich Warev mit ihnen versöhnen würde, wenn es eine Bedrohung gab, gegen die die Rudel zusammenstehen mussten. Der Sandbraune neigte den Kopf und Rex erwiderte die Abschiedsgeste. Schon im nächsten Moment zuckte seine Rute in die Höhe, als Zeichen, dass ihm seine Wölfe folgen sollten. Er wirbelte herum und Tamani und die anderen Mitglieder des Trupps folgten den langen Sprüngen des Ranghöchsten tiefer in ihr Revier hinein. Nach einer Weile durchbrach Okupa das Schweigen: »Warev klang versöhnlich.«

»Da hast du recht«, stimmte ihm der Alphawolf von vorne zu und die Zufriedenheit in seiner Stimme war nicht zu überhören. »Ich denke, wir konnten die aufkommende Feindschaft mit dem Wüstenrudel soeben abwenden.«

Tamanis Ohren zuckten freudig, doch schon im nächsten Moment drängte sich die mögliche Bedrohung durch die unbekannten Wölfe zurück in sein Bewusstsein.

Als sie die Höhle des Rudels schließlich erreichten, hatte die Sonne ihren höchsten Punkt bereits überschritten und schickte ihre wärmenden Strahlen auf die Erde herab. Der Jungwolf folgte dem Trupp als Letzter in den Schatten der Höhle, denn er fürchtete sich vor dem, was ihn im Inneren der Felswände erwarten würde. War Makui ihren Verletzungen erlegen? Beim Gedanken an die tiefe und klaffende Wunde zweifelte Tamani an einer Wendung zum Guten. Sie hatten kaum ein paar Schritte im matten Zwielicht gemacht, als ihnen Alea entgegentrat.

»War euer Trupp erfolgreich?«, kam Rex der Betawölfin zuvor und entließ seine eigenen Wölfe mit einem Rutenzucken. Tamani entfernte sich langsam von seinem Vater und der Wölfin, blieb dann jedoch stehen, um ihrem Gespräch lauschen zu können.

»Wir haben das Wildschwein den ganzen Weg bis zur Blutrudelgrenze gejagt.« Der Alphawolf nickte, bevor er fragte: »Ist jemand von euch verletzt?« Die Weißsilberne schüttelte mit dem Kopf. »Nein, es geht uns allen gut. Der Keiler ist geflohen, ohne uns Schwierigkeiten zu machen.« Tamani spürte, wie Sorge in ihm aufflammte. Nun hielt sich das Wildschwein also im Revier des Blutrudels auf. War Shira in Gefahr? Würde der Keiler erneut versuchen, Wölfe zu attackieren, und sie dabei vielleicht verletzen? Als Rex begann, von ihrer Begegnung zu erzählen, wandte Tamani die Aufmerksamkeit von ihrer Unterhaltung und seinen sorgenvollen Gedanken ab und den Wölfen zu, die im unteren Teil der Höhle versammelt saßen und offenbar auf Neuigkeiten warteten. Er gesellte sich zu Kora und Ravi und nickte ihnen einen knappen Gruß zu. »Wisst ihr, wie es Makui und dem Rest des Nachttrupps geht?«, stellte er die Frage, die ihn schon seit dem Morgen mit einer tiefen Angst erfüllte. Eigentlich wollte er die Antwort gar nicht hören, andererseits konnte er es auch nicht aushalten, die Wahrheit nicht zu kennen. Kora sah ihn an. Ihre blauen Augen schienen trüber als sonst. Sicher sorgte auch sie sich sehr um Makui, schließlich waren die Weiße und ihr Bruder gleichermaßen mit Lakota und der jungen Wölfin befreundet gewesen.

»Dem Rest des Trupps scheint es gut zu gehen. Laos humpelt zwar, weil er sich während des Kampfes mit dem Keiler an der Schulter verletzt hat, aber er und die anderen haben nur ein paar Kratzer davongetragen und werden sich bestimmt bald ganz erholt haben. Was Makui angeht …« Die Jungwölfin zögerte und in ihren Augen blitzte etwas auf, was Tamani nicht entschlüsseln konnte. »Ich weiß nicht, wie es ihr geht oder ob ihre Wunden zu tief sind …« Kora unterbrach sich selbst schnell und ihr Blick huschte zu Alasis Höhle. »Bisher scheint es auf jeden Fall weder gute noch schlechte Nachrichten zu geben, sonst hätten wir das mitbekommen. Wie war es bei euch? Konntet ihr die fremden Wölfe stellen?«

Aris, der neben Tamani getreten war, schüttelte bedauernd den Kopf. »Nein, sie sind uns ganz knapp entwischt, aber dafür haben wir das Wüstenrudel gewarnt und das scheint sie versöhnlich gestimmt zu haben.« Tamani hörte nur mit halbem Ohr zu, während sein Blick immer wieder zur Höhle der Heilerin flog. Er konnte beobachten, wie Alea in der hellen Öffnung zur Lichthöhle verschwand und kurz darauf mit Tara an ihrer Seite zurückkehrte. Die Alphawölfin hielt den Kopf gesenkt und ihre Rute schleifte über den Boden. Sie ließ sich von der Betawölfin zu dem dunkleren Felsspalt führen, in dem Tamani noch nie gewesen war, und gemeinsam verschwanden die beiden Wölfinnen in den Schatten. Der Graue scharrte nervös mit den Pfoten über den Boden. Es gefiel ihm gar nicht, dass seine Mutter so niedergeschlagen war, denn es war mit Sicherheit ein Anzeichen dafür, dass es gar nicht gut um Makui stand. Pfotenschritte, die sich ihm und seinen Freunden näherten, holten ihn aus seinen Gedanken, und als er aufsah, erblickte er Kamos. Der Ältere blieb vor den vier Jungwölfen stehen und nickte ihnen eine Begrüßung zu, bevor er sagte: »Ihr werdet euch für den Rest des Tages Okupa anschließen und zusammen mit ihm auf die Jagd gehen. Ihr trefft ihn gleich beim Donnerbecken. Geht sofort los, er wird bald nachkommen und euch zu den heutigen Jagdplätzen führen.« Der Tiefgraue wartete kurz und sein Blick fiel wohlwollend auf die jungen Wölfe vor ihm. »Gebt euer Bestes, das Eisrudel braucht die Beute an diesem Tag mehr denn je. Wir setzen großes Vertrauen in eure Fähigkeiten.« Er senkte den Kopf nochmals vor den Freunden und wünschte ihnen eine erfolgreiche Jagd, dann machte er sich zurück zu dem Ort, an dem Tamani seinen Schlafplatz vermutete. Der junge Wolf sah dem Ausbilder nach und in den Bewegungen des Älteren glaubte der Graue ein Stocken bemerkt zu haben. *Vielleicht ist Kamos bei der Schlacht gegen das Wildschwein doch schwerer verletzt worden, als er zugeben möchte*, dachte der Jungwolf voller Sorge. Er wandte den Blick wieder seinen Gefährten zu, die sich bereits erhoben hatten.

»Kommt«, forderte Kora sie auf und übernahm die Führung, worüber ihr Bruder mehr als froh war. Im Moment fühlte er sich nicht gut genug, um ein zuverlässiger Anführer für sie zu sein, und die Hilfe seiner Schwester erleichterte ihn.

»Was wir wohl jagen werden?«, fragte Ravi, während sie auf die sandige Fläche neben dem Becken des Wasserfalles zuhielten.

Kora zuckte mit den Schultern und machte die letzten Schritte bis zum Boden. »Ich weiß es nicht«, erwiderte sie, als sich schließlich alle Jungwölfe versammelt hatten. »Kleine Beutetiere gibt es ja kaum noch, seit diese Fremden hier rumschleichen …«

»Um einen Elch zu erlegen, sind wir auf jeden Fall zu wenige«, bemerkte Aris.

»Ich bin auch nicht wirklich ein geübter Elchjäger«, witzelte Ravi und die anderen brachten ein kleines Lächeln zustande.

»Vielleicht sind die Wapitis wieder in unser Revier zurückgekehrt«, überlegte Kora. Tamani sah sie zweifelnd an. »Glaubst du wirklich, dass sie so schnell wiederkommen? Wir haben sie immerhin sehr weit in das Gebiet des Wüstenrudels hineingejagt.« Das Geräusch von herabfallenden Steinen unterbrach ihre Unterhaltung.

»Wir werden es bald erfahren.« Ravi nickte zum Abstieg, auf dem Okupa ihnen entgegengesprungen kam.

»Kamos hat euch ja bereits erklärt, dass wir nun jagen werden«, begrüßte sie der Graugescheckte, kaum dass er bei ihnen angelangt war. »Da wir für die Jagd auf große Beutetiere zu wenige sind und die Wapitis mit Sicherheit erst in einigen Mondwechseln in unser Revier zurückkehren, werden wir heute versuchen, kleinere Beute zu erlegen.« Er machte eine Pause, wie um sicherzustellen, dass ihm seine Zuhörer folgen konnten, bevor er fortfuhr: »Wir werden also versuchen, Hasen, andere Nager oder vielleicht sogar Vögel zu fangen – auch wenn die sich in letzter Zeit gut verstecken. Verstanden?« Die Jungwölfe nickten und Tamani spitzte konzentriert die Ohren, damit er auch die folgenden

Instruktionen mitbekommen würde. Okupa richtete seinen grünbraunen Augen auf Aris und Ravi, die nebeneinanderstanden und ihm entgegensahen.

»Ihr zwei jagt hier im anliegenden Wald«, bestimmte der Graugescheckte. »Kora, Tamani, ihr versucht euer Glück im hohen Gras am Rand der großen Ebene. Ich selbst werde versuchen, an den Hängen des Gebirges etwas Beute zu machen. Wenn also irgendetwas sein sollte, findet ihr mich dort. Wir werden uns wieder hier treffen, wenn die Sonne untergeht. Eine erfolgreiche Jagd euch allen!«

13. Kapitel

Der Mond war bereits am dunklen Nachthimmel emporgestiegen, als Tamani sich mit den letzten Beutestücken im Maul auf den Weg zurück zur Höhle machte. Die Jagd hatte ihnen eine bessere Ausbeute eingebracht als erwartet, und so hatte der Trupp dreimal laufen müssen, um den gesamten Fang zum Rudel zu bringen. Der Jungwolf schlüpfte in die Wärme der Höhle, trabte zum Beuteplatz und ließ wie seine Begleiter seinen Fang zu Boden fallen.

»Gut gemacht.« Im Zwielicht konnte der Graue Akai erkennen, der mit einem zufriedenen Leuchten in den Augen zu ihnen trat. »Ihr habt viel Beute gemacht. Das Eisrudel kann stolz sein, so fähige Jungwölfe wie euch zu haben.« Der Betawolf nickte anerkennend, bevor er sagte: »Nehmt euch jetzt etwas zu fressen und legt euch dann schlafen, ihr habt einen anstrengenden Tag hinter euch, und wir brauchen ausgeruhte Wölfe, die auch morgen für das Wohl des Rudels sorgen.« Der Hellgraue senkte nochmals den Kopf, murmelte einen Gruß und trottete dann davon in die Dunkelheit. Tamani und die anderen Jungwölfe schnappten sich jeder ein Stück Beute und trugen es zu ihrem Moospolster, um dort ihr Mahl einzunehmen. Doch trotz Akais Lob und seinen zuversichtlichen Worten kam kein Gespräch zustande. Die Freunde passten sich dem allgemeinen Schweigen in der Höhle an. *Vielleicht ist es nur so still, weil die meisten schon schlafen*, überlegte Tamani, doch er glaubte zu wissen, was der eigentliche Grund für diese unnatürliche Ruhe war. Mittlerweile hatte sich im Eisrudel die Nachricht verbreitet, dass Makui in Lebensgefahr schwebte, und die Sorge um ihre Rudelgefährtin bedrückte alle in der Höhle. Auch Tamani spürte dieses unangenehme Gefühl wie einen groben Klumpen in seinem Bauch. Sobald er fertig gefressen hatte, rollte er sich so zusammen, dass er zur Öffnung der Lichthöhle blicken konnte. Er wollte, falls es Neuigkeiten von der Verletzten gab, sofort davon erfahren, und darum zwang er sich, die vor Müdigkeit brennenden Augen offen zu halten. Mit der Zeit jedoch wurde er immer erschöpfter und das monotone Brausen des Wasserfalles ergriff Besitz von seinen Gedanken, bis er in einen unruhigen Schlaf fiel ...

Schatten wogten unruhig um Tamani herum. Erschrocken stolperte er zurück, als ihn die Körper von Tieren streiften und zurückdrängten. *Wo bin ich? Wie bin ich hierhergekommen?* Panik stieg im Inneren des Jungwolfes auf, als seine Hinterläufe gegen weitere Körper stießen. Er war umzingelt! Ängstlich warf Tamani den Kopf hin und her. Er musste sich orientieren. Er musste herausfinden, wo er war. Er musste fliehen! Doch das Einzige, was der junge Wolf erkennen konnte, war der wolkenverhangene Nachthimmel über ihm, der die Welt in tiefe Dunkelheit hüllte. Er schauderte und vor Furcht stellte sich sein Fell auf. Im schwachen Zwielicht konnte er die fahlen Gestalten von Wölfen ausmachen, die sich schleichend vorwärtsbewegten. Ihre funkelnden Augen und die boshaft gebleckten Zähne leuchteten unheimlich in den Schatten, während sie sich um den Jungwolf drängten. Gemurmelte Worte stiegen neben ihm auf, ein leises Knurren umgab ihn und der Wind heulte gespenstisch. Tamani spürte, wie eine Böe in seinen Pelz fuhr und ihn erneut Kälte durchlief, als er aus dem düsteren Geflüster der Schattengestalten ein Wort heraushören konnte.

»Finsternis«, zischten sie unheilvoll, und immer und immer wieder wurde das Wort aufgegriffen und von dem unheimlichen Chor aus Stimmen wiederholt. Wie erstarrt stand der junge Wolf da, während Wellen der Angst über ihm zusammenbrachen und seine Pfoten unkontrolliert zitterten. Wie war er nur in eine solche Lage geraten? Was waren das für Wölfe und warum suchten sie ihn heim? Der Graue versuchte, seine Pfoten in Bewegung zu setzen, um von diesem schrecklichen Ort zu fliehen, doch sie schienen im steinigen Boden verwurzelt zu sein und rührten sich nicht vom Fleck, so sehr er sich auch bemühte. Panik drohte ihn zu überwältigen. »Was wollt ihr von mir?«, hörte er sich jaulen, doch seine Worte klangen so fern, als kämen sie aus einer anderen Welt. Die Angst in ihm stieg ins Unermessliche, während er auf eine Erwiderung wartete. Doch die einzige Antwort, die er bekam, war die immer deutlichere Drohung: »Finsternis! Finsternis!«

Nach Luft schnappend schlug Tamani die Augen auf. Die unheilvolle Szene um ihn herum war verschwunden, stattdessen lag er auf dem Moospolster seines Schlafplatzes. Vertraute Gerüche erfüllten die Luft in der Höhle und das schwache Licht des beginnenden Tages strömte beruhigend auf den Jungwolf ein. Er hatte nur geträumt! Die unheimlichen Schattengestalten waren nur der Fantasie seines Traumes entsprungen. Er war in Sicherheit. Tief sog der Graue die angenehm riechenden Düfte ein.

»Ist alles in Ordnung?« Kora kam aus dem unteren Teil der Höhle auf ihn zugetrabt, in den blauen Augen ein sorgenvolles Funkeln.

»J-Ja«, stotterte Tamani und bemerkte voller Scham, wie dünn seine Stimme klang. Er schüttelte den Kopf, um seine Gedanken zu ordnen, und setzte sich auf. »Nur ein dämlicher Albtraum, sonst nichts.« Er zuckte mit den Ohren zu dem Teil der Höhle, der in tiefem Schatten lag. »Wo warst du?«

Seine Schwester setzte sich neben ihn und folgte dem Blick des Grauen, bevor sie zu sprechen anhob: »Ich war bei Viakim, weil ich wissen wollte, ob es etwas Neues von Makui gibt.«

»Und?«, fragte Tamani und war sofort wieder voller Anspannung. Mit einem Mal verschwanden die schemenhaften Bilder seines Traumes aus seinen Gedanken und die Sorgen um seine Rudelgefährtin kehrten zurück.

»Er weiß nichts und Lakota ist noch immer in Alasis Höhle. Er scheint seit gestern Morgen nicht mehr hier in der Haupthöhle gewesen zu sein.« Tamani spürte, wie sich sein Magen zusammenkrampfte. Er wusste, dass sich Makui und ihre zwei Brüder sehr nahestanden. Wie würden sie den Verlust ihrer Schwester verkraften, wenn sie ihren Verletzungen tatsächlich erläge? Der

Jungwolf blickte zur Lichthöhle. »Vielleicht sollten wir einfach mal selbst nachsehen«, schlug er vorsichtig vor. Kora schüttelte energisch den Kopf. »Das kann doch nicht dein Ernst sein, Brüderchen.« Sie stupste ihn an und ein leichtes Lächeln umspielte ihre Lippen. »Wenn wir jetzt einfach so in Alasis Höhle auftauchen, wird sie uns rauswerfen, bevor wir auch nur blinzeln können. Und hinterher können wir froh sein, wenn wir noch beide Ohren haben.« Sie zwinkerte ihm zu, doch Tamani wusste, dass sie recht hatte. Beschämt senkte er den Blick zu Boden.

»Was haltet ihr davon, wenn wir nicht über Dinge nachdenken, an denen wir nichts ändern können, sondern einfach zu Akai gehen und uns auf unser Training konzentrieren?« Ravi war ebenfalls erwacht und blickte seine Geschwister forsch an.

»Klingt nach einem Plan.« Koras Blick huschte nochmals kurz zur Höhle der Heilerin, dann sah sie wieder zu ihren Brüdern. Auf ihrem Gesicht breitete sich ein schelmisches Grinsen aus, bevor sie das Maul öffnete und rief: »Wer als Erster am Beutehaufen ist, hat gewonnen!« Sie wartete einige Herzschläge lang, damit die Worte bei ihren Gefährten ankommen konnten, dann wirbelte sie herum und sprang los. Tamani sah ihr perplex nach. Er wusste, dass seine Schwester versuchte, die Stimmung aufzulockern, doch er war sich nicht sicher, ob sich ein Wettrennen in der dunklen Haupthöhle dafür wirklich eignete. Neben ihm waren mittlerweile Ravi und Aris aufgesprungen, um der Weißen nachzueilen, also erhob er sich auch. Langsamer folgte er seinen Gefährten den Weg hinab und betrachtete die anderen Jungwölfe. Kora hatte gerade den Beuteplatz erreicht.

Sie blieb stehen und drehte sich nach hinten, um mit leuchtenden Augen zu ihren Verfolgern zu sehen. Sie öffnete das Maul, doch schon im nächsten Moment wurde sie umgestoßen. Ravi war in vollem Lauf in sie gerast und riss sie mit sich zu Boden. Tamani sah, wie die beiden übereinanderkugelten und unglücklicherweise ausgerechnet gegen Amali stießen, die neben dem Beutehaufen gestanden hatte, um sich etwas zu fressen auszuwählen. Mit gesträubtem Nackenfell wirbelte die Weiße herum und fixierte mit loderndem Blick die beiden jungen Wölfe zu ihren Pfoten. »Was soll dieser Quatsch? Warum benehmt ihr euch wie unvorsichtige Welpen? Habt ihr keine sinnvolleren Aufgaben zu erledigen?« Tamani sprang nach vorne, damit er seinen Geschwistern beistehen konnte. Diese krochen jedoch bereits mit angelegten Ohren zurück und murmelten eine Entschuldigung. Amali ließ nochmals ein kehliges Knurren hören, dann wandte sie sich ab und wieder dem Beuteplatz zu. »Jedes Jahr werden diese Jungwölfe undisziplinierter. Beim nächsten Mal kommt ihr nicht so ohne Weiteres davon, das sage ich euch. Dann ziehe ich euch das Fell über die Ohren!« Sie nahm sich ein Stück Beute und stolzierte mit hocherhobenem Kopf davon. Kora und Ravi wirkten zutiefst beschämt und schwiegen betreten, als sich Tamani neben sie schob, dicht gefolgt von Aris.

»Damit hätten wir dann wohl geklärt, wo wir Wettrennen in Zukunft vermeiden sollten«, scherzte Aris, doch man hörte deutlich, dass auch ihm die Situation unangenehm war.

»Verdammt!«, murmelte Kora und sah auf ihre Pfoten, mit denen sie vor lauter Nervosität über den Höhlenboden scharrte.

»Lasst uns das Ganze vergessen und zu Akai gehen, damit er uns einteilen kann«, schlug Tamani vor. Die anderen waren einverstanden und so machten sie sich gemeinsam auf den Weg. Sie gesellten sich zu den anderen Wölfen, die sich um Rex und Akai versammelt hatten und auf die Zuteilung ihrer Aufgaben warteten.

»Kora, Ravi«, wandte sich der Alphawolf mit tiefer Stimme an die beiden Jüngeren, die unsicher zu ihm aufblickten. Bestimmt hatten sie Sorge, dass ihr Vater ihre Unachtsamkeit mitbekommen hatte. Doch Rex sagte nur: »Ihr begleitet den heutigen Jagdtrupp mit Alea und mir.« Dann wandte er sich Tamani und Aris zu. »Ihr zwei schließt euch Akais Grenztrupp an.« Der Alphawolf nickte seinem Stellvertreter zu, der von seinem Platz vor dem Rudel zu den vier Jüngsten trat. Während der Ranghöchste weitere Aufgaben verteilte, erklärte Akai mit gesenkter Stimme: »Wir werden losgehen, wenn die Sonne ihren höchsten Punkt erreicht hat.« Dann wandte er sich Kora und Ravi zu: »Ihr werdet sofort mit Rex' Trupp gehen, also haltet euch bereit. Tamani, Aris, ihr dürft euch noch etwas stärken.«

Tamani nickte und trabte mit Aris zum Beuteplatz. Wie der schwarze Jungwolf wählte er einen Fleischbrocken und trug diesen dann ein wenig zur Seite, damit sie in Ruhe ihr Mahl einnehmen konnten. Er hatte sich gerade hingelegt, als er aus den Augenwinkeln eine Bewegung wahrnahm. Er blickte auf und entdeckte Lakota, der langsam aus der Lichthöhle trat und in Richtung seines Schlafplatzes trottete. Ohne nachzudenken, sprang

Tamani zu seinem Freund hinüber. Sorge schnürte ihm die Luft ab, als er bei dem Älteren ankam und sich neben ihn schob. Er hatte das Gefühl, ihn stützen zu müssen, damit Lakota nicht zusammenbrach.

Der Geruch von Blut und Kräutern hing in seinem Fell und seine Augen glommen erschöpft im Dunkel der Höhle. Der Freund schien den Jungwolf, der sich an seiner Seite hielt, gar nicht richtig zu bemerken, denn er schlurfte einfach weiter zu der Höhlenwand, an der sich sein Moospolster befand. Fieberhaft suchte Tamani nach Worten, doch ihm fiel nichts Sinnvolles ein. Als Lakota schließlich seinen Schlafplatz erreicht hatte und sich auf der Polsterung zusammenrollte, setzte sich der Jüngere neben ihn. »Hallo, Lakota«, begann er und war sich bewusst, dass seine Stimme unsicher und seine Worte unüberlegt klangen. Doch er hatte die Augen seines Freundes gesehen, über denen ein dichter Schleier lag, und er wollte ihn nicht länger seinen finsteren Gedanken überlassen.

»Hallo, Tamani«, murmelte der Ältere, ohne den Kopf zu heben oder auch nur aufzublicken. »Wie geht es Makui?«, fragte Tamani ihn direkt. Diese Situation ließ sich nicht schönreden. Lakota hob langsam den Kopf. Er blinzelte verwirrt, als hätte er die Frage nicht verstanden, dann klarte sein Blick auf und der Schleier über seinen dunklen Augen verschwand, während er Tamani fixierte. »Es geht ihr gar nicht gut. Um genau zu sein: sehr schlecht. Alasi sagt, sie sei auf einem Pfad zwischen unserer Welt und den ewigen Jagdgründen. Nur ihre eigene Kraft kann sie jetzt zurück ins Leben führen.« Das Herz des Jungwolfes krampfte sich zusammen. Unfähig zu sprechen, sah er zu Lakota, der sich wieder abgewandt und den Kopf auf die Pfoten gelegt hatte. Was konnte Tamani nur sagen, um seinem Freund Trost zu spenden?

»Kann ich irgendwas für dich tun?«, fragte er mit sanfter Stimme.

»Ich brauche Ruhe und etwas Schlaf«, antwortete der Ältere leise.

»Okay.« Tamani verstand, dass er seinen Freund besser alleine lassen sollte. Er wandte sich von Lakota ab und lief mit hängender Rute zurück zu Aris, der noch immer über seinem Futter kauerte. Der Schwarze blickte jedoch auf, als Tamani zu ihm trat, und in seinen bernsteinfarbenen Augen glommen Neugier und Furcht. »Und? Gibt es etwas Neues von Makui? Was ist los?« Der Graue wollte gerade beginnen, ihm von seinem Gespräch mit Lakota zu erzählen, als er hörte, wie jemand seinen Namen rief. Erschrocken drehte er sich um und erblickte Akai, der in einiger Entfernung stand. Schnell sprang Tamani zum Betawolf hinüber und neigte respektvoll den Kopf. Der Hellgraue nahm den Gruß mit einem Zucken der Ohren entgegen, bevor er sagte: »Bringe, bevor du etwas isst, Alasi und Neko etwas Beute und nimm auch ein Stück für Makui mit, falls sie schon wieder aufgewacht ist.« Zweifelnd sah Tamani zu Akai auf. Er war sich sicher, dass der Ältere über den Zustand der Verletzten Bescheid wusste, aber er wollte anscheinend etwas Positives sagen. Tamani nickte, dann trabte er mit schnellen Schritten hinüber zum Beutehaufen. Zwiespältige Gefühle kämpften in seiner Brust. Er war froh, sich selbst ein Bild von Makuis Befinden machen zu können, doch andererseits war er sich nicht sicher, ob er die Wölfin tatsächlich sehen wollte, wenn es ihr nicht gut ging. Tamani verbannte die negativen Gedanken und konzentrierte sich darauf, Beute von ihrem gestrigen Fang auszuwählen. Er entschied sich für zwei Hasen, die sie am vorigen Abend erlegt hatten, und lief damit zur Lichthöhle. Als er in die Höhle trat, schlug ihm der Geruch nach Kräutern entgegen und das Brausen des Wasserfalles dröhnte so laut wie immer in seinen Ohren. Er sah sich um und entdeckte Alasi und Neko an der gegenüberliegenden Wand, dort wo der zukünftige Heiler seinen Schlafplatz hatte. Als Tamani näher trat, erkannte er, dass die beiden Wölfe über den reglosen Körper von Makui gebeugt waren, die auf Nekos Moospolster lag. Die Hellgrau-Weiße hatte die Pfoten von sich gestreckt und bewegte sich nicht. Getrocknetes Blut war dort zu sehen, wo der Verband aus Blättern nicht hingereicht hatte. Tamani befürchtete schon, dass sie nicht mehr lebte, dann jedoch sah er, wie sich die Blätter an ihrer Flanke sachte hoben und senkten.

»Alasi?«, fragte der Jungwolf schüchtern und wandte seinen Blick der Heilerin zu. Die Wölfin drehte sich zu ihm um und nickte ihm eine Begrüßung zu. »Hallo, Tamani. Wie kann ich dir behilflich sein?« Ihre Stimme klang weich und sanft, wie eine Mutter zu ihren Jungen sprach. Nichts daran verriet ihre Gefühle.

»Akai hat mir aufgetragen, euch Beute vorbeizubringen«, erklärte der Graue und schob die beiden Hasen, die er zu seinen Pfoten abgelegt hatte, näher zu der Heilerin.

»Vielen Dank.« Die Hellgraue berührte ihn leicht mit der Nase am Ohr und trabte dann in Richtung Wasserfall. Tamani blickte hinüber zu Neko. Dieser kauerte neben Makui und schien konzentriert über ihre schwache Atmung zu wachen. Der Graue zuckte unsicher mit den Ohren, dann fasste er Mut und lief langsam zu seinem Freund hinüber. Er hielt erst an, als sein Fell das des dunklen Jungwolfes streifte und sie gemeinsam auf die Verletzte hinabsahen. »Wie geht es ihr?«, murmelte Tamani. Neko antwortete ihm, ohne aufzuschauen: »Ihre Wunden sind tief und sie hat viel Blut verloren. Ihre Überlebenschancen sind äußerst gering, aber …« Er machte eine Pause und hob den Kopf. »Es ging ihr gestern noch schlechter und sie hat es trotzdem geschafft. Ihr Lebenswille scheint wirklich stark zu sein.« Der zukünftige Heiler drehte kurz den Kopf zu seiner Ausbilderin, bevor er sich wieder Tamani zuwandte und fortfuhr: »Alasi würde nicht wollen, dass ich das jetzt schon sage, und natürlich kann ich mir nicht sicher sein, aber mein Instinkt sagt mir, dass das Rudel der ewigen Jagd noch warten wird, bevor es Makui zu sich holt.« Eine Flamme der Hoffnung entfachte in Tamani, als er den ruhigen und zuversichtlichen Blick seines Freundes erwiderte. Der Dunkle wirkte nun, da er als Schüler der Heilerin eine erste richtige Aufgabe hatte, selbstbewusst und vollkommen sicher in dem, was er tat. Das Glühen in den bernsteinfarbenen Augen des Jungwolfes verriet deutlich, wo sein Platz im Rudel war, und nun verstand Tamani, dass er nirgendwo anders hingehörte als an Alasis Seite, um die Wölfe des Eisrudels zu heilen. Daran sollte jetzt wirklich niemand mehr einen Zweifel haben.

Nekos Worte hatten sich wie ein schützender Verband um das Innere des Grauen gelegt und Hoffnung vertrieb die Mutlosigkeit, die dort zuvor geherrscht hatte. »Das ist toll!«, seufzte er erleichtert. Der Schwarze nickte zustimmend. »Sag es aber niemandem weiter, ja? Wenn sich Makuis Zustand nun doch verschlechtern würde, würde jeder an Alasis Fähigkeiten zweifeln. Und sie möchte auch keine falschen Hoffnungen wecken.« Tamani versicherte dem Freund, dass er die Information für sich behalte, während er von Neko zurück zum Eingang der Lichthöhle geführt wurde.

»Danke für das Essen. Ich sterbe vor Hunger!« Der zukünftige Heiler trabte mit einem Leuchten in den Augen zu seiner Beute und sein Freund wandte sich ab und der Haupthöhle zu, um ihn in Ruhe essen zu lassen.

Tamani und Aris verbrachten die Zeit bis zum Aufbruch des Grenztrupps damit, die Moospolster in der Höhle zu erneuern und sich über die Neuigkeiten des Morgens auszutauschen. Der Graue vermied es dabei jedoch tunlichst, Nekos Worte zu erwähnen. Er ließ Aris im Unklaren darüber, wie es Makui ging, und betonte, dass es nun auf ihren Lebenswillen ankomme. Schließlich verriet ihnen das Licht, das durch den Höhleneingang hereinfiel, dass es Zeit war, und gemeinsam machten sie sich auf zum Donnerbecken. Okupa und Milan warteten bereits und auch Laos saß neben ihnen auf der sandigen Fläche. Tamani zuckte verwundert mit den Ohren. Er wusste, dass Laos im Kampf gegen das Wildschwein verletzt worden war. Auch wenn seine Verletzung offensichtlich nicht so schlimm wie die von Makui war, so kam es dem jungen Wolf dennoch merkwürdig vor, dass Laos nun an einem Grenztrupp teilnahm. Ob Alasi davon wusste?

Die beiden Jungwölfe gesellten sich zu ihren älteren Rudelgefährten. Tamani hörte Okupa und Laos leise miteinander diskutieren, doch trotz aller Anstrengung konnte er ihre Worte nicht verstehen. Dafür war das Brausen des Wasserfalles zu laut. Die beiden Wölfe verstummten, als Akai vom Felsgrat herabgesprungen kam und zu ihnen herübersetzte. Der Betawolf ließ seinen Blick kurz über den versammelten Trupp gleiten und fixierte dann Laos.

»Bist du dir sicher, dass deine Verletzungen dir erlauben, uns zu begleiten? Ich rate dir, dich auszuruhen, statt deinen Körper bereits jetzt schon wieder zu beanspruchen.« Tamani beobachtete interessiert, wie sich Laos' Muskeln verspannten und ein entschlossenes Funkeln in die braunen Augen des Wolfes trat.

»Meine Fähigkeiten sind nicht im Geringsten eingeschränkt! Ich kann meinen Pflichten so gut nachgehen wie sonst auch«, erklärte er und ein trotziger Unterton schwang in seiner Stimme mit. Akai nickte langsam, er wirkte jedoch nicht überzeugt.

»Ihr zwei übernehmt zusammen mit Laos den Bereich der Späher«, wies der Betawolf die Jungwölfe an und zuckte mit den Ohren in ihre Richtung. Schließlich hob er die Rute als Zeichen, dass sein Trupp ihm folgen sollte, und schlug den Weg ein, der sie zur Grenze des Blutrudels führen würde. Laub raschelte unter ihren Pfoten und das helle Licht der Mittagssonne versah ihren Weg mit goldenen Tupfen. Eine ganze Weile liefen sie schweigend hintereinander her. Als sie sich der Grenze zum Blutrudel näherten und Tamani der Duft der Markierungen in die Nase stieg, stellte sich sein Nackenfell unwillkürlich auf und Anspannung erfasste seinen ganzen Körper. Der Geruch erinnerte ihn an sein letztes Treffen mit Shira und sofort flammte Sorge in seinem Bauch auf. Er hoffte inständig, dass der Trupp keine Spuren von ihm und der jungen Wölfin entdecken würde, und betete stumm, dass die fallenden Blätter ihre Gerüche überlagern würden. Als sie schließlich die Geruchsmarkierungen erreicht hatten, ließen sich Aris und Tamani mit Laos hinter dem restlichen Trupp zurückfallen, um ihrer Aufgabe nachzukommen. Während die anderen begannen, die Duftmarken zu erneuern, folgten die drei mit etwas Abstand. Mit geöffnetem Maul und aufs Äußerste konzentrierten Sinnen prüfte Tamani die Umgebung und spähte immer und immer wieder in das Revier des Blutrudels. Dessen Geruch hing schwer in der Luft, doch der Duft ließ sich nur auf der anderen Seite der Markierungen verorten. Niemand aus dem Blutrudel schien die Grenze übertreten zu haben. *Außer Shira*, dachte Tamani und verdrängte den Gedanken sofort wieder. Das Rudel der ewigen Jagd würde schon dafür sorgen, dass keiner von ihren Treffen erfuhr. Zumindest hoffte der junge Wolf das. Er versuchte, sich selbst zu beruhigen, während sie der Lichtung, auf der Shira und er sich getroffen hatten, stetig näher kamen und schließlich auch der kleine Felsen mit dem Überhang zu erkennen war. Tamani spürte, wie seine Pfoten vor Nervosität zitterten. Doch Laos ging vor den Jungwölfen über die kleine Lichtung hinweg, ohne auch nur einen Herzschlag lang zu verweilen. Tamani atmete erleichtert aus und er erlaubte seinen Muskeln, sich zu entspannen.

»Wartet!« Laos blieb abrupt stehen und hob die Schnauze in die Höhe. Der Jungwolf hinter ihm erstarrte mit hämmerndem

Herzen. Mit geöffnetem Maul prüfte der Ältere die Luft. Hatte er etwa doch Shiras Duft auf der Lichtung wahrgenommen?

»Die Eindringlinge waren hier!«, stellte Laos schließlich fest und sein Blick verfinsterte sich. Die Furcht, die eben noch Tamanis Lungen umklammert hatte, löste sich auf und wurde schon im nächsten Moment von einem neuen Gefühl ersetzt. Furcht und Wut brodelten in seinem Inneren. Das Revier war das heiligste Gut eines Rudels und diese Unbekannten scherten sich nicht um die Regeln, sondern drangen jeden Tag erneut in das Land des Eisrudels ein und verschreckten die Beutetiere. Und dieses Mal waren sie nicht dort herumgeschlichen, wo man ihre Spuren sonst gefunden hatte, sie waren an einer ganz neuen Stelle im Revier gewesen. Er öffnete das Maul, um zu wittern, und der unangenehme Geruch sorgte dafür, dass sich ihm das Fell aufstellte.

»Akai!«, jaulte Laos und unterbrach Tamanis Gedanken. Ein Rascheln kündigte die anderen des Trupps an.

»Was ist los?« Die Augen des Betawolfes fixierten den älteren Wolf.

»Die fremden Wölfe waren hier. Ihr ekelhafter Gestank liegt in der Luft«, erklärte Laos und ein tiefes Grollen lag in seiner Stimme. Akais Augen weiteten sich und er öffnete das Maul, um Witterung aufzunehmen. Als er den Kopf wieder senkte, brannte ein Feuer im tiefblauen Blick des Hellgrauen.

»Du hast recht. Suchen wir die Umgebung ab! Vielleicht finden wir noch mehr Spuren von ihnen. Und dann schnappen wir sie uns!« Die Wölfe des Trupps verteilten sich und Tamani machte sich gemeinsam mit Aris daran, den Rand der Lichtung mit seinen vielen Sträuchern zu überprüfen. Der Graue war nun wieder voll und ganz konzentriert und versuchte, mit all seinen Sinnen jedes Stückchen Waldboden abzusuchen, damit er auch ja nichts übersah.

»Hierher!« Die Stimme von Akai hallte zwischen den Bäumen hindurch. Sofort ließ der Jungwolf von seiner Suche ab und sprang mit Aris dorthin, wo er die Stimme des Betawolfes lokalisiert hatte. Die übrigen Wölfe des Trupps hatten sich bereits um ihn versammelt und auch die Jüngeren gesellten sich rasch zu ihnen. Tamani spitzte neugierig die Ohren. Seine Rudelmitglieder starrten allesamt auf den Boden. Was hatte Akai entdeckt? Tamani schob sich neben Okupa und im nächsten Moment schnappte er vor Überraschung und Empörung nach Luft. Dort, zwischen Laub und Zweigen, lagen Knochen, Fellfetzen und Überbleibsel von Fleischbrocken. Der üble Geruch der unbekannten Eindringlinge war hier besonders penetrant. Es war offensichtlich, was geschehen war. Die Fremden hatten auf dem Revier des Eisrudels Beute erlegt und es nicht einmal für nötig gehalten, ihre Spuren zu beseitigen! Akai ließ ein zorniges Knurren ertönen: »Sie wollen uns provozieren!« Der Anführer des Trupps hatte die Zähne gefletscht und seine Augen glühten vor Wut. Tamani hatte ihn noch nie so aufgebracht erlebt wie in diesem Moment.

»Wie können sie es nur wagen, auf unserem Grund und Boden Beute zu machen und sie dann auch noch hier zu fressen?« Laos' dichtes Fell stellte sich auf. Auch in Tamani stieg Wut auf. Kein Wolf durfte sich den heiligen Regeln so widersetzen.

»Wir kehren sofort zur Höhle zurück!«, entschied der Betawolf. »Tara und Rex müssen hiervon umgehend erfahren!« Er zuckte gebieterisch die Rute in die Höhe, wirbelte herum und jagte mit weiten Sätzen tiefer in den Wald hinein, dorthin, wo es zum Eisgebirge ging. Die anderen folgten ihm. Während sie in vollem Lauf durch den Wald preschten, fiel Tamani auf, dass Laos vor ihm stetig langsamer wurde. Seine anfangs schnellen und schwungvollen Bewegungen wurden rasch schwächer. Der Graue mit der dunklen Maserung schien Schmerzen zu haben. Der Abstand zwischen ihnen beiden und dem Rest des Trupps wurde zunehmend größer und Tamani musste sich beherrschen, damit ihn seine Pfoten nicht vor Ungeduld an dem Älteren vorbeitrugen. Hoffentlich würde Laos es zurück zur Höhle schaffen!

Tamani dankte dem Rudel der ewigen Jagd still, als sie den steinigen Pfad zur Höhle erreichten und nun auch die Spitze des Trupps gezwungen war, langsamer zu machen, um sich den Weg durch die schmale Felsschlucht zu suchen. Laos und Tamani erreichten die Höhle, als Aris gerade durch den Vorhang aus Kletterpflanzen ins Berginnere verschwand. Tamani wartete, während sich Laos langsam durch die Felsöffnung schob, und folgte ihm dann in die Dunkelheit. Unruhiges Gemurmel erfüllte die Höhle. Tamani sah, dass sich Akai bereits auf den Weg zum Alphapaar gemacht hatte und der Rest des Grenztrupps sich gerade in der Höhle verteilte. Der Jungwolf folgte Aris, der sich bereits zu Kora und Ravi gesellt hatte, die bei ihrem Schlafpolster saßen. Tamani nickte seinen Geschwistern einen Gruß zu und setzte sich neben seiner Schwester zu Boden. Während er dem Bericht der anderen lauschte, glitt sein Blick in den unteren Teil der Höhle, dorthin, wo die älteren Rudelwölfe ihre Schlafplätze hatten. Überall liefen Wölfe des Eisrudels umher und schienen über den Vorfall zu diskutieren. Dann fiel Tamanis Blick auf Laos. Er trottete langsam den abfallenden Boden hinab in Richtung seines Moospolsters. Seine Schritte waren schleppend, die Bewegungen wirkten, als wären sie noch schwächer geworden. Dann ging ein Beben durch den Körper des Älteren. Sorge erfasste den Jungwolf und er spannte seine Muskeln an, um Laos zu Hilfe eilen zu können. Als dieser dann einen weiteren Schritt machen wollte, geriet er ins Straucheln und schwankte zur Seite. Tamanis Augen weiteten sich vor Entsetzen, als die Pfoten unter dem Älteren wegknickten und er zitternd zusammenbrach.

14. Kapitel

Tamani reagierte sofort. Er sprang auf und stürzte zu Laos hinüber, dessen Körper unkontrolliert bebte. Sein Atem ging flach und hektisch. Der Jungwolf nahm wahr, dass jemand nach Alasi jaulte, während er sich neben den Älteren kauerte und ihn hilflos mit der Schnauze anstupste. Nun, da er sich unmittelbar neben Laos befand, konnte er spüren, wie Hitze in Wellen von dessen Leib ausging, ganz so, als stünde er in Flammen. Tamani spürte, wie Panik in ihm aufstieg. Was sollte er tun? Er war nun mal kein Heiler! Um ihn herum hatte sich bereits ein Kreis aus Wölfen gebildet, doch niemand schien zu wissen, was zu tun war. Im nächsten Moment fühlte Tamani Fell an seinem vorbeistreichen und Alasis Duft hüllte ihn ein. Erleichterung machte sich in ihm breit, doch er hatte keine Zeit zu verschnaufen.

»Was ist passiert?«, fragte die Heilerin, während sie sich über Laos beugte und ihn mit konzentriertem Blick musterte. Tamani sah zu ihr und blinzelte, um seine Gedanken zu ordnen. »Wir sind gerade von der Grenzkontrolle zurückgekommen«, hob er an. »Laos wirkte schon während des Rückweges erschöpft, und als wir hier in der Höhle waren, ist er einfach zusammengebrochen.« Er verstummte, als er merkte, wie seine Stimme höher und wackeliger wurde. Die hellblauen Augen der Heilerin weiteten sich vor Verwunderung. »Laos war mit einem Grenztrupp unterwegs?« Sie sog scharf die Luft ein und ihre Augen verengten sich zu schmalen Schlitzen. Ärgerlich schüttelte die Heilerin den Kopf, dann wandte sie sich wieder dem jungen Wolf zu: »Stütz ihn mit der Schulter und nimm ihn am Nackenfell. Wir tragen ihn erst mal in meine Höhle, damit er keinen weiteren Unsinn macht, wenn er zur Besinnung kommt.« Mit der Rute winkte die Wölfin noch ein paar weitere Rudelmitglieder zu sich, damit sie beim Tragen helfen konnten. Die Menge der Wölfe teilte sich, als die kleine Gruppe Laos halb trug, halb zerrte, um ihn bis zur Lichthöhle zu schaffen. Tamani konnte immer noch die Hitze, die den Körper des Älteren erfasst hatte, durch dessen Fell hindurch wahrnehmen und ein weiterer Schauer jagte über seinen Rücken. Kaum dass sie den Eingang der Höhle erreicht hatten, kam ihnen Neko entgegengeeilt. »Was ist los?«

»Laos hat sich trotz seiner Wunden überanstrengt und ist zusammengebrochen«, erklärte Alasi durch ein Maul voller Fell, doch auch aus ihren undeutlichen Worten war die Wut über das unvernünftige Verhalten des Älteren herauszuhören. Tamanis Ohren zuckten. Er wusste, dass hinter dem Zorn der Heilerin nur die Sorge um ihren Rudelgefährten steckte. Die Hellgraue sorgte sich um die Wölfe des Eisrudels ebenso sehr wie eine Mutter um ihre Jungen. Gemeinsam mit der kleinen Gruppe trug Tamani den Verletzten zu einer flachen Kuhle im Steinboden, die mit frischem Moos ausgelegt war, und legte ihn darauf nieder. Dann trat er zurück, um der Heilerin und ihrem Schüler nicht im Wege zu stehen. Okupa, der neben ihm stand, nickte ihm zu. »Wir sollten gehen, den Rest müssen Alasi und Neko übernehmen.« Tamani senkte zustimmend den Kopf. Er warf einen Blick zu dem Moospolster, auf dem Makui lag, doch mehr als ein paar Fellbüschel konnte er nicht erkennen, darum folgte er Okupa zurück in die Haupthöhle des Rudels. Unruhiges Gemurmel empfing sie. Das gesamte Rudel schien von seinen Aufgaben abgelassen zu haben und scharte sich flüsternd um den Platz, an dem normalerweise die Trupps eingeteilt wurden. Tamani sah, wie das Alphapaar vor die Wölfe trat, und verstand endlich, was dieser Tumult zu bedeuten hatte. Rex und Tara hatten eine Versammlung einberufen. Er trat schnell zum Rest des Rudels, um zu hören, was seine Eltern zu berichten hatten.

Rex zuckte mit den Ohren, und während er einen Schritt nach vorne machte, hob er seine Rute gebieterisch in die Höhe und ließ die Wölfe vor sich sofort verstummen.

»Der Grenztrupp hat in der Nähe der Blutrudelgrenze Beutespuren und Hinweise darauf entdeckt, dass die fremden Wölfe in unserem Revier gejagt haben. Aufgrund der Spuren ließ sich erkennen, dass sie ihren Fang nicht nur erlegt, sondern ihn auch noch an Ort und Stelle verspeist haben! Sie waren so dreist, die Reste offen liegen zu lassen, sodass wir sie finden.« Der Alphawolf wollte weitersprechen, doch ärgerliches Knurren und wütende Rufe unterbrachen seine Rede. Tamani fühlte denselben Zorn wie seine Rudelgefährten, doch in seinem Inneren rumorte auch Angst. Es beunruhigte ihn, dass sie die Fährten der unheimlichen Unbekannten nahezu täglich in ihrem Revier entdeckten und sie dennoch nie hatten antreffen können. Wie schafften es die Fremden immer, unentdeckt zu bleiben? Und wie lange wollten sie noch so weitermachen, was führten sie im Schilde? Rex tat nichts, um die Unruhe zu unterbinden, er wartete geduldig, bis seine Wölfe von alleine ruhiger wurden, und fuhr dann fort: »Aleas Nachttrupp wird heute unsere gesamte Grenze ablaufen. Mit Sicherheit werden sie die Fremden dabei antreffen, sie können sich schließlich nicht ewig vor uns verbergen!« Zustimmung erklang aus dem Rudel und auch Tamani fühlte sich besser. Sein Vater hatte ihm und dem gesamten Rudel mit seiner ruhigen Art Zuversicht eingeflößt. Jetzt erhob Amali sich.

»Was ist mit Makui und Laos? Werden sie sich wieder erholen?« Tamani glaubte, einen Herzschlag lang ein unsicheres Blitzen in den Augen des Alphawolfes gesehen zu haben, im nächsten Augenblick jedoch war der Ausdruck verschwunden und der Jungwolf war sich nicht sicher, ob er es sich nur eingebildet hatte. Rex drehte sich zu Tara um. Alasi war neben die Alphawölfin getreten und der Anführer bat sie mit einem Nicken nach vorne. Alasi musste im Gegensatz zu dem Alphawolf nicht um Ruhe bitten, ihr hellblauer Blick, der über die Wölfe, die sich versammelt hatten, glitt, reichte aus.

»Ich weiß, dass ihr alle besorgt und beunruhigt seid, was unsere Verletzten angeht«, sagte Alasi, »Lasst mich euch jedoch versichern, dass mein Schüler und ich alles geben, um sie zu retten. Makuis Verletzungen sind schwer, sie hat viel Blut verloren. Aber ihr Herz ist stark und in ihrem Inneren brennt Lebenswille. Ich kann es nicht mit voller Sicherheit sagen – das könnte nur das

Rudel der ewigen Jagd –, aber ich gehe davon aus, dass sie überleben wird.« Kurz huschte ihr Blick zu Rex und Tara hinüber, als hätten ihre Worte eine tiefere Bedeutung, dann wandte sie sich wieder an die Menge: »Was Laos angeht, mache ich mir keine Sorgen.« Ihre Stimme klang klar und war voller Sicherheit. »Seine Verletzungen haben ihn viel Energie gekostet, ich bin aber zuversichtlich, dass es ihm schon bald wieder besser gehen wird. In wenigen Tagen wird er wie gewohnt am Alltag des Rudels teilnehmen können. Mit dem Willen unserer Vorfahren werden die Verletzten schon bald wieder vollständig genesen sein.« Alasi senkte den Kopf, so als wäre sie dankbar, dass sie vor dem Rudel hatte sprechen können, und trat dann zurück auf ihren Platz hinter dem Alphapaar. Tamani spürte, wie sich ein leises Lächeln auf sein Gesicht schlich und ein wohliger Schauer unter seinen Pelz fuhr. Das Rudel der ewigen Jagd hatte die Gebete des Eisrudels erhört. Er sah, wie Tara einen Blick mit Rex wechselte, bevor sie mit lauter Stimme verkündete: »Die Versammlung ist beendet.«

»Alea, bitte wähle nun die Wölfe für den Nachttrupp«, schob Rex noch nach und die Betawölfin nickte. Sie trat einen Schritt nach vorne, um die Wölfe auszuwählen, die sich ihr anschließen sollten. Einige ältere Wölfe meldeten sich freiwillig, aber Tamani wich zurück, als Alea auf ihn zukam. Er schickte ein stilles Stoßgebet zum Rudel der ewigen Jagd, dass ihn die Betawölfin nicht für den Trupp wählte. Natürlich wollte er erfahren, was die Fremden in ihrem Revier wollten, aber er war in dieser Nacht mit Shira verabredet. Nachdem sie die Spuren der Unbekannten so nah an der Grenze zum Blutrudel entdeckt hatten, musste Tamani sie einfach sehen und sich vergewissern, dass es ihr gut ging. Er entspannte sich, als Alea abdrehte und Aris und Ravi wählte. Seinem Treffen mit Shira stand nun nichts mehr im Wege, auch wenn sie sich heute mehr denn je hüten mussten, um nicht entdeckt zu werden.

Dunkelheit hatte sich über die Welt gelegt, als Tamani heimlich aus der Höhle ins Freie trat. Die Nächte waren kälter geworden, sodass er unter seinem noch dünnen Pelz fror, als ihn die eisige Luft umhüllte. Der Graue achtete jedoch nicht darauf, sondern prüfte mit angespannten Muskeln und konzentrierten Sinnen die Umgebung. Er bewegte seine Ohren wachsam, um jedes noch so winzige Geräusch auffangen zu können. Der Nachttrupp war noch nicht losgezogen, weil der Mond noch tief am Himmel stand, und Tamani hoffte inständig, dass ihn keiner seiner Rudelgefährten die Höhle verlassen sah. Nachdem er sicher war, dass die Luft rein war, begann er den Abstieg. Er lief zügig und wurde erst langsamer, als er den Wald betrat. Hier war die Gefahr, den fremden Wölfen zu begegnen, größer und Tamani gab sich Mühe, keinen Laut zu erzeugen.

Keine Spuren oder frischen Gerüche, die auf Eindringlinge hinwiesen, waren zu entdecken, als er schließlich die Lichtung ansteuerte, die ihm und Shira als Treffpunkt diente. Tamani hielt sich bewusst im Schatten, während er die freie Fläche absuchte. Als er zu dem kleinen Felsen mit dem Überhang blickte, breitete sich ein Lächeln auf seinem Gesicht aus und in seinem Inneren flammte eine Wärme auf, die keine kalte Nacht je bezwingen könnte. Dort, gut verborgen im Schatten des Steines, sah er Shira kauern. Tamani spürte, wie sich Erleichterung in seinem Inneren breitmachte. Das Wildschwein hatte ihr also nichts getan. Nachdem er geprüft hatte, dass keine anderen Wölfe in der Nähe waren, trat er aus dem Dunkel des Waldes hinaus ins Mondlicht und blinzelte der Hellgrau-Weißen glücklich entgegen. Die junge Wölfin schob sich ihrerseits aus dem Schatten und war mit zwei Sprüngen bei Tamani. Voller Zuneigung presste sie ihre Nase an seine und murmelte eine Begrüßung, während ihre Augen liebevoll leuchteten.

»Ich hoffe, du musstest nicht zu lange warten«, wisperte der Graue, als er einen Schritt zurück machte, um sie ansehen zu können.

»Keine Sorge, Algenhirn«, sagte Shira schmunzelnd. »Ich würde mehrere Mondwechsel lang auf dich warten.« Der Jungwolf zuckte mit den Ohren und senkte verlegen den Kopf, während eine Welle der Hitze durch seinen Körper jagte. Doch schon bald kehrte die Sorge, entdeckt zu werden, zurück in sein Bewusstsein. »Heute Nacht kontrolliert unser Nachttrupp die gesamte Grenze unseres Reviers«, teilte er der Hellen mit. »Sie werden also auch bald hier vorbeikommen.« Die grünen Augen der Wölfin glommen auf. »Und wie sollen wir dann einer Entdeckung entgehen?«, fragte sie und trat näher an Tamani heran. Der Jungwolf fuhr fort: »Außerdem haben wir erst am Nachmittag wieder Spuren von fremden Wölfen im Wald gefunden, ganz in der Nähe. Vielleicht kehren die feigen Eindringlinge heute Nacht zurück.« Shiras Ohren zuckten beunruhigt.

»Wenn wir hier unter dem Überhang des Felsens bleiben, werden sie uns ganz sicher finden. Wohin sollen wir gehen, damit uns niemand zusammen erwischt?« Der Graue wiegte ratlos den Kopf. »Ich weiß es nicht«, gestand er, während er fieberhaft versuchte, eine Lösung für ihr Problem zu finden. Auch die junge Wölfin blickte nachdenklich zu Boden, doch schon nach wenigen Herzschlägen hob sie ihren Kopf wieder und ihre Augen leuchteten hell auf. »Was hältst du davon, wenn wir einen Spaziergang zum Meer machen? In Bewegung können wir uns besser verstecken und die Felsen an der Küste werden uns eine gute Deckung bieten. Außerdem weht der Wind in der Nacht aufs Wasser hinaus und so wird niemand unseren Geruch wahrnehmen.« Tamani blinzelte beeindruckt von Shiras schnellen Gedankengängen. Er dachte kurz über den Vorschlag nach, dann fragte er: »Denkst du wirklich, dass wir uns auf dem Weg bis zum Meer gut verbergen können?« Shira berührte ihn leicht mit der Nase an der Schulter.

»Uns wird niemand sehen, wenn wir ein wenig achtgeben. Hier sind wir auch nicht sicherer.« Als sie merkte, dass Tamani immer noch zögerte, fügte sie hinzu: »Keine Sorge, das klappt schon. Das Rudel der ewigen Jagd wacht schließlich über uns.« Sie schmiegte sich eng an ihn und er seufzte leise. Sich zum Meer zu begeben, schien wirklich die einzige Möglichkeit zu sein, wenn sie bis zum Morgengrauen Zeit miteinander verbringen wollten.

»Na gut«, sagte er schließlich. »Dann los.« Shira löste sich von ihm und nickte hinüber zu den Geruchsmarkierungen. »Wenn wir auf der Grenze entlanggehen, werden unsere Gerüche von den Markierungen unserer Rudel überlagert werden.« Tamani folgte ihr und verdrängte seine Bedenken. Fell an Fell liefen die beiden Jungwölfe in Richtung Meer. Konzentriert hielt Tamani Ausschau nach anderen Wölfen oder sonstigen Gefahren, doch entdecken konnte er nichts. Sie erreichten die Küste des Meeres ohne Zwischenfälle, und als sie sich an den verstreuten Felsen vorbeischoben, stand der Mond bereits an der höchsten Stelle am Himmel. »Komm.« Shira knuffte ihm auffordernd in die Seite, überholte ihn und sprang mit schnellen Schritten voran, zwischen den Steinbrocken hindurch. Der Graue folgte ihrer Geruchsspur und ein Lächeln schlich sich auf sein Gesicht, während er versuchte, sie zu fangen. Es war fast, als wären sie noch Welpen, die im Wächtergebirge miteinander spielten.

Schließlich blieb die Hellgrau-Weiße stehen und winkte Tamani mit einem Zucken der Ohren zu sich heran. Er setzte sich neben sie auf den weichen Sandboden. Der salzige Meeresduft und das Rauschen der Wellen, die sich am Strand brachen, erfüllten die Luft. Es war der perfekte Ort, denn die Felsen um sie herum waren groß genug, um sie zu verbergen, und wie Shira es prophezeit hatte, wehte eine leichte Brise stetig dem Meer zu und trug ihren Geruch davon.

»Wunderschön, oder?«, wisperte Shira ehrfürchtig. Tamani folgte ihrem Blick auf das Wasser und nickte. Das Licht des Mondes und der unzähligen Sterne am Himmel spiegelte sich im bewegten Wasser und die Lichtpunkte erstreckten sich bis zum Horizont.

»Du hast recht«, murmelte der Graue. Shira schmiegte sich

dicht an ihn. Leise begannen sie, sich zu unterhalten, und er erzählte ihr von Makuis und Laos' Verwundungen und der Bedrohung durch die unbekannten Eindringlinge. Tamani erfuhr, dass auch im Revier des Blutrudels Spuren der Fremden entdeckt worden waren. Nachdem sie alle Neuigkeiten ausgetauscht hatten, schwiegen sie eine Weile.

»Glaubst du, dass das Rudel der ewigen Jagd unsere Treffen gutheißt?«, fragte Shira plötzlich.

»Was?« Mit dieser Frage hatte Tamani nicht gerechnet. Shira sah hinauf zum klaren Nachthimmel. »Ich meine, sie schützen uns zwar, aber sind sie mit unserem Regelverstoß wirklich einverstanden?« Tamani sah sie nachdenklich an. Auch er selbst hatte sich diese Frage bereits unzählige Male gestellt. »Bevor wir uns wiedergesehen haben, war ich mir sicher, dass sie es nie gutheißen würden«, murmelte er leise und hielt seinen Blick auf das glitzernde Sternenband gerichtet. »Aber jetzt bin ich mir da nicht mehr so sicher. Was wir tun, ist gegen die heiligen Regeln, und dennoch ...«, er suchte nach den richtigen Worten und fuhr dann fort: »Sie haben uns bereits zweimal zusammengeführt. Wären sie gegen unsere Verbindung, hätten sie uns nie geleitet.« Der Jungwolf hoffte, dass das, was er sagte, der Wahrheit entsprach, und doch blieb ein kleiner Funke Unsicherheit in seinem Inneren zurück.

»Ich glaube, du hast recht«, flüsterte Shira und leckte ihm zärtlich übers Ohr. Der Graue erwiderte die Geste, indem er seine Nase an ihre Wange legte, dann setzte er sich langsam auf. »Wir müssen zurück, der Mond steht schon tief.« Die Hellgrau-Weiße nickte und gemeinsam erhoben sie sich und machten sich auf den Weg zurück zu ihrer Lichtung. Als sie zwischen den Bäumen hervortraten, berührte Tamani mit seiner Schnauze Shiras.

»In drei Tagen wieder hier?«, fragte die junge Wölfin und ihre Augen strahlten warm und voller Zärtlichkeit.

»Ich werde da sein«, versprach der Graue. Er lächelte zufrieden, als er sich schließlich von Shira abwandte, die sich ebenfalls auf den Weg zurück in ihr Revier machte. Tamani trabte durch den Wald zurück zum Eisgebirge. Seine Gedanken waren noch immer bei dem schönen Treffen mit Shira und er achtete kaum auf die Umgebung. Erst als er den schmalen Gebirgspfad erreichte und ihn die Gerüche von anderen Wölfen umwehten, blieb er erschrocken stehen. Mit pochendem Herzen wurde er sich wieder der Gefahr einer Entdeckung bewusst. Er prüfte die Luft und erkannte erleichtert, dass die Fährten alle schal waren. Der Nachttrupp, dessen Geruch er eindeutig wahrgenommen hatte, musste schon vor einer ganzen Weile hier vorbeigekommen sein. Tamani setzte sich wieder in Bewegung. Er wollte sich gerade durch den mit Kletterpflanzen verhangenen Felsspalt ins Innere des Hohlraumes schieben, als er hinter sich ein Geräusch wahrnahm. Erschrocken wirbelte er herum und ihm stockte der Atem, als im Schatten ein Knurren ertönte: »Wo bist du gewesen?«

15. Kapitel

Aus der Dunkelheit schob sich ein Wolf, die Ohren flach angelegt und die Augen misstrauisch funkelnd. Tamani brauchte einige Herzschläge, bis er begriff, dass es Kora war. Einerseits war er froh, dass nur seine Schwester ihn entdeckt hatte und keines der älteren Rudelmitglieder, andererseits war er nun doch erwischt worden und auch Kora würde den Regelverstoß verurteilen. Tamani machte einen unsicheren Schritt zurück, als Kora auf ihn zutrat.

»Wo bist du gewesen?«, wiederholte sie die Frage, doch das Knurren war aus ihrer Stimme verschwunden. Sie klang jetzt eher enttäuscht. Ahnte sie, dass er sich mit Shira getroffen hatte?

»Ich … ich konnte nicht schlafen –«, hob er an, wurde jedoch augenblicklich von der Wölfin unterbrochen: »Du scheinst in letzter Zeit oft nicht schlafen zu können.« Ihre Ohren zuckten und ihre blauen Augen verengten sich zu schmalen Schlitzen. »Sag mir die Wahrheit. Wo warst du?« Tamanis Herz pochte wild und sein Atem ging schnell. Er musste sich beruhigen, er würde seine Schwester nur überzeugen können, wenn er nicht so ertappt wirkte, wie er sich fühlte. Kurz schloss er die Augen und erklärte dann so gelassen wie möglich: »Es ist alles gut, nicht der Rede wert. Ich konnte nicht schlafen, also bin ich ein wenig umhergewandert, wie ich es schon als Welpe im Wächtergebirge getan habe.« Er versuchte, möglichst viel Überzeugung in seine Worte zu legen. Als er zu Kora aufsah, blinzelte diese langsam, als müsste sie über das Gesagte nachdenken.

»Ich bin deine Schwester«, brachte sie dann hervor und Tamani war sich sicher, dass in ihren hellen Augen Verletzung aufblitzte. »Du kannst mir vertrauen.« Mit einem durchdringenden Blick fixierte sie den Jungwolf. Tamani spürte, wie ihm ein Schauder durch den Körper rann und sich sein Nackenfell aufstellte. »Ich weiß.« Er nickte ihr zu und eine Welle der Schuld schwappte über ihn hinweg. *Aber in dieser Sache kann ich mich niemandem anvertrauen. Denn ich breche in vollem Bewusstsein die heiligen Regeln*, fügte er im Stillen hinzu. Kora wirkte noch immer nicht überzeugt, sie legte nachdenklich den Kopf schief. »Als deine große Schwester rate ich dir, nachts keine Spaziergänge zu machen. Das ist viel zu gefährlich! Was, wenn du den Fremden in die Pfoten läufst? Sie sind unberechenbar!«

Einige Herzschläge lang hielt sie den Grauen noch in ihrem hellen Blick gefangen, dann nickte sie zum Höhleneingang. »Lass uns reingehen.« Sie wandte sich von ihrem Bruder ab und schob sich an ihm vorbei. Tamani folgte ihr durch den Felsspalt. Ein winziger Funken Erleichterung leuchtete in seinem Inneren, aber er wurde überlagert von seinem schlechten Gewissen. Er war sich sicher, dass Kora ihm nicht wirklich Glauben geschenkt hatte, doch immerhin hatte sie nicht noch weiter nachgehakt. Stumm folgte Tamani seiner Schwester durch die Dunkelheit bis zu seinem Schlafplatz. Erschöpft ließ er sich auf sein Moospolster fallen und rollte sich zusammen. Er schloss die Augen, aber obwohl Müdigkeit seinen gesamten Körper erfüllte, hielten ihn seine Gedanken wach und ließen ihn nicht zur Ruhe kommen. Als sich schließlich die Wölfe des Eisrudels auf ihren Schlafstätten zu regen begannen und allmählich erwachten, setzte auch er sich auf. Er überlegte kurz, was er bis zum Sonnenaufgang tun sollte, und entschied sich dafür, zur Lichthöhle zu gehen. Er wollte in Erfahrung bringen, wie es den Kranken ging. Tamani nahm auf dem Weg zur Höhle der Heilerin zwei Beutestücke mit und trug sie durch den schmalen Felseingang. Wie immer begrüßte ihn das Brausen des Wasservorhanges, doch er achtete nicht darauf, sondern sah sich nach Alasi und Neko um. Er entdeckte die Hellgraue vornübergebeugt bei ihren Kräutern sitzend und sah dann auch Neko. Er kauerte bei Laos' Kuhle, und als Tamani nähertrat, konnte er erkennen, dass der zukünftige Heiler konzentriert die Atmung des Verletzten überwachte. Tamani ließ die Fleischbrocken, die er mitgebracht hatte, fallen und flüsterte: »Guten Morgen, Neko.« Sein Freund fuhr erschrocken zu ihm herum. »Oh, hallo, Tamani. Was tust du denn hier? Ist schon wieder jemand verletzt?«, fragte er, und obwohl er sich alle Mühe zu geben schien, es zu verschleiern, hörte der Graue, wie erschöpft seine Stimme klang.

»Nein, es ist alles gut. Ich wollte nur mal nach dir sehen und fragen, wie es Laos und Makui geht.« Tamani spähte an Neko vorbei zu Laos. Er bewegte sich unruhig im Schlaf und immer wieder ging ein Zittern durch seinen Körper. Die glühende und trockene Hitze, die von dem Älteren ausging, zeigte, dass er noch immer Fieber hatte. Neko zuckte mit den Ohren. »Es wird ihnen bald besser gehen. Alasi und ich kümmern uns Tag und Nacht um sie.« Er sah auf die Beutestücke hinab, die der Freund vor ihm abgelegt hatte. »Sind die für uns?« Tamani nickte schnell. »Ja genau, ich dachte mir, dass ihr bestimmt hungrig seid und wie immer kaum Zeit habt, um euch selbst etwas zu fressen zu besorgen.« Neko nickte. »Vielen Dank.« Dann beugte er sich vor und berührte den Grauen mit der Nase am Ohr. »Es tut mir leid, aber du solltest jetzt wirklich gehen. Alasi und ich haben viel zu tun und Laos und Makui brauchen Ruhe.«

»Ich muss ohnehin zum Training«, erwiderte Tamani. Er nickte Neko zum Abschied zu und lief dann wieder zurück in die Haupthöhle. Kora hatte sich neben den Beuteplatz gesetzt und nach kurzem Zögern gesellte er sich zu ihr.

»Wie geht es den Verletzten?«, fragte sie und sah ihn aufmerksam an. Zu Tamanis Erleichterung hatte ihre Stimme jegliches Misstrauen verloren und klang wieder so wie immer.

»Neko hat gesagt, dass es ihnen bald besser gehen werde«, erklärte der Jungwolf. Dabei fand er selbst, dass Laos sehr krank ausgesehen hatte, fast so, als würde es ihm schlechter gehen als am gestrigen Tag. War sein Fieber angestiegen? *Vielleicht kann sein Körper die Verletzungen doch nicht so gut auskurieren, wie Neko und Alasi sagen*, überlegte Tamani still. Dann jedoch schüttelte er den Kopf, um seine Gedanken zu vertreiben. Er konnte seinem Freund vertrauen, wenn dieser sagte, dass die Verletzten bald wieder geheilt sein würden, und auch die Heilerin würde das Rudel nicht anlügen. *Ich mache mir nur zu viele Sorgen!* Er schaute zum Höhleneingang hinüber. Das Licht draußen war heller geworden, der Sonnenaufgang stand also kurz bevor und ihr Training würde bald beginnen. Er wendete sich Rex und Akai zu, die dort standen, wo normalerweise die Trupps eingeteilt wurden oder das Alphapaar die Versammlungen einberief. Die beiden Wölfe redeten eindringlich miteinander, während sie immer wieder zu dem mit Pflanzen verhangenen Felsspalt hinaufsahen, der aus der Höhle führte. Obwohl Tamani sie von seinem Platz aus nicht verstehen konnte, wusste er doch, dass sie über etwas Wichtiges sprachen.

»Hat Rex eigentlich schon die Trupps eingeteilt?«, fragte der Graue seine Schwester und drehte sich wieder zu ihr.

»Nein, noch nicht«, antwortete Kora und ihr Blick huschte kurz zu ihrem Vater hinüber. »Vermutlich, weil der Nachttrupp noch nicht eingetroffen ist.« Tamani spürte, wie sich das Fell auf seinem Rücken sträubte. Der Nachttrupp hätte schon längst zurück sein müssen, nun da der Sonnenaufgang bereits begann.

»Vielleicht ist ihnen etwas passiert!«, sprach Tamani seine unheilvollen Gedanken aus. Seine Pfoten kribbelten unangenehm. Wenn Aleas Trupp wirklich etwas zugestoßen war, musste Rex Wölfe ausschicken, die nach ihnen suchten oder ihnen zu Hilfe eilten! Während der Graue den Ausgang fixierte, ertönte das leise Geräusch von Pfotenschritten. Der junge Wolf richtete seine Ohren nach vorne und schon beim nächsten Herzschlag schob sich eine Gestalt durch den Vorhang aus Kletterpflanzen ins Dunkel der Höhle herein. An ihrer Silhouette erkannte Tamani Alea. Hinter der Betawölfin folgten fünf andere Wölfe mit schnellen Schritten. Rex eilte dem Trupp entgegen. »Ist etwas passiert?«

Auch Tamani erhob sich und trabte neugierig nach vorne. Er konnte den hektischen Atem der Wölfe des Nachttrupps hören und in ihrem Fell hing neben dem Geruch des Waldes der der Aufregung. Nach dem Gestank von Blut suchte der Graue jedoch vergeblich. Es schien also keinen Kampf gegeben zu haben.

»Ja, es ist etwas geschehen!«, erwiderte Alea mit fester Stimme und Tamani sah das gesträubte Nackenfell der Wölfin. Sie wartete, bis sich die Mitglieder des Eisrudels um sie versammelt hatten, dann fuhr sie fort: »Wir haben die fremden Wölfe in unserem Revier angetroffen!« Einige Augenblicke lang war nur das entfernte Brausen des Wasserfalles zu hören, während die Worte der Betawölfin auf das Eisrudel wirkten. Dann erklang leises Gemurmel, das jedoch sofort verstummte, als Rex sagte: »Erzähle uns von eurer Entdeckung!« Die Weißsilberne senkte respektvoll den Kopf vor ihrem Anführer und richtete sich dann wieder an das Eisrudel: »Wir haben die Fremden nahe der Grenze zum Hinterland gefunden. Sie waren zu fünft und haben sich auf unserem Boden bewegt, als wäre es ihr Land!« Ein wütendes Knurren begleitete Aleas Worte und auch der Rest des Rudels begann, unruhig zu werden. Die Betawölfin fuhr fort: »Sie wirkten groß und kräftig, aber als wir uns gezeigt haben, sind sie vor uns geflohen.«

Triumphierendes Gejaule erhob sich.

»Feiglinge!«, rief ein Wolf und die anderen Rudelmitglieder schlossen sich ihm an. Tamani spürte, wie eine Last von ihm abfiel. Vielleicht waren die fremden Wölfe tatsächlich nur ein paar verirrte Algenhirne, die sich einer Auseinandersetzung mit dem Eisrudel nicht stellen wollten.

Doch Alea schien noch nicht fertig zu sein. Ihre Rute schoss in die Höhe und ihr strenger Blick ließ die Wölfe verstummen. »Wir haben sie bis zur Grenze verfolgt, und als sie die Duftmarkierungen überquert und gemerkt hatten, dass wir ihnen dorthin nicht folgen, haben sie angehalten und sich zu uns umgedreht.« Die Betawölfin zuckte mit den Ohren, so als wäre sie plötzlich nervös. »Sie sagten uns, dass sie heute keinen Kampf wollten, aber sie haben angekündigt, dass sie zurückkehren würden. Dann sind sie verschwunden.«

Das Triumphgeheul verebbte.

»Ich weiß nicht, ob das eine Warnung war. Der Anführer des Trupps klang eher überheblich als feindselig, aber ich befürchte, wir müssen dennoch auf der Hut sein.«

Tamani spürte, wie Angst und Wut die Wölfe um ihn herum erfassten. Er selbst war einfach nur verwirrt. Er verstand das merkwürdige Verhalten der Unbekannten nicht. *Was haben sie bloß vor? Und wie viele sind es?* Waren es nur fünf – oder vielleicht viel mehr? Den verschreckten Tieren im Wald nach zu urteilen, mussten es eigentlich mehr sein … Auch um ihn herum wurden Fragen laut: »Was wollen sie von uns?« »Wer sind die Fremden?« Rex brachte seine Wölfe mit einem dumpfen Grollen zum Schweigen. »Wie haben sie ausgesehen?«, fragte er dann. Alea schien kurz zu zögern, bevor sie antwortete: »Der Anführer des Trupps war ein dunkler Wolf, aber sie hatten keine einheitliche Fellfarbe, in seinem Trupp waren auch helle Wölfe. Außerdem waren sie gut genährt, was kein Wunder ist, schließlich bedienen sie sich in unserem und im Revier des Wüstenrudels! Was sie auf jeden Fall eint, ist dieser fürchterliche Geruch.« Der Alphawolf nickte langsam, er hatte das Gesicht vor Anspannung verzogen, seine blaugrauen Augen glommen hell im Zwielicht der Höhle. »Tara und ich werden uns mit dem Ältestenrat besprechen. Sobald wir entschieden haben, was zu tun ist, werden wir handeln!« Tamani folgte dem Blick seines Vaters zum Rand der Menge, wo seine Mutter stand und ihrem Gefährten zunickte. Warum stand sie so weit weg? Sie sah ein wenig erschöpft aus – hoffentlich war alles in Ordnung mit ihr. Der Jungwolf wandte dem Anführer seinen Blick gerade in dem Moment wieder zu, als dieser mit der Rute zuckte, als Zeichen, dass sich das Rudel in der Höhle verteilen sollte. Dann lief der Alphawolf gemeinsam mit Tara und einigen der älteren Wölfe zu Alasis Höhle.

»Was glaubt ihr geschieht dort jetzt?«, fragte Tamani und seine Ohren zuckten zur Lichthöhle.

»Keine Ahnung«, gestand Kora und blinzelte beunruhigt. »Wir werden es sicher bald erfahren.«

Sie mussten nicht lange warten, ehe Rex mit Akai zurück in die Haupthöhle des Rudels trat. Während der Alphawolf sich auf zu den älteren Mitgliedern des Rudels machte, trabte der Betawolf mit schnellen Schritten auf die Jungwölfe zu, die versammelt an ihrer Schlafstätte saßen.

»Tamani und Kora, ihr kommt mit unserem Trupp mit«, erklärte der Hellgraue ihnen.

»Was machen wir denn?«, fragte Kora gespannt und auch Tamani blickte dem Älteren neugierig entgegen. In Akais Augen schien kurz ein Funken Belustigung aufzuglühen, der jedoch schnell wieder verschwunden war. »Wir werden die Grenze, an der die fremden Wölfe entdeckt wurden, neu markieren und Ausschau halten, ob sie zurückkehren. Ihr zwei seid Späher, zusammen mit Kamos. Kommt mit!« Mit schnellen Schritten trabte er los und schob sich durch die Öffnung ins Freie. Tamani und Kora folgten ihm.

Am Donnerbecken wehte ein kräftiger Wind. Er zerrte an den Pelzen der Wölfe und im nahe gelegenen Wald schwankten die Bäume in den stürmischen Böen hin und her. Bunte Blätter segelten um sie herum durch die Luft und Tamani stellte sein Fell auf, in der Hoffnung, dass es ihn gegen die Kälte des heutigen Tages schützen würde. Er lauschte dem Brausen des Wasserfalles und versuchte, seine aufgewühlten Gedanken zu beruhigen, die immer und immer wieder zu den Unbekannten wanderten und ihm Schauder durch den Körper trieben. Er hatte Angst vor dem, was die Fremden planten, denn er sorgte sich um seine Rudelgefährten und auch um Shira. Als Pfotenschritte erklangen, sah er auf und entdeckte Rex, der gemeinsam mit Kamos und Amali zu ihnen gesprungen kam. Der Alphawolf nickte seinem Stellvertreter zu und trabte dann mit erhobener Rute an ihnen vorbei. Er sprang durch den Fluss und stürmte am anderen Ufer in den Wald hinein. Seine Wölfe folgten ihm stumm. Tamani reihte sich als Vorletzter hinter Kamos ein, hinter ihm lief nur noch Kora. Der säuerliche, unangenehme Gestank anderer Wölfe, der nahe der Grenze zum Hinterland auf ihn zuwehte, sorgte dafür, dass der junge Wolf instinktiv seine Muskeln anspannte. Er merkte, dass

Kamos langsamer wurde, während sie dem Grenzverlauf folgten, und glich seine Geschwindigkeit an. Konzentriert suchte er die Umgebung nach Anzeichen der Eindringlinge ab. Während die Markierer die Duftmarken erneuerten, sah der Graue immer wieder hinüber ins andere Revier. Auch dort bedeckte eine dichte Laubschicht den Boden, nur vereinzelte Nadelbäume sorgten dafür, dass der Wald schattig und bedrohlich wirkte.

Sie waren den Markierungen bereits eine ganze Weile gefolgt, sodass Tamani im Wind auch langsam den Geruch des Wüstenrudels ausmachen konnte, als Kamos plötzlich ein Jaulen ausstieß.

»Was ist los?«, fragt er leise und merkte, dass seine Stimme zittriger klang als erwartet. Kora kam an seine Seite, auch sie wirkte unruhig. Kamos zuckte mit den Ohren, um den Jüngeren zu bedeuten, sich zu gedulden, und wartete, bis sich auch der Rest des Trupps bei ihnen eingefunden hatte. »Ich habe die Spur der Fremden entdeckt.«

Tamani blinzelte überrascht, denn er selbst hatte nichts wahrgenommen. Er öffnete das Maul, um zu wittern, und nun entdeckte auch er den Geruch, der zunehmend stärker zu ihnen drang. Angewidert schüttelte Tamani den Kopf, um seine Nase von dem markanten und bedrohlichen Gestank zu befreien. Rex trat vor. »Wir folgen der Spur!« Der Alphawolf schlüpfte zwischen den Bäumen hindurch und folgte der Fährte tiefer in das Revier des Eisrudels. Der Rest des Trupps setzte ihm nach und Tamani reihte sich wieder hinter Kamos ein. Nervosität stieg in ihm auf und er legte die Ohren flach an seinen Kopf. Er hoffte, dass es keinen Kampf geben würde. Niemand wusste, wie gefährlich die Unbekannten waren ...

Die Fährte der Eindringlinge machte einen Bogen, der sich schließlich wieder der Grenze zuwandte und dann darüber hinaus ins Hinterland führte. Tamani konnte genau riechen, an welcher Stelle die fremden Wölfe vom Nachttrupp entdeckt worden waren, denn ab dort vermischte sich der Geruch des Eisrudels mit dem der Unbekannten. Wie Alea es ihnen berichtet hatte, hatten die Eindringlinge ihr Revier wieder verlassen und keine neue Spur deutete darauf hin, dass sie zurückgekehrt waren. Rex hielt seinen Trupp an den Grenzmarkierungen an, an denen die Fremden die Marken überschritten hatten, und blickte hinüber in das fremde Revier.

»Wir könnten hier Wachen aufstellen«, schlug Akai vor. Der Alphawolf schüttelte entschieden den Kopf und drehte sich zu seinen Wölfen. »Ich glaube nicht, dass das irgendetwas bringen würde. Sie können an jeder anderen Stelle wieder in unser Revier eindringen und das Eisrudel hat nicht genug Wölfe, um die gesamte Grenze mit Wachen zu besetzen.«

Akai neigte zustimmend den Kopf vor seinem Anführer und dieser fuhr fort: »Wir werden öfter Grenztrupps aussenden müssen. Das ist die einzige Möglichkeit, die Fremden dauerhaft von unserem Revier fernzuhalten.« Er ließ ein entschlossenes Grollen hören, dann hob er gebieterisch die Rute in die Höhe. Seine Wölfe folgten dem stummen Befehl und liefen ihm nach zwischen den Bäumen zurück in Richtung des Eisgebirges. Der Trupp hatte erst einige Schritte gemacht, als sie ein Geräusch vernahmen. Laub raschelte unter den Pfoten von Tieren und Zweige knackten, während sich irgendwer durch das Unterholz auf sie zubewegte. Tamanis Muskeln strafften sich und sein Nackenfell stellte sich auf. Auch die anderen Eisrudelwölfe lauschten still und duckten sich dann geräuschlos zu Boden. Tamani spannte seine kräftigen Hinterbeine an, sodass er direkt nach vorne springen konnte, wenn die Eindringlinge aus dem Dickicht heraustraten. Er öffnete das Maul, um Witterung aufzunehmen, und sofort strömte ihm Wolfesgeruch entgegen. Die Schritte waren nun ganz nah und der Graue konnte bereits die Pelze der Wölfe durch die Bäume blitzen sehen. Warum liefen sie genau auf den Trupp zu? *Haben sie uns nicht bemerkt? Oder wollen sie einen Kampf provozieren?*

Der Wind trug ihm eine weitere Böe ihres Geruches zu und Tamanis Ohren zuckten verwirrt. Dieser Duft passte nicht zu den Spuren der Eindringlinge, und dennoch war er dem Grauen seltsam vertraut. Fieberhaft suchte der junge Wolf nach den Erinnerungen, die mit diesem Geruch verknüpft waren. Woher kannte er diesen Duft? Beim nächsten Herzschlag traten zwei Gestalten aus dem Unterholz hervor und erstarrten noch im selben Moment beim Anblick des Trupps.

Rex gab ein drohendes Knurren von sich, während sich seine Wölfe in Position für den Kampf brachten. Nur Tamani folgte ihrem Beispiel nicht. Er starrte die beiden Wölfe vor sich wie versteinert an. Der Linke war groß und hatte breite Schultern, von denen sein struppiges graues Fell in Fetzen herabhing. Der Dunkle neben ihm schien jünger, doch auch sein Fell war von blutigen

Wunden übersät. Mit einem Mal fluteten Erinnerungen Tamanis Kopf. Sein Herz setzte vor Schreck aus, als er die beiden Wölfe vor sich erkannte: Es waren Graupelz und Sturmnacht!

16. Kapitel

Tamani zuckte entsetzt zusammen, als Rex mit einem Laut das Zeichen zum Angriff gab. Die beiden Wächter wichen verunsichert zurück, die Pfoten gebeugt und die Oberkörper unterwürfig gesenkt. *Sieht Rex denn nicht, dass sie keine Gefahr für uns darstellen?*

Bevor Tamani weiter darüber nachdenken konnte, reagierte sein Instinkt. Er warf den Kopf in den Nacken und stieß ein markerschütterndes Jaulen aus: »Halt! Hört auf!«

Sein Ruf hatte den gewünschten Effekt, die Wölfe seines Rudels blieben stehen, noch bevor sie die beiden Wächter erreicht hatten, die nicht zurückgewichen waren. Unsicher wandten die Rudelmitglieder ihre Köpfe zu ihrem Alphawolf um, der neben Tamani stand. Als er zu seinem Vater aufblickte, funkelten dessen Augen zornig und seine spitzen Reißzähne waren drohend entblößt. »Was fällt dir ein?« Rex' Stimme klang gefährlich ruhig. Tamani musste all seine Willenskraft aufbringen, um seinem Vater in die Augen zu sehen. Mit einem Mal fühlte er sich wieder schwach wie ein winziger Welpe. Er hatte sich dem Befehl seines Anführers widersetzt. Schlimmer noch, er hatte einen ganzen Trupp davon abgehalten, ihm zu folgen. Tamani musste sich selbst daran erinnern, warum er den Befehl seines Vaters nicht ausgeführt hatte.

»Hör mich an«, bat er mit bebender Stimme und fuhr rasch fort, damit er nicht unterbrochen werden konnte: »Diese beiden Wölfe dort sind keine Fremden und auch keine Eindringlinge. Das sind Graupelz und Sturmnacht, zwei der Wächter!« Es dauerte ein paar Herzschläge, bis Rex die Worte seines Sohnes zu begreifen schien, dann jedoch klarten seine Augen, über denen ein Schleier der Wut gelegen hatte, auf. Der Alphawolf sah zu den beiden Gestalten hinüber, die noch immer geduckt vor ihnen standen. Doch in ihren Augen lag ein Ausdruck von Dankbarkeit, als sie zu Tamani hinüberblickten.

»Ihr habt gehört, was Tamani gesagt hat.« Rex sprang nach vorne zu seinen Wölfen, die sich mit gesträubtem Fell vor den Wächtern aufgebaut hatten. »Tretet zurück!« Sofort folgte der Trupp dem Befehl seines Anführers. Ihre Pelze jedoch waren noch immer aufgestellt und der Jungwolf spürte, wie ihm Amali einen funkelnden Blick zuwarf. Während Rex zu den beiden Wölfen trat, die in ihr Revier eingedrungen waren, schob sich Tamani nach vorne, sodass er sich neben Aris einreihen konnte. Am liebsten hätte er seinen besten Freund und seinen ehemaligen Ausbilder begrüßt und sie gefragt, was ihnen zugestoßen war. Wer hatte sie so zugerichtet? Und wo waren Schneeflocke und Sandsturm? Doch der Graue wusste, dass er sich nicht noch einmal über die Regeln des Rudels hinwegsetzen konnte. Er musste auf weitere Befehle des Alphawolfes warten.

Der Anführer des Eisrudels war mittlerweile vor die Wächter getreten. Mit einem Zucken der Ohren erlaubte er den beiden, sich aufzurichten. Rex hielt seine Rute hocherhoben, sodass er die beiden auch noch überragte, als diese gerade standen.

»Nun?«, begann der Alphawolf. »Stimmt das, was einer meiner Wölfe berichtet hat? Ihr seid Wächter des Wächtergebirges?«

Graupelz senkte in einer höflichen Geste den Kopf vor Rex und Sturmnacht ahmte die Bewegung augenblicklich nach. Mit einem merkwürdigen Ausdruck in den Augen schaute Graupelz dann den Anführer des Eisrudels an und begann zu sprechen: »Sei gegrüßt, Rex. Das, was Tamani behauptet hat, entspricht der Wahrheit.« Er machte eine kurze Pause, musterte sein Gegenüber, dann sagte er: »Mein Name ist Graupelz und mein Begleiter trägt den Namen Sturmnacht.« Tamani konnte von seinem Platz aus sehen, wie die Ohren seines Vaters verwundert zuckten. Er schien einen Moment lang zu zögern, bevor er hervorbrachte: »Was machen zwei Wächter hier in unserem Revier, so weit vom Wächtergebirge entfernt? Wieso habt ihr einen solchen Weg auf euch genommen?«

Graupelz wechselte einen Blick mit seinem jüngeren Gefährten. »Wir sind gekommen, um euer Rudel zu warnen«, sagte er schließlich.

»Vor was genau wollt ihr uns denn warnen?« Die Stimme klang ruhig und fest, wie sonst auch, aber Tamani war sich sicher, in den Augen seines Vaters Angst gesehen zu haben, Angst, wie sie sich auch in Tamanis Innerem gerade ausbreitete. Stand ihnen etwas Schlimmes bevor? Und hatte es etwas mit den fremden Wölfen und ihrem mysteriösen Verhalten zu tun?

Graupelz' Ohren zuckten. »Hier …«, der Wächter deutete mit

der Schnauze auf die unzähligen Bäume, die sie umgaben. »... ist nicht der richtige Ort, um so etwas zu bereden.« Mit festem Blick sah er den Alphawolf des Eisrudels an. Jegliche Zurückhaltung, die er zu Beginn des Treffens gezeigt hatte, war verschwunden und Tamani erkannte seinen stolzen Ausbilder wieder.

Rex senkte bestätigend den Kopf. »Gut, wir werden zur Höhle des Eisrudels gehen, dort könnt ihr uns alles erzählen.« Er zuckte mit der Rute, als Zeichen, dass ihm seine Wölfe folgen sollten. »Akai, du und Kamos, ihr sichert uns von hinten!«, befahl der Anführer seinem Betawolf, der dem Befehl sofort nachkam. Die kleine Gruppe setzte sich in Bewegung und die übrigen Mitglieder des Eisrudels verteilten sich so um die beiden Wächter, dass sie von allen Seiten flankiert waren.

Tamani freute sich, wieder bei Sturmnacht zu sein. Neben dem Schwarzen durch den Wald zu laufen, fühlte sich auf eine merkwürdige Art zugleich richtig und falsch an. Einerseits waren ihm die Bewegungen des jungen Wächters von den vielen Tagen ihrer gemeinsamen Ausbildung vertraut, doch hier im Revier des Eisrudels wirkte der Schwarze deplatziert und fremd. Gern hätte sich Tamani sofort mit seinem Freund ausgetauscht, um zu erfahren, warum sie hier waren und wer oder was sie so schlimm zugerichtet hatte, doch er traute sich nicht, das strenge Schweigen seiner älteren Gefährten zu durchbrechen und ein Gespräch zu beginnen. Er hoffte, dass später in der Höhle noch genug Zeit sein würde, um sich mit Sturmnacht zu unterhalten. Tamani versuchte, die Gedanken, die wie ein Schwarm Bienen in seinem Kopf kreisten, zu vertreiben, doch immer wieder flammten Sorge und Aufregung in ihm auf. *Weshalb sind sie zu uns gekommen? Was ist ihnen nur zugestoßen, dass sie das Wächtergebirge verlassen haben?* Es musste einen äußerst wichtigen Grund geben, wenn die beiden Wölfe den weiten Weg bis zum Eisrudel auf sich genommen hatten.

Eisiger Regen begann zu fallen, als der Trupp schließlich den Eingang zur Höhle erreichte. Zuerst trat Rex durch die schmale Öffnung, hinter ihm folgten die zwei Wächter und der Rest des Trupps. Tamanis Augen brauchten wie immer einen Moment, bis sie sich wieder an die Dunkelheit gewöhnt hatten, doch seine Pfoten kannten mittlerweile den Weg zum unteren Teil der Höhle und so konnte der junge Wolf seinem Vater und den anderen problemlos folgen. Graupelz und Sturmnacht dagegen schienen einige Schwierigkeiten mit dem abfallenden Grund zu haben.

Unruhiges Gemurmel empfing den Trupp, als das Eisrudel die Fremden bemerkte. Die Wölfe erhoben sich von ihren Plätzen und versammelten sich um die Ankömmlinge. Rex trabte unbeirrt zu dem Platz, an dem stets die Versammlungen einberufen wurden, und rief nach Tara und Alea. Mit den Ohren gab er den beiden Wölfinnen ein Zeichen, in die Lichthöhle zu gehen, dann wandte er sich an die Wächter: »Graupelz, Sturmnacht, bitte folgt mir in die Höhle unserer Heilerin. Dort könnt ihr mir und meiner Ranggefährtin von eurem Anliegen erzählen.« Graupelz senkte respektvoll den Kopf vor dem Alphawolf, bevor er sagte: »Wenn es euch nichts ausmacht, werde nur ich euch Bericht erstatten.« Er wandte sich zu seinem Begleiter um. »Ich bin mir sicher, dass sich Sturmnacht lieber mit seinen Freunden austauschen möchte.« Sturmnachts Augen glommen hell auf und er nickte eifrig. Auch Tamani spürte, wie sich ein Lächeln auf seinem Gesicht ausbreitete, als sein Vater zustimmend den Kopf senkte. Gemeinsam mit dem Wächter machte sich der Alphawolf auf zur Lichthöhle. Der Jungwolf sah ihnen nach, verblüfft von der Ähnlichkeit ihrer Silhouetten. Sie glichen sich sowohl im Körperbau als auch in ihrer aufrechten Haltung. Stammte Graupelz vielleicht ursprünglich aus dem Eisrudel? Seine Fellfarbe würde passen. Tamani zuckte mit den Ohren. Das war nun nicht so wichtig. Strahlend wirbelte er zu seinem Freund herum. »Sturmnacht! Es freut mich so, dich wiederzusehen!« Er berührte den Dunklen freundschaftlich mit der Nase am Ohr.

»Tamani!« Die Stimme des jungen Wächters klang tiefer als in der Erinnerung des Grauen, doch es schwang dieselbe Freude mit, die auch er in seinem Inneren verspürte.

»Komm mit zu unserem Schlafplatz, die anderen möchten dich sicher auch begrüßen!«, sagte Tamani, doch schon im nächsten Moment drängte sich Kora an ihm vorbei und berührte den Grauschwarzen mit ihrer Nase. »Es ist toll, dass du da bist! Wie geht es dir? Du siehst … na ja, nicht so richtig gut aus.« Sie musterte Sturmnachts lädierten Körper und Tamani glaubte, ein unsicheres Glänzen in den Augen seines Freundes zu erkennen.

»Es ist alles ganz schön kompliziert«, wich der Dunkle aus und zuckte mit den Ohren, als wäre ihm die Situation unangenehm. »Ähm, ihr wolltet mich zu eurem Schlafplatz führen?« Kora nickte, als hätte sie die Antwort ihres Gegenübers gar nicht richtig zur Kenntnis genommen. »Natürlich! Komm mit!« Sie stupste ihn an und sprang dann hastig den kleinen Anstieg hinauf zu ihrem Moospolster. Sturmnacht und Tamani folgten ihr langsamer, denn der Grauschwarze schien sich in der dunklen Höhle ebenso schwer zurechtzufinden wie die Jungwölfe kurz nach ihrer Ankunft.

»Sturmnacht!« Sie waren kaum ein paar Schritte gegangen, als der Wächter schon von Aris und Ravi umringt wurde. Stürmisch begrüßten die beiden jungen Wölfe ihren Freund und schließlich kamen sie alle auf der mit Moos gepolsterten Fläche zusammen.

»Was führt euch zu uns?«, fragte Kora und Tamani spitzte die Ohren und sah Sturmnacht aufmerksam an. Dieser blinzelte unentschlossen. Er zögerte, bevor er anhob: »Das ist eine wirklich lange Geschichte.« Er scharrte unruhig mit den Pfoten im Moospolster, so als würde er sich nicht wohlfühlen. »Es wäre mir lieber, wenn ihr es von Graupelz erfahren würdet.« Kora nickte verständnisvoll und auch ihr Bruder hatte Mitleid mit seinem Freund. Es musste etwas wirklich Schlimmes geschehen sein, wenn er so verunsichert war. Normalerweise war Sturmnacht selbstbewusst und voller Zuversicht, Tamani hatte ihn nur wenige Male so erlebt wie jetzt. Ein eiskalter Schauer rann durch seinen Körper. *Was ist nur passiert?*

»Ach ja, Tamani.« Der Jungwolf zuckte zusammen, als Sturmnacht seinen Namen aussprach. »Vielen Dank, dass du den Trupp gestoppt hast, bevor er uns zerfetzen konnte. Ich hoffe, du bekommst keinen allzu großen Ärger von Rex, weil du seinen Befehl missachtest hast.« Tamani lächelte. »Das ist doch selbstverständlich, denkst du, ich hätte einfach zugesehen, wie sie euch angreifen?« Der junge Wächter schüttelte lachend den Kopf. »Nein. Dem Rudel der ewigen Jagd sei Dank, du hast uns erkannt.« Er nickte seinem Freund nochmals zu, der ihm verlegen entgegenblinzelte, dann schaute er sich suchend um. »Wo ist eigentlich Neko?« Sorge flackerte in seinem Blick.

»Keine Angst«, antwortete Tamani rasch. »Neko ist in der Höhle von Alasi, der Heilerin des Eisrudels. Er ist ihr Schüler und hilft ihr deshalb bei der Versorgung der Kranken oder Verletzten.« Sturmnacht atmete erleichtert auf. »Dann scheint sich sein Unterricht im Wächtergebirge ausgezahlt zu haben«, bemerkte er und ein schelmisches Lächeln schlich sich auf sein Gesicht.

»Sieht ganz so aus«, stimmte Kora grinsend zu und auch ihr Bruder musste unwillkürlich schmunzeln.

»Und was ist mit euch?«, fuhr der Grauschwarze fort und seine Stimme klang wieder so sicher, wie Tamani es gewohnt war. »Warum ist euer Schlafplatz so weit von den anderen Wölfen des Rudels entfernt?«

»Gute Frage«, erwiderte Ravi.

»Vielleicht, damit sich die Jüngsten einen Zug durch den Luftstrom in der Höhle holen? Es gibt wirklich gemütlichere Plätze in der Höhle!« Aris knuffte den Weißen neckend in die Seite, während Kora zu sprechen anhob: »Ich denke, das ist so üblich, damit auch deutlich erkennbar ist, dass wir noch keinen Rang im Rudel haben. Sobald wir unsere Ausbildung abgeschlossen haben, werden wir sicher einen Schlafplatz beim Rest des Rudels bekommen.«

»Ausbildung?«, wiederholte Sturmnacht und legte verwirrt den Kopf zur Seite. Schnell erklärte ihm die Weiße, was es mit der zweiten Ausbildung bei ihrem Geburtsrudel auf sich hatte. Tamanis Blick schweifte zum Eingang der Lichthöhle, doch keiner der Wölfe, die sich dort berieten, trat heraus, um das Eisrudel endlich aufzuklären. Die Pfoten des Grauen kribbelten unangenehm vor Nervosität und Neugier. Er wollte endlich erfahren, was los war! Er sah zurück zu seinen Freunden und betrachtete den jungen Wächter mit dem wundenübersäten Pelz.

»Sturmnacht? Findest du nicht, dass wir dich zu Alasi und Neko bringen sollten, damit sie sich um deine Verletzungen kümmern können?« Der Dunkle schien wieder leicht verunsichert, dann schüttelte er jedoch bestimmt den Kopf. »Später gehe ich gerne zu Neko, aber erst muss Graupelz verkünden, warum wir hier sind.«

»Möchtest du solange etwas Beute?«, bot Aris nun an. Sturmnacht lachte auf. »Wenn man hier immer so gut versorgt wird, sollte ich mir wirklich überlegen, ob ich Graupelz nicht alleine weiterreisen lasse und beim Eisrudel bleibe«, scherzte er. »Aber nein danke. Für eine Stärkung und die Versorgung meiner Wunden wird später immer noch genug Zeit sein.« In diesem Moment zeigte Kora zur Lichthöhle: »Seht nur, sie sind fertig mit ihrer Besprechung!« Tamani wirbelte herum und tatsächlich trat das Alphapaar gemeinsam mit den anderen in die Haupthöhle. Rex führte die kleine Gruppe zum Versammlungsplatz und stieß sein übliches Jaulen aus, das sein Rudel zusammenrief. Sofort sprang Tamani auf und trabte nach unten, und auch die anderen

Mitglieder des Rudels scharten sich um ihren Anführer. Die Jungwölfe setzten sich gemeinsam mit Sturmnacht an den Rand der Menge und in Tamani stiegen Erinnerungen an seine Zeit bei den Schattenwölfen auf.

»Wie ihr alle mitbekommen habt«, hob Rex an und sein Blick schweifte über seine Wölfe, um ihre Aufmerksamkeit zu bündeln, »... haben wir Gäste. Graupelz und Sturmnacht sind Wächter und sie haben den langen und beschwerlichen Weg vom Wächtergebirge bis zu unserem Revier auf sich genommen, um uns etwas Wichtiges zu berichten.«

Der Anführer bat den älteren Wächter nach vorne. Graupelz senkte den Kopf vor dem Alphawolf des Eisrudels, dann wandte er sich an die Menge. »Wölfe des Eisrudels! Sturmnacht und ich sind hier, um euch vor einer großen Bedrohung zu warnen!« Der Graue machte eine Pause, als müsste er seine Worte sorgfältig wählen, bevor er weitersprach: »Ein neues Rudel ist zum Fjord gekommen und bedroht unser aller Bündnis. Es nennt sich das Rudel der Finsternis. Die Wölfe dieses Rudels haben uns vor wenigen Mondwechseln angegriffen und das Wächtergebirge in ihre Gewalt gebracht.« Graupelz musste seine Rede unterbrechen, denn entsetztes Gemurmel verbreitete sich in der Menge und übertönte die Worte des Wächters. Rex rief seine Wölfe zur Ruhe, damit Graupelz fortfahren konnte: »Wir haben unser Möglichstes getan, um das Revier zu halten, doch es lag nicht in unserer Macht. Das Rudel der Finsternis ist bereits zu groß, als dass wir eine Chance gehabt hätten. Deshalb sind wir vier Wächter losgezogen, um die Rudel des großen Fjords von dem, was geschehen ist, zu unterrichten. Das Küstenrudel und auch das Wüstenrudel wissen bereits von der Bedrohung, und Schneeflocke und Sandsturm sind zu den weiter entfernten Revieren des Bündnisses gezogen, um ihnen ebenfalls Bericht zu erstatten.«

Die Stimme des Wächters klang so ruhig, wie Tamani es gewohnt war, aber in seinem blaugrauen Blick glänzten Trauer und Enttäuschung. »Das Rudel der Finsternis kommt von weit her. Auf unserem Weg hierher haben wir erfahren, dass diese Wölfe schon viele Rudel in ihrer alten Heimat jenseits der Himmelsgipfel ausgelöscht oder unterworfen haben, doch sie scheinen ihr Gebiet noch ausweiten zu wollen. Sie sind machthungrig, ihre Armee wächst stetig und als ihr nächstes Ziel haben sie den großen Fjord gewählt!« Wieder machte der Graue eine Pause, als wollte er auch ganz sichergehen, dass ihm jeder im Rudel folgen konnte. Das leise Flüstern, das anfangs noch zu hören gewesen war, war nun verstummt. Die Wölfe des Eisrudels lauschten dem Wächter schweigend.

»Das Rudel der Finsternis kennt weder Regeln noch Ehre. Sie folgen ihrem skrupellosen Alphapaar blind und scheuen nicht davor zurück, jeden Wolf, der sich ihnen nicht unterwirft, zu töten.« Graupelz blieb noch einen Herzschlag lang stehen, dann nickte er Rex zu und trat wieder hinter den Anführer und seine Ranggefährtin zurück. Tamani erwartete wilden Aufruhr, doch die Wölfe des Eisrudels blieben still. Sie schienen ebenso starr vor Entsetzen zu sein wie er selbst. Tamani konnte das, was Graupelz ihnen gerade berichtet hatte, kaum fassen. Doch während er noch versuchte, die Informationen zu verarbeiten, tauchte eine Erinnerung in seinen Gedanken auf. »Finsternis!«, hallte das unheilvolle Wort aus seinem Traum in ihm nach. Für einen Herzschlag spürte er die Leiber von fremden Wölfen um sich herumstreichen und ein grauenvoller Gestank hüllte ihn ein. Der Jungwolf schauderte, als die Vision verblasste. Es gab also schon wieder eine dunkle Bedrohung, die ihn und sein Rudel in tödliche Gefahr brachte. Ein noch schlimmeres Rudel als das der Schattenwölfe! Und es waren nicht fünf oder zehn, sondern viel mehr! Ein Angstschauder durchlief ihn von der Schnauze bis zur Schwanzspitze. Er war kein Feigling, aber er fürchtete um seine Freunde und um sein Geburtsrudel. Wie sollte das Eisrudel gegen solch grausame Wölfe bestehen können? War es etwa ihr Schicksal, dass sie ihr eigenes Revier verlassen und fliehen mussten? Einige Wölfe begannen nun zu diskutieren – bis Tara nach vorne trat. »Ruhe jetzt!« Ihre zornige Stimme hallte laut in der Höhle wider. Die Wölfe in der Menge verstummten nach und nach und blickten zu ihrer Anführerin auf. Diese nickte Rex zu und überließ ihm den Platz, von dem aus man am besten zum Rudel sprechen konnte.

»Ich weiß, dass das, was wir soeben gehört haben, euch große Sorgen bereitet, und einige von euch mögen Furcht vor dieser Gefahr verspüren. Aber vergesst nicht …«, jaulte der Alphawolf mit lauter Stimme, sodass ihn jeder hören konnte, »... wir sind keine Gruppe von wehrlosen und unerfahrenen Welpen! Wir sind ein Rudel mit vielen ausgezeichneten Kämpfern und dies ist nicht die erste Bedrohung, die wir abwenden müssen. Wir sind die Wölfe des Eisrudels und wir werden diese Herausforderung gemeinsam bestehen und unser Revier und die heiligen Regeln unserer Vorfahren verteidigen!« Akai und Alea jaulten inbrünstig Zustimmung, doch nicht alle anderen Rudelmitglieder fielen in das Geheul mit ein. Tamani wunderte sich auch, dass seine Mutter kein Anzeichen von Zuversicht zeigte. Sie saß jetzt stumm hinter ihrem Ranggefährten. Waren die Worte seines Vaters etwa nur leere Versprechungen und sie schwieg deshalb? Dann jedoch bat Rex seine Gefährtin nach vorne und sein Blick wurde sanft. »Das Rudel der ewigen Jagd ist in jeder Schlacht mit uns und es wird uns bei den Kämpfen unterstützen und unsere Pfoten führen, damit wir gewinnen! Und es gibt auch noch gute Neuigkeiten, von denen wir euch nun berichten wollen.« Er sah Tara mit einem liebevollen Ausdruck an und auch sie wirkte jetzt wieder stark. Stolz erhob sie den Kopf und verkündete feierlich: »Wir erwarten einen neuen Wurf! In einigen Sonnenwechseln werden unsere Welpen zur Welt kommen. Ich hoffe sehr, dass sie in Frieden aufwachsen können. Also kämpft für unser Rudel, kämpft für unsere Nachkommen! Ab sofort übernehmen Akai und Alea meine Aufgaben im Rudel und sie werden mich vertreten, bis ich meinen Pflichten als Alphawölfin wieder nachgehen kann.«

Jetzt brandete Jubel auf. Auch Tamani spürte, wie Freude in seinem Inneren aufstieg und die Angst vor der Bedrohung nachließ. Bald würde sein Geburtsrudel neue Mitglieder bekommen! Das neue und schützenswerte Leben würde allen Kraft für den anstehenden Kampf geben.

Rex stimmte ein freudiges Jaulen an und sofort fielen die anderen Wölfe ein. Auch Tamani heulte aus voller Kehle seine Gefühle zur Höhlendecke hinauf. Vielleicht würde ihre Freude sogar das Rudel der ewigen Jagd erreichen, sodass Pala von den Neuigkeiten erfuhr. Das Gewirr aus den vielen verschiedenen Stimmen und der Glückseligkeit erfüllte die ganze Höhle und der Jungwolf fühlte, wie die Zuversicht zu ihm zurückkehrte. Rex hatte recht gehabt: Sie würden sich nicht so leicht geschlagen geben, wie das Rudel der Finsternis zu hoffen wagte, und sie würden ihr Revier erbittert verteidigen. Nun hatten sie noch einen Grund mehr dazu.

17. Kapitel

Tamanis Träume waren von unheilvollen Schatten und dem Gestank nach Blut erfüllt. Immer wieder sah er, wie sein Geburtsrudel von den feindlichen Wölfen zerschlagen wurde. Er war froh, als er aufwachte und sich in der Höhle des Eisrudels wiederfand. Die vertrauten Geräusche der Schlafenden vertrieben die Schatten seiner Träume rasch. Das schwache Licht vor dem Eingang der Höhle verriet, dass es noch einige Zeit bis zum Morgengrauen dauern würde, doch Tamani setzte sich trotzdem auf. Er wollte nicht noch mal in diese dunkle und beängstigende Welt zurückkehren, die er im Schlaf die gesamte Nacht durchwandert hatte. Er erhob sich auf die Pfoten und machte sich auf den Weg zur Höhle der Heilerin. Leise schob er sich in den deutlich helleren Raum und er hatte kaum einen Schritt hinein gemacht, als er über das Brausen des Wasserfalles hinweg Pfotenschritte wahrnahm.

»Tamani!« Neko eilte auf ihn zu, in den grünen Augen ein besorgtes Glitzern. »Ist alles in Ordnung mit dir? Du siehst ja aus, als hättest du gegen eine Rotte Wildschweine gekämpft. Was ist passiert?« Der zukünftige Heiler kam vor dem Grauen zum Stehen und musterte ihn sorgfältig von oben bis unten. Tamani blinzelte mühsam. »Genauso fühle ich mich! Als hätte mich eine

Horde Waldläufer niedergetrampelt. Ich habe schlecht geschlafen, weil ich viele finstere Träume hatte.« Neko zuckte mit den Ohren und er schien kurz zu zögern, so als haderte er mit sich selbst, bevor er sagte: »Ich auch. Ich habe davon geträumt, dass ich von Wölfen umzingelt war. Sie haben sich um mich gedrängt und immer wieder nur ein Wort wiederholt: Finsternis!« Die Betonung des letzten Wortes jagte Tamani einen Schauder über den Rücken und unwillkürlich sträubte sich sein Nackenfell. Diesen Traum hatte er auch schon geträumt!

»Ich glaube, dass mir das Rudel der ewigen Jagd diese Vision geschickt hat«, fuhr der zukünftige Heiler fort und seine Stimme zitterte beinahe vor Ehrfurcht. »Ich weiß, normalerweise sollte ich dir nicht davon erzählen.« Neko warf einen schnellen Blick zu Alasis Schlafplatz, dann drehte er sich wieder seinem Freund zu. »Aber als ich gerade eben aufgewacht bin, hat mir irgendetwas das Gefühl gegeben, dass du davon erfahren solltest.« Tamani senkte dankbar und aufgewühlt zugleich den Kopf. Er überlegte, ob er wohl von seinem eigenen Traum berichten sollte, und brachte dann zögerlich hervor: »Ich hatte vor einigen Tagen den gleichen Traum.« Die Augen des Schwarzen weiteten sich vor Staunen. »Du hattest dieselbe Vision, wie ich sie erhalten habe?« Tamani nickte.

»Wirklich?« Einen Moment lang schien der zukünftige Heiler sprachlos, dann jedoch fasste er sich und fragte: »Hattest du davor jemals solche Träume?« Tamani überlegte. Sofort kamen ihm die Visionen in den Sinn, die er während seiner Ausbildung im Wächtergebirge gehabt hatte. »Ja, als wir noch Schüler waren, hatte ich öfter mal Träume von Dingen, die später genau so oder so ähnlich passiert sind. Seit wir aber beim Eisrudel sind, hatte ich bis auf die Vision, die du auch hattest, keine mehr.« Er hütete sich sorgsam davor, zu erwähnen, dass Pala Shira und ihn zusammengeführt hatte. Niemand sollte davon erfahren und ohnehin war der Traum für das Eisrudel nicht von Bedeutung.

»Das ist seltsam«, murmelte Neko und warf dem Grauen einen merkwürdigen Blick zu. »Normalerweise erhalten nur Heiler Visionen und Zeichen vom Rudel der ewigen Jagd. Nur selten gibt es Wölfe, Anführer oder große Kämpfer, die ebenfalls mit unseren Vorfahren in Verbindung stehen und sich mit ihnen austauschen. Wer ist dein Sternendeuter?« Tamani blinzelte seinen Freund verwirrt an. »Was ist ein Sternendeuter?« Der zukünftige Heiler öffnete das Maul, um ihm zu antworten, doch noch ehe er ein Wort gesagt hatte, ertönte hinter ihm ein lautes Ächzen.

Tamani zuckte zusammen, doch Neko wirbelte herum, ohne auch nur einen Herzschlag zu zögern. Noch bevor der Graue überhaupt begreifen konnte, was los war, stürzte der Dunkle zu einer der vielen Kuhlen im Höhlenboden. Tamani folgte Neko und entdeckte Laos in der moosgepolsterten Vertiefung. Sein Atem ging schnell und hektisch, sein ganzer Körper zitterte unkontrolliert und seine Pfoten zuckten, als befände er sich im Kampf gegen einen unsichtbaren Feind.

»Was ist mit ihm?«, fragte Tamani mit einem plötzlichen Anflug von Panik. Er beugte sich vor und zuckte sofort wieder zurück, als ihm eine Hitzewelle entgegenschlug. Schon bevor Neko antwortete, wusste der Graue, was mit dem Wolf vor sich ging.

»Sein Fieber ist gestiegen!« Sein Freund klang nicht ruhig wie sonst, seine Stimme war schrill. Mit der Nase berührte der zukünftige Heiler zuerst Laos' Ohren und dann seinen Bauch. Als er wieder aufsah, lag ein dichter Schleier der Sorge über seinen grünen Augen. »Vorne bei Alasis Kräutern liegt ein Haufen mit Moos. Nimm dir so viel du tragen kannst, und lass es sich in den Pfützen beim Wasserfall vollsaugen, dann bring es hierher. Aber pass auf, der Boden ist dort sehr glitschig, nicht dass du ausrutschst und in den Wasserfall gerätst! Ich werde währenddessen Alasi wecken.«

Neko sprang mit schnellen Sprüngen davon. Tamani trabte rasch zu dem Platz, an dem die Heilerin des Eisrudels ihre Kräuter aufbewahrte, und nach kurzem Suchen fand er das Moos. Er schnappte sich so viel, wie er im Maul halten konnte, und suchte sich dann etwas langsamer seinen Weg zu der hellen Felsöffnung mit dem Wasservorhang. Mit jedem Pfotenschritt, den der Graue näher zum Wasserfall hin machte, wurde das Brausen lauter und feine Tropfen von Wasser besprühten das Fell in seinem Gesicht. Tamani warf einen vorsichtigen Blick durch die Wasserwand und ihm wurde schwindelig beim Anblick der Höhe, in der er sich befand.

Er tastete sich behutsam näher an die Wasserlachen heran, die sich durch den Sprühregen am Boden gebildet hatten. Er war sich bewusst, dass ein falscher Tritt den Tod bedeuten konnte, deshalb war er froh, als er eine der Pfützen erreichte und das Moos, das er im Maul getragen hatte, hineinfallen lassen konnte. Er bearbeitete das Grünzeug vorsichtig mit den Pfoten, damit es mehr Wasser aufnehmen konnte, nahm es dann behutsam wieder auf und eilte damit zurück zu Laos. Alasi und Neko saßen bei ihm und die Heilerin zerkaute gerade einige Rindenstücke, während ihr Schüler dem Verletzten beruhigende Worte zu murmelte. Als Tamani bei ihnen ankam, drehte sich der Schwarze zu ihm um und nahm das tropfende Moos entgegen. »Danke.« Er legte einige Stücke mit geübten Bewegungen in den Nacken des vor ihm liegenden Wolfes und begann mit einem weiteren Stück, vorsichtig Wassertropfen in das Maul des Älteren zu geben. Tamani stand hilflos daneben und betrachtete die Arbeit der Heiler. »Kann ich irgendwie helfen?«, fragte er verunsichert und zuckte mit den Ohren, weil es ihm unangenehm war, dass er nichts Sinnvolles tun konnte. Alasi spuckte die Rindenstücke auf ein großes Blatt und drehte sich dann zu ihm um. »Nein, hier kannst du uns gerade nicht weiterhelfen.« Sie sprach schneller als sonst, aber dennoch ohne Hektik. »Aber bitte geh und informiere Rex über Laos' Zustand.«

Tamani zuckte ängstlich zurück. Wenn er dem Alphawolf des Rudels Bescheid geben sollte, dann musste es Laos wirklich schlecht gehen. Tamani senkte respektvoll den Kopf vor der Heilerin seines Rudels, dann stürmte er mit großen Schritten in die Haupthöhle zurück. Er steuerte den Schlafplatz seiner Eltern an, wo Rex inmitten seiner Wölfe auf einem Moospolster lag. Tara war schon in die Geburtshöhle gezogen, die neben der Lichthöhle lag. »Rex!« Tamani blieb vor dem Alphawolf stehen, der müde den Kopf hob und seinen Sohn anblickte. Als er jedoch bemerkte, wie aufgeregt und ängstlich der Jungwolf war, setzte er sich abrupt auf. »Was ist passiert?«

»Alasi schickt mich«, erklärte Tamani und versuchte, Ruhe in seine schnellen Worte zu bringen. »Laos' Fieber ist gestiegen.« Die Augen des Alphawolfes weiteten sich sorgenvoll. Er sprang auf und eilte zur Lichthöhle. Tamani sah ihm nach, unsicher, was er nun tun sollte, dann zog er sich langsam aus dem Kreis der älteren Wölfe zurück. Er machte sich auf den Weg zu seinem Schlafplatz. Auf halber Strecke kam ihm Lakota entgegen. »Ist etwas mit Makui?«, fragte er. Angst lag in seinen Augen. Tamani schüttelte rasch den Kopf und berührte den Freund beruhigend mit der Schnauze an der Schulter. »Nein. Aber Laos scheint es schlechter zu gehen.« Kurz wirkte der Graue mit der hellen Brust erleichtert, dann jedoch zuckten seine Ohren bekümmert. »So schlecht, dass Rex informiert wurde?« Tamani nickte langsam.

»Das ist gar nicht gut.« Lakotas Blick flog zum Eingang von Alasis Höhle. Der Graue stimmte ihm stumm zu. Wenn Neko so panisch klang und die Heilerin ihm aufgetragen hatte, Rex zu informieren, dann schien es wirklich schlimm um Laos zu stehen.

Es war bereits kurz vor Sonnenuntergang, als Tamani und die anderen Jungwölfe eine Hirschkuh zurück zur Höhle schleppten. Mit dem Aufgang der Sonne waren er und seine Gefährten zusammen mit Kamos zur Jagd aufgebrochen und auch Sturmnacht hatte sie begleitet. Sie hatten keine fremden Spuren gesehen und waren erfolgreich gewesen, und so trugen Kamos, Sturmnacht und Ravi kleinere Beutetiere, während sich die übrigen drei mit der Hirschkuh abmühten. Als Tamani, die Beute hinter sich herziehend, die Höhle des Eisrudels betrat, spürte er sofort, dass etwas passiert war. Leises, gedrücktes Gemurmel war aus dem unteren Teil des Felsraumes zu hören und die Luft schien merkwürdig schwer zu sein. Der Graue versuchte, sich davon nicht beirren zu lassen, und trug mit seinen Freunden den Fang zum Beuteplatz. Als er zurücktrat, sah er, dass sich die Wölfe des Rudels am Versammlungsplatz zusammengeschart hatten. Tamani lief zu ihnen und erhaschte einen Blick auf einen Wolf, der in der Mitte am Boden lag. Entsetzen packte ihn und er schob sich nach vorne und zwischen seinen Rudelgefährten hindurch. Nun hatte er eine bessere Sicht auf den Wolf, der dort in der Mitte der Höhle lag. Oh nein! Ein eisiger Schauer jagte ihm den Rücken hinab. Vor ihm auf dem Steinboden lag Laos. Reglos. Seine Augen waren geschlossen, es schien fast so, als würde er schlafen, doch die Flanke des Älteren hob und senkte sich nicht. Laos war tot!

Tamani spürte, wie sich jemand neben ihn schob. In die Stille schallte ein Ruf: »Was ist geschehen?« Es war Sturmnacht, der mit aufgerissenen Augen auf den Wolf zu seinen Pfoten starrte.

»Das Fieber hat Laos endgültig besiegt«, antwortete jemand aus der Menge. Tamani sah sich um, doch er konnte nicht erkennen, wer gesprochen hatte. Die Wölfe des Eisrudels hatten die Köpfe gesenkt vor Kummer. Er richtete seine Aufmerksamkeit auf Neko, der neben dem Toten saß, den Blick starr zu Boden gerichtet und mit mutlos hängenden die Schultern. Tamani wusste, dass er sich Vorwürfe machte, auch wenn er keine Schuld an dem Tod des Wolfes trug.

Jetzt trat das Alphapaar durch die Menge der Wölfe in die Mitte.

»Heute ist ein schwarzer Tag für das Eisrudel«, murmelte Tara und ihre Stimme, die gestern so voller Freude gewesen war, hörte sich nun traurig und erschöpft an. Sie machte eine kurze Pause und fuhr dann in einem neutraleren Tonfall fort: »Laos ist heute an seinem hohen Fieber gestorben. Wir ehren ihn und werden ihn niemals in Vergessenheit geraten lassen, denn er starb an den Folgen einer Verletzung, die er auf sich genommen hat, um sein Rudel und seine Gefährten zu schützen. Rudel der ewigen Jagd! Nehmt diesen tapferen Wolf in eure Reihen auf und erweist ihm dieselbe Ehre, die er selbst seinen Rudelgefährten erwiesen hat. Möge Laos von nun an und für alle Zeiten in den Sternen wohnen und vom Himmelszelt über das Eisrudel wachen.«

Die Anführerin senkte den Kopf. Eine ganze Weile lang blieb es still, dann ertönte ein lang gezogenes Jaulen von Tara. Das Rudel stimmte nach und nach mit ein und auch Tamani glich sein Heulen an die vielen anderen Stimmen an. Dieses Geheul war ganz anders als das gestrige. Tiefe Bestürzung und Trauer klangen durch den Felsraum und die Gefühle der Wölfe hallten dumpf von den Wänden wider. Dieses Jaulen würde Laos auf seinem Weg zum Rudel der ewigen Jagd begleiten und ihm ein letztes Mal die Treue seiner Gefährten zeigen, bevor er sich auf ewig den Ahnen der Wölfe anschloss.

Nachdem die Trauerzeremonie für ihren Gefährten beendet war, liefen viele Wölfe zum Leichnam des Verstorbenen, um ihm letzte Abschiedsworte zu widmen. Tamani blieb auf seinem Platz und beobachtete stumm, wie das Rudel dem Toten Lebwohl sagte. In seinem Inneren hatte sich eine Trauer ausgebreitet, die ihn zu erdrücken schien. Es war, als hätte sich der dunkle Schatten eines Waldläufers über ihn erhoben.

Als das letzte Licht des Tages verblasste, trug eine kleine Gruppe von Wölfen den Leichnam hinaus, um ihn zu beerdigen. Der Rest des Rudels blieb zurück und es dauerte nicht lange, bis sich unruhiges Gemurmel erhob.

»Wie kann es sein, dass Laos gestorben ist, obwohl uns Alasi versichert hat, dass er wieder gesund werden würde?« Die Stimme gehörte einem Wolf aus dem Ältestenrat, der den Namen Worik trug.

»Genau!«, sagte eine andere alte Wölfin. »Alasi hat sich noch nie geirrt! Warum ausgerechnet jetzt?« Tamani spürte, wie sein Pelz vor böser Vorahnung zu prickeln begann. Er spähte hinüber zu Neko, der noch immer an derselben Stelle saß wie zuvor, den Blick stumm zu Boden gerichtet.

»Es lag mit Sicherheit nicht an Alasi, sie ist eine gute Heilerin! Vielleicht ist Neko schuld daran, dass Laos gestorben ist!«, rief Milan.

Tamani sah, wie der zukünftige Heiler zusammenzuckte.

Und Milan erntete Zustimmung von der Menge.

»Er hat Laos bestimmt die falschen Kräuter gegeben!«, jaulte Amali und sprang mit gebleckten Zähnen auf.

»Oder er hat ihn mit voller Absicht vergiftet!«, zischte Worik voller Abneigung und zog die Lefzen zurück. »Ich wusste gleich, dass er niemals Alasis Schüler hätte werden dürfen! Er ist keiner von uns!« Neko hatte sich zu Boden gekauert, seine Ohren waren ängstlich angelegt. Tamani spürte, wie Sturmnacht neben ihm die Muskeln straffte und tief zu knurren begann. Der Grauschwarze hatte die spitzen Reißzähne entblößt und sein funkelnder Blick fixierte Worik. Doch die Stimmen gegen den zukünftigen Heiler wurden lauter und der Kreis aus Wölfen mit gebleckten Zähnen zog sich enger um Neko. Tamani sah sich Hilfe suchend um, doch er hielt vergeblich Ausschau nach Alasi. Sie begrub gemeinsam mit dem Alpha- und dem Betapaar den Verstorbenen. Er entdeckte Kora, die ihre Muskeln anspannte, doch auch gemeinsam waren sie gegen so viele ältere Wölfe machtlos. Tamani spürte, wie sich eine ungeheure Entschlossenheit in ihm breitmachte und die Verzweiflung in seinem Inneren vertrieb. Es war ihm egal, ob er gegen die Regeln seines Geburtsrudels verstieß, aber er würde nicht tatenlos zusehen, wie sein Freund angegriffen wurde! Er straffte die Schultern und duckte sich zu Boden. Die Wölfe des Eisrudels waren Neko, der noch immer verängstigt und wehrlos am Boden kauerte, mittlerweile sehr nahe. Einige von ihnen knurrten tief und kehlig und ihre spitzen Reißzähne blitzten in der Dunkelheit. Tamani zog ebenfalls die Lefzen zurück. Er spannte die Muskeln an, um im nächsten Moment loszuspringen, als sich eine Stimme über den Tumult in der Höhle erhob: »Ich denke, das reicht!«

Ein alter grauer Wolf, von dem Tamani wusste, dass sein Name Varu war, trat aus dem Schatten einer Felswand. Die stille Autorität, die er ausstrahlte, sorgte dafür, dass die Wölfe verstummten.

»Hört auf mit diesen Anschuldigungen! Ihr beurteilt Neko, der sich nie etwas zuschulden kommen ließ, nur aufgrund seiner

Fellfarbe und seiner Herkunft! Beides sagt nichts über den Charakter und die Fähigkeiten dieses jungen Wolfes aus!« Der Alte machte eine Pause und hielt den verärgerten Blicken seiner Rudelgefährten stand. »Verwechselt eure Trauer nicht mit Wut und eure Suche nach Antworten nicht mit der Suche nach einem Schuldigen! Sollte irgendein Wolf des Eisrudels unrechtmäßig gehandelt haben, so werden wir das erfahren. Das Rudel der ewigen Jagd sorgt für Gerechtigkeit.« Der alte Wolf zuckte mit den Ohren, dann deutete er auf die Schlafplätze des Rudels. »Ihr solltet lieber schlafen gehen und eurem Geist und Körper Ruhe gönnen, damit ihr euch morgen den Dingen widmen könnt, die tatsächlich von Bedeutung sind.« Der Graue drehte sich mit einem letzten mahnenden Blick um und trottete dann zu seiner Schlafstätte. Kurz war es still, dann ertönte leises Gemurmel, während die Wölfe sich verteilten und ihre eigenen Moospolster aufsuchten. Die Worte des alten Wolfes hatten ihnen zu denken gegeben. Tamani wusste, dass Varu einst Heiler des Rudels gewesen war, deshalb hatte seine Rede vermutlich auch einen solchen Einfluss auf das Rudel gehabt. Der Jungwolf atmete erleichtert auf, lockerte seine verkrampften Muskeln und sprang zu Neko hinüber. Er legte ihm tröstend die Schnauze ins Fell und spürte dabei, dass sein Freund zitterte.

»Mach dir nichts aus den Worten der anderen.« Sturmnacht gesellte sich zu ihnen und stupste Neko aufmunternd an. »Sobald sie wieder klar denken können, wird ihnen ihr dämliches Verhalten total peinlich sein und sie werden sich entschuldigen.« Neko blinzelte und sah mit unsicherem Blick zu dem jungen Wächter auf. »Aber vielleicht haben sie ja recht«, murmelte er. »Ich bin noch ganz am Anfang meiner Ausbildung. Ich muss irgendetwas falsch gemacht haben!« Er sah zu Boden und erhob sich dann wackelig auf die Pfoten.

»Das ist doch Unsinn!«, widersprach Kora heftig. Gemeinsam mit Ravi und Aris war sie zu ihrem Freund getreten. »Varu hat recht. Sie brauchen nur einen Grund, einen Schuldigen. Du hast nichts Unrechtes getan!« Neko hob mutlos die Schultern. »Ich lege mich schlafen, ich bin müde.« Er schob sich an den anderen Jungwölfen vorbei und trottete mit hängender Rute zu Alasis Höhle. Tamani sah ihm nach. Mitleid schnürte ihm die Kehle zu. Sollte er ihm nachlaufen? Doch Sturmnacht verstellte ihm den Weg, als hätte er seine Gedanken gelesen. »Wir sollten warten, bis er selbst besser damit umgehen kann, im Moment können wir nichts für ihn tun.« Tamani nickte. Der junge Wächter hatte recht.

»Wir sollten auch schlafen gehen«, sagte Ravi. Die Jungwölfe verabschiedeten sich von Sturmnacht, der zu dem Schlafplatz verschwand, der ihm und Graupelz zugeteilt worden war, und machten sich ebenfalls auf zu ihrem Moospolster. Dort angekommen, rollte sich Tamani schnell zusammen und schloss die Augen. Er wollte diesem Tag so schnell wie möglich entfliehen.

18. Kapitel

Wind zerrte an Tamanis Pelz und kalter Regen machte sein Fell nass und schwer. Er folgte den anderen vom Grenztrupp über den schmalen Felsgrat beim Wasserfall zurück zur Höhle. Es war der Tag nach Laos' Tod und dem beinahe ausgebrochenen Kampf gegen Neko. Tamani und Ravi waren am Morgen Aleas Trupp zugeteilt worden. Gemeinsam mit den anderen Wölfen hatten sie die Grenze zum Wüstenrudel und die Küste überprüft und neue Duftmarkierungen gesetzt. Der Graue schauderte beim Gedanken an die vielen markanten Geruchsspuren der Fremden, die sie in ihrem Revier entdeckt hatten. Überall hatte es düster und ekelhaft gerochen und im Wald hatten sie nicht ein Tier wahrnehmen können. Das ganze Gebiet befand sich in einer Art Schockstarre, wie Tamani es noch nie erlebt hatte. Die Eindringlinge hatten sich offensichtlich nicht die Mühe gemacht, ihre Anwesenheit auf dem fremden Land zu verschleiern. Es schien ganz so, als wollten sie dem Eisrudel, noch bevor es überhaupt zu einer Auseinandersetzung kam, klarmachen, dass ihnen dieses Revier bereits gehörte. Tamani schüttelte den Kopf, um seine düsteren Gedanken loszuwerden. Er schlüpfte hinter Viakim in die Höhle des Rudels und folgte dem Trupp hinab in den unteren Teil. Alea entließ ihren Trupp mit einem Nicken und sagte: »Ich werde Rex von unseren Entdeckungen berichten.« Mit erhobenem Kopf trabte die Betawölfin zum Schlafplatz des Anführers. Tamani machte sich auf zum Beuteplatz, wo er Kora und Aris entdeckt hatte, doch dann kam Sturmnacht mit großen Sprüngen auf ihn zugeeilt.

»Da bist du ja!«, sagte der Grauschwarze, als er vor seinem Freund zum Stehen kam. »Ich dachte schon, ich würde dich nicht mehr sehen.« Ein trauriger Schatten legte sich über seine hellen Augen. »Graupelz möchte gleich aufbrechen.«

»Was? Schon heute? Aber ihr wart ja kaum länger als einen Tag hier und eure Wunden sind auch noch nicht verheilt«, protestierte Tamani. Enttäuschung ballte sich in seiner Magengrube zusammen. Er wollte nicht, dass sein Freund ihn wieder verließ. Wer konnte schon wissen, ob sie sich jemals wiedersahen?

Ein entschlossenes Funkeln trat in Sturmnachts Blick. »Ja, das stimmt. Aber wir wollen noch vor Einbruch der Dunkelheit beim Blutrudel ankommen.« Er knuffte Tamani in die Seite. »Du weißt doch selbst, dass das Bündnis am großen Fjord in großer Gefahr ist. Graupelz und ich müssen unbedingt weiter und die anderen Rudel warnen, bevor es zu spät ist!« Tamani nickte traurig. »Und was wird sein, wenn ihr alle Rudel von der Gefahr unterrichtet habt? Wohin werdet ihr dann gehen? Zum besetzten Wächtergebirge könnt ihr schließlich nicht mehr zurückkehren.«

Der Grauschwarze legte ratlos den Kopf zur Seite und seine Ohren drehten sich nach hinten. »Das Rudel der ewigen Jagd wird uns zu einem Ort führen, an dem wir bleiben können, bis wir das Wächtergebirge zurückerobert haben.«

Falls es überhaupt jemals zurückerobert wird, fügte Tamani im Stillen hinzu. Am Blick des jungen Wächters konnte er sehen, dass dieser seine Bedenken teilte.

»Wie auch immer«, fuhr Sturmnacht nach einer kurzen Weile des bedrückten Schweigens fort. »Wir werden jetzt aufbrechen, damit wir so schnell wie möglich das Blutrudel erreichen.« Der Graue schielte an seinem Freund vorbei zu Graupelz, der einige Schritte von ihnen entfernt saß und mit einem unlesbaren Ausdruck in den Augen zu ihnen herübersah. »Leb wohl.« Tamani trat vor und berührte den anderen jungen Wolf zum Abschied Nase an Nase.

»Leb wohl«, wiederholte Sturmnacht und ein Lächeln erschien auf seinem Gesicht. »Und nicht vergessen: Wir sehen uns wieder!« Auch der Eisrudelwolf bemühte sich um einen fröhlicheren Gesichtsausdruck und erwiderte: »Davon wird uns niemand abhalten können!« Doch obwohl er all seine Überzeugung in seine Worte legte, glaubte er sich selbst nicht recht. Zu groß waren die Zweifel in seinem Herzen.

Ravi schob sich an Tamani vorbei, um sich ebenfalls von dem jungen Wächter zu verabschieden. Nachdem der Grauschwarze auch den anderen Auf Wiedersehen gesagt hatte, wandte er sich ab und nickte Graupelz zu. Der Ältere erhob sich auf die Pfoten und trat zu seinem Reisegefährten. »Bist du bereit, Sturmnacht?« Der Jüngere nickte. Graupelz senkte den Kopf vor Tamani und den anderen Jungwölfen.

»Möge das Rudel der ewigen Jagd mit euch sein.« Die jungen Wölfe nahmen die Worte mit einem ehrfürchtigen Nicken entgegen und erwiderten den Gruß mit einer tiefen Verbeugung. Die beiden Wächter wandten sich um und liefen auf den Ausgang der Höhle zu, doch sie wurden von drei Wölfen, die sich aus der Dunkelheit lösten, gestoppt. Tamani erkannte Akai, Lakota und Okupa, die sich vor den beiden Ausbildern verbeugten. Er konnte hören, wie der Betawolf sagte: »Rex hat uns gebeten, euch bis zur Grenze zu begleiten, damit ihr sicher unser Revier verlasst.« Der Hellgraue gab seinem Trupp einen Befehl und dieser setzte sich gemeinsam mit den Wächtern in Bewegung. Tamani sah ihnen nach, bis die Silhouetten der Wölfe verschwunden waren, dann wandte er sich von der hellen Öffnung ab. Mit hängendem Kopf folgte er seinen Gefährten zu ihrem Schlafplatz und ließ sich neben seiner Schwester auf sein Moospolster fallen.

»Wir sollen uns heute noch dem Jagdtrupp anschließen«, brach Kora nach einer Weile das Schweigen. Tamani setzte sich auf und blinzelte sie an. »Wann müssen wir los?«, fragte er und gab sich Mühe, nicht so niedergeschlagen zu klingen, wie er sich fühlte. Die Weiße warf einen kurzen Blick zum Höhleneingang, bevor sie antwortete: »Ich denke, es wird noch ein wenig dauern. Akai sagte, der Trupp ziehe los, wenn die Sonne zu sinken beginnt, und bis dahin bleibt noch Zeit.« Tamani nickte und erhob sich auf die Pfoten. Er hatte nun eine Idee, wie er sich ablenken und seine Gedanken in den Griff bekommen konnte. »Ich wollte noch eben bei Neko vorbeisehen. Vielleicht geht es ja Makui wieder besser. Sagt ihr mir Bescheid, falls wir losmüssen, bevor ich zurück bin?«

»Natürlich. Denkst du etwa, wir lassen dich faulenzen, während wir Nahrung fürs Rudel beschaffen?«, neckte ihn Kora. Das brachte Tamani zum Grinsen. »Nein, bestimmt nicht.«

»Na, siehst du.«

Der Graue nickte seinen Gefährten nochmals zu, dann lief er zur Höhle der Heilerin. Er musste unbedingt noch mal mit Neko sprechen. Er wusste, wie schlecht es dem Schwarzen mit dem Tod von Laos und den Anfeindungen der älteren Rudelgefährten ging, und er wollte ihm so gut wie möglich beistehen. Außerdem wollte er ihn fragen, was es mit den Sternendeutern auf sich hatte.

Wie immer empfing Tamani das Brausen des Wasserfalles. Mit einem raschen Blick erfasste er das Innere des hellen Felsraumes und entdeckte seinen Freund alleine bei den Kräutern. Er trabte zu ihm hinüber, doch auf halber Strecke hörte er, wie jemand seinen Namen rief. Der Graue blickte sich verwirrt um und eine Welle der Freude schwappte über ihn hinweg, als er Makui aufrecht in ihrer Schlafkuhle sitzen sah. Die Helle hatte ihre Ohren aufgestellt und ihre blauen Augen leuchteten aufgeweckt. Der Jungwolf sprang zu ihr.

»Es geht dir besser!«, rief er und er bemerkte, dass die Erleichterung in seiner Stimme nicht zu überhören war.

»Na klar!« Makui riss in gespielter Empörung die Augen auf und fügte hinzu: »Von so einem dämlichen Wildschwein lasse ich mich doch nicht besiegen!« Sie reckte sich nach oben, zuckte aber schon im nächsten Moment zusammen.

»Also ich finde, dass du schon ziemlich besiegt aussiehst«, merkte Neko trocken an. Der Schwarze war mit einigen Blättern im Maul zu ihnen getreten und ließ die Kräuter jetzt vor Makuis

Pfoten fallen. »Und wenn du dich noch ein bisschen mehr bewegst, reißt deine Wunde wieder auf. Also, beim Rudel der ewigen Jagd, halt endlich still!« Tamani sah seinen Freund überrascht an. Diese strenge und ungeduldige Art passte gar nicht zu ihm.

»Hier, das musst du fressen.« Der zukünftige Heiler schob die Kräuter näher zu der Verletzten und wandte sich dann wieder ab, um zurück zu Alasis Kräutersammlung zu laufen. Sprachlos sah Tamani ihm nach. Er wusste, dass Neko sich Vorwürfe machte und die gestrige Situation noch schwer auf ihm lastete, aber er hatte nicht erwartet, dass der Schwarze so damit umgehen würde.

»Welche Klette hängt dem denn im Pelz?«, fragte Makui und sah mit einem verständnislosen Blick zu Neko hinüber. Tamani legte den Kopf zur Seite. »Ich weiß auch nicht so recht«, wich er aus. »Aber ich werde es herausfinden.« Er verabschiedete sich mit einem Nicken von Makui und trabte dann zu seinem Freund.

»Hallo«, begann er vorsichtig, wurde jedoch sofort von Neko unterbrochen: »Spar dir den Atem, Tamani. Ich weiß, was du mich fragen möchtest, und ja, mit mir ist alles in Ordnung.« Die Stimme des Schwarzen klang kühl und abweisend, während er einige Blätter mit den Pfoten teilte, ohne zu seinem Freund aufzusehen. Der Graue spürte, wie ein Stich der Verletzung seine Brust durchbohrte. Kurz war er versucht, sich einfach abzuwenden, doch dann zuckte er entschlossen mit den Ohren. Er würde sich nicht so leicht vertreiben lassen, denn er wusste ganz genau, dass Neko nur so grob war, weil es ihm wirklich nicht gut ging. »Dann kannst du ja sicher auch erraten, was ich als Nächstes sagen werde, oder?«

Ohne auf eine Antwort zu warten, fuhr Tamani fort: »Ich weiß, dass es dir nicht gut geht, und ich weiß auch, warum.« Neko drehte sich zu ihm um und funkelte ihn unverwandt an. Der Graue ignorierte es und setzte nach: »Neko, Laos' Tod war nicht deine Schuld! Ich bin mir ganz sicher, dass du nichts falsch gemacht hast. Vor allem nicht vorsätzlich, ich kenne dich doch.«

»Ach ja? Dann kennst du mich anscheinend ziemlich schlecht!«, zischte der Schwarze, doch ein trauriger und verletzter Ausdruck trat in seine Augen. »Du hast doch gehört, was die anderen Wölfe des Rudels gesagt haben. Sie denken, ich hätte Laos absichtlich geschadet. Sie trauen mir keinen Pfotenschritt weit! Gestern waren sie sogar kurz davor, mich aus der Höhle zu vertreiben! Hätten sie es besser getan! Wer weiß, was ich Makui versehentlich antue. Ich bin einfach kein guter Heiler!« Er drehte sich wieder zu den Kräutern um und fügte mit hängenden Schultern hinzu: »Wenn wir ehrlich sind, wissen wir beide, dass mich hier von Anfang an niemand haben wollte.«

Tamani sah seinen unglücklichen Freund ratlos an. Was konnte er nur tun, um ihn zu ermutigen?

»Das ist doch Unsinn!«, hallte in diesem Moment eine Stimme durch die Lichthöhle. Alasi schob sich an Tamani vorbei und ließ ein Bündel Wurzeln zu Boden fallen. Das Fell der Heilerin lag glatt an ihrem Körper an und triefte vor Nässe. Vermutlich war sie außerhalb der Höhle des Eisrudels im Regen gewesen und hatte die Wurzeln besorgt. Doch nun galt ihre gesamte Aufmerksamkeit nicht ihrem durchnässten Pelz, sondern ihrem Schüler. Der Schwarze drehte sich zu ihr herum.

»Neko, ich kann dir voll und ganz versichern, dass du nichts falsch gemacht hast. Du bist für nichts von dem, was Laos passiert ist, verantwortlich. Du hast alles korrekt gemacht, ich selbst hätte mich nicht besser um ihn kümmern können.« Die Heilerin trat vor und leckte dem jungen Wolf tröstend über den Kopf. Zum ersten Mal glaubte Tamani, die Verbindung zwischen der Heilerin und ihrem Schüler zu sehen. Alasi fuhr fort: »Der erste Tod, den man als Heiler nicht verhindern kann, ist schlimm. Viele weitere Tode werden folgen. Aber du wirst mit der Zeit begreifen, dass es nicht in unserer Macht liegt, jeden Wolf zu heilen. Für manche endet ihr Lebensweg, ohne dass wir etwas dagegen tun können.« Neko blickte kummervoll zu der Wölfin auf. »Und wie kann es dann sein, dass Laos gestorben ist, obwohl du gesagt hast, er würde überleben? Es stand anfangs doch gar nicht schlimm um ihn, erst nach meiner Behandlung ging es ihm schlechter und schlechter.« Die Heilerin senkte den Kopf und ihre Augen glänzten nachdenklich. Tamani legte die Ohren an, er fühlte sich unangenehm fehl am Platze.

»Ich habe viel darüber nachgedacht«, hob Alasi an. »Auch ich konnte mir nicht erklären, warum es ihm schlechter ging. Aber beim Sammeln der Wurzeln«, sie nickte zu dem Bündel, dass sie besorgt hatte, »hat mir das Rudel der ewigen Jagd ein Zeichen gesandt.« In ihren hellen Blick trat ein abwesender Ausdruck. »Es hat mir Wölfe auf der Jagd gezeigt, die eine Rotte von Wildschweinen getrieben haben. Nach und nach ist ein Wolf nach dem anderen verschwunden, bis keiner mehr übrig war.« Sie fixierte ihren Schüler, bevor sie fortfuhr: »Ich glaube, das Rudel der ewigen Jagd wollte mich auf etwas Wichtiges aufmerksam machen. Es geht um eine Seuche, von der Varu mich unterrichtet hat, als ich selbst noch in der Ausbildung zur Heilerin war.« Neko sah gespannt zu ihr auf und Tamani blinzelte verwirrt.

»Diese Seuche befällt Wildschweine. Kommt ein Wolf mit dem Blut eines infizierten Tieres in Kontakt, so stirbt er innerhalb von wenigen Tagen an hohem Fieber.« Die Heilerin richtete ihren Blick auf den Wasservorhang des Wasserfalles. »Durch diese Seuche wurden bereits ganze Rudel ausgelöscht und ich kenne kein Heilmittel, das dagegen hilft. Dem Rudel der ewigen Jagd sei Dank, es ist zumindest nicht von Wolf zu Wolf übertragbar, dem Rest des Eisrudels droht also keine weitere Gefahr.« Neko runzelte die Stirn.

»Varu hat mir erzählt, was gestern Abend passiert ist. Außerdem habe ich mit ihm über meine Vision gesprochen und auch er ist der Meinung, dass Laos an der Seuche gestorben ist. Ich werde Rex nachher unseren Verdacht mitteilen, damit das Rudel nicht auf die Idee kommt, Wildschweine zu jagen. Und damit der Irrglaube dieser Algenhirne richtiggestellt wird.«

Tamani sah sie dankbar an und wandte sich dann an Neko: »Und sobald das Rudel sieht, was für ein großartiger Heiler du bist, wird es seine Meinung endgültig ändern.« Alasi nickte und leckte ihrem Schüler erneut fürsorglich wie eine Mutter übers Ohr.

»Danke«, murmelte Neko leise, dann fügte er hinzu: »Ich denke, ich werde mal nach Makui sehen.« Mit schnellen Schritten entfloh der zukünftige Heiler der Situation. Tamani sah ihm nach. Noch immer wirkte der Dunkle ein wenig niedergeschlagen, aber vielleicht konnte er nun erkennen, dass er nichts falsch gemacht hatte. Er blickte zu Alasi, die ihrem Schüler mit einem leichten Lächeln im Gesicht hinterherschaute und sich dann zu Tamani drehte.

»Vielen Dank für deine Unterstützung«, sagte die Heilerin, dann folgte sie Neko.

19. Kapitel

Dunkle Wolken zogen über den Nachthimmel, als sich Tamani aus der Höhle seines Rudels ins Freie schob. Der Mond war noch nicht aufgegangen. Mit lautlosen Schritten machte er sich auf den Weg zu seinem Treffen mit Shira. Wie Alasi angekündigt hatte, hatte sie Rex noch vor Sonnenuntergang von ihrem Verdacht mit der Seuche in Kenntnis gesetzt, und dieser hatte sofort eine Versammlung einberufen. Tamani spürte ein Gefühl der Zufriedenheit in sich angesichts der Tatsache, dass nun das gesamte Eisrudel wusste, dass Neko keine Schuld an Laos' Tod hatte.

Eine leichte Brise, die den Duft des Waldes mit sich brachte, fuhr dem Jungwolf durchs Fell und fast hätte er die Gefahr vergessen, die dort draußen, im Revier seines eigenen Rudels, lauerte. Tamani freute sich auf das Treffen mit Shira, aber Sorge überschattete seine Gedanken. Was war, wenn er auf das Rudel der Finsternis stieß? Er verdrängte seine unruhigen Gedanken und schickte ein stummes Gebet zum Rudel der ewigen Jagd, dass es ihm beistehen solle, während er zum Fuße des Eisgebirges lief und dann geduckt weiter durch den Wald schlich. Er wählte jeden Pfotenschritt sorgsam, um keine Geräusche zu machen, die verraten konnten, wo er sich befand. Bei jedem Rascheln des Laubes zuckte er zusammen und in jedem allzu dunklen Schatten vermutete er feindliche Wölfe, die sich im nächsten Moment auf ihn stürzen und ihm an die Kehle gehen würden. Doch schließlich erreichte er ohne Zwischenfälle den Treffpunkt.

Er glitt geräuschlos unter den überhängenden Felsen und richtete die Ohren nach vorne, auf die andere Seite der Grenze. Eine ganze Weile lang verharrte er so, aber er vernahm keine Geräusche, die Shiras Ankunft ankündigten. Schließlich warf er einen ungeduldigen Blick gen Himmel. Wolken bedeckten die Sterne und den Mond, aber Tamani war sich sicher, dass der Mond bald seine höchste Stelle erreichen würde. Shira schien sich heute wirklich zu verspäten, obwohl ihr das gar nicht ähnlich sah. Kam sie vielleicht nicht, weil Graupelz und Sturmnacht das Blutrudel schon vor der drohenden Gefahr gewarnt hatten und sie sich darum nicht mehr fortschleichen konnte? Ruhelos trat der Jungwolf von einer Pfote auf die andere, um wieder Leben in seine erkalteten Glieder zu bringen. Ohne die Wärme eines anderen Wolfes fror er in seinem Unterstand und der eiskalte Wind trieb ihm Schauder über den Körper. Dann endlich hörte er das vertraute Geräusch von Pfotenschritten in seiner Nähe. Erleichtert atmete Tamani auf. Doch gleich darauf erstarrte er vor Schreck. Das sich nähernde Rascheln des Laubes kam nicht vom Revier des Blutrudels, sondern von irgendwo hinter ihm! Vor Angst sträubte sich sein Fell. Wurden seine schlimmsten Befürchtungen doch wahr? Hatte ihn das Rudel der Finsternis aufgespürt? Das Rascheln kam immer näher. Unwillkürlich presste sich Tamani dichter zu Boden und schickte ein stummes Stoßgebet zum Rudel der ewigen Jagd. Dann öffnete er das Maul, um Witterung aufzunehmen. Er konnte keinen Geruch von fremden Wölfen entdecken, einzig und allein der Duft des Eisrudels erfüllte seine Umgebung. Das Rascheln der Blätter verstummte und einige Herzschläge lang waren nur die üblichen Geräusche der Nacht zu hören, bevor ein Flüstern die Stille durchbrach: »Tamani?«

Die vertraute Stimme einer Wölfin drang an sein Ohr, doch es war nicht Shira. Es war Kora! Der Graue spähte aus seinem Versteck heraus und entdeckte seine Schwester am Rand der Lichtung, halb im Schatten der Bäume verborgen. Mit ihren hellen Augen suchten sie die Umgebung ab. Wie hatte sie ihn gefunden? War sie ihm gefolgt? Vor Ärger stellte sich der Pelz des Jungwolfes auf.

»Tamani!«, rief die Weiße noch einmal. Tamani wäre am liebsten dort geblieben, wo er war, doch er wusste, dass Kora sich selbst in Gefahr brächte, wenn sie allein das Revier des Eisrudels durchstreifen würde, um nach ihm zu suchen. Mit einem stillen Seufzen gab er sich geschlagen. Er trat aus seinem Unterstand heraus und überquerte mit weiten Sprüngen die Grasebene, die ihn vom Wald trennte, bis er sich im Schatten der Bäume zu seiner Schwester gesellte. »Was machst du hier?«, flüsterte er und konnte den Vorwurf in seiner Stimme nicht unterdrücken. Kora gab ein trockenes Lachen von sich. »Das könnte ich dich ja wohl genauso gut fragen.« Ihre blauen Augen verengten sich zu schmalen Schlitzen, während sie die Gegend musterte und dann wieder ihren Bruder fixierte.

»Willst du mir immer noch erzählen, dass du nur einen Spaziergang im Mondschein gemacht hast? Denn wenn ja, bist du das größte Algenhirn, das mir je unter die Augen gekommen ist!« Ihr Flüstern war einem wütenden Zischen gewichen. »Du weißt ebenso wie ich, wie gefährlich es hier ist. Ganz in der Nähe wurden Spuren vom Rudel der Finsternis gefunden. Nur ein Dummkopf würde sich trotzdem nachts ohne Grund alleine hierherwagen!«

Tamani sah kurz zur Grenze, dann schaute er wieder Kora an. Shira war nicht aufgetaucht, also hatte Kora keinen Beweis, dass er tatsächlich mehr getan hatte, als sich nur die Beine zu vertreten. Wenn er es geschickt anstellte, konnte er sich aus der ganzen Angelegenheit herausreden. Er blinzelte nachdenklich auf der Suche nach den richtigen Worten. Aber eigentlich wollte er gar nicht mehr lügen. Er wollte Kora die Wahrheit erzählen. Er brauchte jemanden, mit dem er seine Sorge um Shira teilen konnte – auch wenn er nicht die geringste Ahnung hatte, wie die Weiße auf sein Geständnis reagieren würde. Unsicher blickte Tamani seine Schwester an. *Rudel der ewigen Jagd, lass es die richtige Entscheidung sein*, betete er stumm und dann gestand er: »Nein, du hast recht. Ich bin nicht hier, um nur einen Spaziergang zu machen.« Er zögerte kurz, dann fuhr er fort: »Ich bin hier, um mich mit Shira zu treffen. Wir hatten uns heute Nacht hier verabredet.« Kora starrte ihn einige Augenblicke lang aus großen Augen an. Der Graue legte aus Furcht vor ihrer Reaktion die Ohren an.

»Dann hast du dich also die ganze Zeit fortgeschlichen, um heimlich Shira zu treffen?« Ihre Stimme klang verblüfft, aber nicht vorwurfsvoll oder wütend, wie er erwartet hatte. Tamani nickte ertappt.

»Du weißt, dass das gegen die heiligen Regeln ist! Du weißt, dass du damit dein eigenes Rudel hintergehst und betrügst.« Immer noch klang Kora sachlich. Wieder nickte Tamani und das Schuldbewusstsein, das die ganze Zeit sein ständiger Begleiter gewesen war, meldete sich schmerzhaft. »Ich weiß, dass es gegen die heiligen Regeln verstößt, aber … aber …«

Er stockte und musste sich kurz sammeln, bevor er weitersprach: »Ich liebe Shira und sie liebt mich. Eine Grenze kann uns nicht trennen und keine Regel kann unsere Gefühle verbieten!« Kora senkte nachdenklich den Blick zu Boden. Tamani wartete auf ihre nächsten Worte. Er wusste, was kommen würde, nun würde sie ihn zurechtweisen, ihn an die Pflichten erinnern, die er dem Eisrudel gegenüber hatte, und ihm klarmachen, dass es falsch war, was er tat. Er hoffte nur, dass sie es nicht den älteren Wölfen des Rudels erzählte, denn dann würde er große Schwierigkeiten bekommen.

Als die Weiße schließlich zu ihm aufblickte, leuchteten ihre Augen voller Verständnis. »Ich kann mir vorstellen, wie schwer das für euch beide sein muss. Keine Sorge, ich werde euch nicht verraten – auch wenn du weißt, dass ich eure Treffen nicht befürworten kann, weil sie gegen die heiligen Regeln verstoßen.« Tamani senkte dankbar den Kopf und ein Lächeln erschien auf seinem Gesicht. »Danke, das ist viel mehr, als ich erwartet habe.« Kora zuckte mit den Ohren, um seinen Dank abzuwehren. »Du sagtest doch gerade, dass ihr euch für heute hier verabredet hättet, aber wo ist Shira?«

Ihre Frage ließ erneut Sorge in Tamani aufflammen. »Ich weiß es nicht«, gestand er und ein Zittern hatte sich in seine Stimme geschlichen. Nervös zuckten seine Ohren zur Lichtung und er drehte den Kopf, um wieder auf die andere Seite der Grenze spähen zu können. »Ich dachte, sie würde sich nur ein wenig verspäten, aber es sieht Shira wirklich nicht ähnlich, mich so lange warten zu lassen. Was ist, wenn ihr etwas passiert ist? Was, wenn das Rudel der Finsternis sie auf dem Weg hierher überrascht hat?« Der Jungwolf merkte, dass sich seine Stimme überschlug, und er verstummte.

»Nun geh mal nicht gleich vom Schlimmsten aus«, versuchte Kora, ihren Bruder zu beruhigen. »Graupelz und Sturmnacht sind bestimmt heute bei ihnen eingetroffen, vielleicht findet im Blutrudel deshalb gerade eine Versammlung statt. So oder so müssen wir zurück zu unserem Rudel. Oder möchtest du, dass jemand unsere Abwesenheit bemerkt?« Der Graue starrte sie verständnislos an. »Ich kann noch nicht zurück!«, stellte er klar. »Nicht, bevor der Morgen dämmert. Vielleicht kommt sie ja noch!«

»Die Dämmerung hat bereits eingesetzt«, sagte Kora und ihre Augen leuchteten sanft. Tamani folgte überrascht ihrem Blick zum Horizont, an dem hinter den ersten Wolken ein schwaches Licht zu erkennen war. Er hatte gar nicht bemerkt, dass es schon heller geworden war, aber seine Schwester hatte recht, bald würde die Sonne aufgehen. Unschlüssig betrachtete der Jungwolf die Lichtung, die ihm und Shira bisher als Treffpunkt gedient hatte.

»Komm jetzt.« Kora stieß ihn sachte mit der Schnauze an und trabte dann los, zurück in Richtung Höhle. Tamani riss seinen

Blick von dem kleinen Felsen mit dem Überhang los, unter dem er die halbe Nacht verbracht hatte, und folgte dann seiner Schwester tiefer in den Wald hinein. Er überließ es ihr, nach den fremden Wölfen Ausschau zu halten, während er selbst seinen trüben Gedanken nachhing. Was hatte Shira nur davon abgehalten, zu ihrem Treffen zu erscheinen? War ihr wirklich etwas zugestoßen oder hatte Kora recht und die Neuigkeiten, die Graupelz dem Blutrudel mitgeteilt hatte, hielten sie zurück? Er versuchte, sich zu beruhigen und positiver zu denken, doch immer wieder zogen dunkle Wolken der Furcht durch seine Gedanken, die ihn davon überzeugten, dass etwas Schreckliches geschehen sein musste.

20. Kapitel

Tamani konnte sich während der nächsten Tage nur sehr schlecht auf seine Pflichten konzentrieren. Mit jeder Nacht, in der er an Shiras und seinem Treffpunkt wartete und am Morgen enttäuscht abziehen musste, stiegen seine Müdigkeit und seine Sorge an. Kora hatte ihn bereits einige Male begleitet. Sie machte sich Sorgen um ihren Bruder. Doch Shira war nie erschienen. Auch bei den Grenzmarkierungen und den Trupps, die sie gelegentlich aus einiger Entfernung im Revier des Blutrudels vorbeiziehen sahen, konnte er die helle Jungwölfin nie entdecken. Die Befürchtung, dass ihr etwas Schlimmes zugestoßen war, verfestigte sich in Tamani. Mehr als einmal hatte ihn Kora davon abhalten müssen, dass er das fremde Revier betrat und sich eigenständig auf die Suche nach Shira machte.

Bei der Jagd, an der er gemeinsam mit den anderen Jungwölfen des Rudels teilnahm, konnte er sich kaum konzentrieren. Er beobachtete Kamos vor sich, der Akai mit gesenkter Rute und leicht geduckter Haltung folgte, und er versuchte, seine Bewegungen an die lautlosen des älteren Wolfes anzugleichen. Hätte er es nicht besser gewusst, hätte er geglaubt, seine Ausbilder verhielten sich so ruhig, um keine Beutetiere zu verscheuchen – doch der eigentliche Grund war das Rudel der Finsternis. Wie eine dunkle Wolke schwebte die Bedrohung durch die Fremden über dem Eisrudel und Tamani konnte spüren, wie die Ungewissheit seine Rudelgefährten belastete. Es schien so, als wären sie nicht mehr die Jäger in ihrem Revier, sondern die Gejagten! Tamani war ebenso beunruhigt wie seine Rudelgefährten. Die Spuren der machthungrigen Fremden waren immer häufiger in ihrem Revier zu finden und beschränkten sich mittlerweile nicht mehr nur auf die Grenzgebiete. Doch die Eindringlinge hielten sich weiter vom Eisrudel fern, so als wollten sie es provozieren, ohne dabei selbst ein Risiko eingehen zu müssen. Auch wenn es Tamani nicht gefiel, musste er einsehen, dass der Plan des fremden Rudels aufzugehen schien. Seine Gefährten wirkten ständig ruhelos und nervös und selbst ein Rascheln im Laub ließ die Wölfe, die sich sonst selbstsicher in ihrem Revier bewegt hatten, angstvoll zusammenzucken.

Tamani wurde aus seinen Gedanken gerissen, als Akai, der die kleine Gruppe anführte, seinen Trupp anhielt. Sie befanden sich am Rande der großen Ebene, das hohe Gras, das auf die weite Fläche hinausführte, war nur wenige Pfotenschritte entfernt. Der Betawolf gab seinen Wölfen ein Zeichen, dort zu bleiben, dann duckte er sich und begann, den vor sich liegenden Hügel hinaufzuschleichen. Vorsichtig spähte der Hellgraue über die Kuppe der Anhöhe und kam im nächsten Moment wieder zu seinem Trupp zurückgesprungen. »Die Wapitis sind noch nicht wieder da. Heute werden wir also kleinere Beutetiere jagen.« Er nickte zu Tamani.

»Du und Aris, ihr werdet euch hier im angrenzenden Wald nach Beute umsehen. Kora und Ravi, ihr versucht euer Glück hier bei den Hügeln und im hohen Gras der großen Ebene. Kamos und ich werden ganz in der Nähe der Kampfwiese jagen. Wir treffen uns wieder hier, wenn die Sonne ihren höchsten Punkt erreicht hat. Viel Erfolg bei der Jagd!«

Der Hellgraue stellte die Rute senkrecht und sprang dann gemeinsam mit Kamos davon. Kora und Ravi verabschiedeten sich mit einem Nicken von ihren Gefährten und verschwanden dann zwischen den raschelnden Grashalmen. Tamani winkte Aris mit einem Zucken der Ohren zu sich. Dann trabte er auf den nahen Waldrand zu. Er hörte Aris' Pfotenschritte hinter sich, während er in den Schutz der Bäume eintauchte. Das Rascheln von trockenem Laub unter seinen Pfoten durchbrach die Stille des Waldes. Deshalb konzentrierte er sich darauf, leise aufzutreten, während er tiefer ins Unterholz schlich.

Der Graue war stets darauf bedacht, so wenig Geräusche von sich zu geben wie möglich, während er gleichzeitig versuchte, Beute auszumachen, die sich in der Nähe aufhielt. Aris folgte ihm ebenso leise und hielt schließlich neben Tamani an, als dieser am Fluss stehen blieb. Der Jungwolf konnte riechen, wie nah die Wüstenrudelgrenze war, doch er zwang sich dazu, es nicht zu beachten. »Ich denke, wir sollten uns hier aufteilen«, bestimmte er.

»Wenn wir zusammenbleiben, verscheuchen wir uns nur gegenseitig die Beute. Du gehst flussaufwärts und ich folge dem Lauf des Flusses. Ruf mich, wenn es ein Problem gibt. Und wir sollten uns nicht zu weit voneinander entfernen.« Der Schwarze nickte zustimmend. Er wandte sich ab und schlich lautlos davon. Tamani blickte ihm einige Herzschläge lang nach, dann wandte er sich um und folgte der Strömung flussabwärts. Seine Pfoten verursachten kaum Geräusche, während er durch den unterholzreichen Wald trabte und sich dabei aufmerksam umsah. Mit all seinen Sinnen prüfte er sorgfältig die Umgebung. Das Einzige, was er riechen konnte, war jedoch die Nähe der Grenze zum Wüstenrudel, und nur das Zwitschern der Vögel in den Kronen der Bäume zeigte ihm, dass in diesem Abschnitt des Waldes noch Beute existierte.

Er öffnete das Maul, um erneut die Gerüche des Gebietes in sich aufzunehmen, und endlich witterte er Kaninchen. Instinktiv duckte er sich zu Boden, während er versuchte, das Tier ausfindig zu machen. Er entdeckte es schließlich in der Nähe des Ufers. Es saß in einer sanften Senke und zupfte an einigen Gräsern. Tamani suchte schnell die Umgebung ab. Dort unten, so nah am Flussbett, konnte das Tier seinen Bau nicht haben, da es bei Hochwasser sonst in Lebensgefahr wäre. Doch auch hier, auf dem mit Laub bedeckten Waldboden, konnte der Graue nichts erkennen, was der Höhle eines Kaninchens ähnelte. Mit etwas Glück hatte sich das Tier zu weit von seinem Unterschlupf entfernt. Dann wäre es für Tamani ein Leichtes, es zu erlegen. Der Jungwolf spannte die Hinterbeine an, als er sich geduckt anschlich. Er hoffte, dass das Kaninchen ihn nicht wittern würde und sich weiterhin vollkommen auf seine eigene Nahrung konzentrieren würde. Tamani war ihm inzwischen so nahe, dass er es mit einem gezielten Sprung hätte erlegen können. Lautlos duckte er sich zu Boden und war gerade dabei, seine Pfoten zu positionieren, als er mit einer Tatze gegen einen im Laub verborgenen Ast stieß. Die Blätter raschelten verräterisch und es dauerte nur den Bruchteil eines Herzschlages, da stürmte das Kaninchen aus der Senke heraus und versuchte, zwischen die Bäume zu fliehen. Hastig verschwand es im Unterholz, und bevor Tamani darüber nachdenken konnte, war er schon auf den Pfoten und stürzte hinter ihm her. Er schlug sich ins Dickicht und heftete sich dem Beutetier an die Fersen. Offenbar hatte er mit seiner Vermutung recht gehabt, das Kaninchen hatte sich weit von seinem Bau entfernt, denn es preschte durch den Wald, ohne auf einen Unterschlupf zuzusteuern, und schlug dabei wilde Haken, um den Verfolger abzuhängen. Tamani beschleunigte sein Tempo und der Jagdrausch, der in seinen Adern pulsierte, trug sein Übriges dazu bei, dass der Abstand zwischen ihm und der Beute immer geringer wurde. Es dauerte nicht lange, da war er kaum mehr als zwei Schnauzenlängen von dem Kaninchen entfernt und bereitete sich darauf vor, ihm mit einem der nächsten Sprünge den Garaus zu machen. Er konzentrierte sich voll und ganz auf den finalen Satz und spannte seine Muskeln kraftvoll an, da flutete mit einem Mal ein völlig neuer Geruch seine Sinne. Sofort verringerte Tamani seine Geschwindigkeit und kam nur einen Augenblick später zu einem abrupten Halt. Sein Pelz hatte sich gesträubt und seine Glieder waren vor Schreck wie erstarrt, als der frische Duft eines anderen Wolfes in sein Bewusstsein drang. Tamani sah kurz dem Kaninchen nach, das im dichten Unterholz verschwand, dann suchte er die Umgebung ab. Er entspannte sich ein wenig, als er zwischen den umstehenden Bäumen niemanden entdeckte. Geräuschlos duckte er sich und versuchte, den Geruch zu lokalisieren. Dann atmete er auf. Er konnte den Duft, der ihm entgegenwehte, nur einem einzigen Wolf zuordnen, also war der Eindringling alleine. Er erkannte, dass sich der Fremde flussabwärts befand, aber noch konnte er den Geruch keinem Rudel zuordnen.

Tamani atmete gleichmäßig, um sein hämmerndes Herz zu beruhigen. Er wusste, dass es nicht klug war, sich einem Unbekannten alleine zu stellen, doch er wollte herausfinden, was vor sich ging, um seinem Rudel Bericht erstatten zu können. Vorsichtig schlich er hinüber zu den Bäumen, die am Flussufer standen, und spähte aus dem Dickicht hinaus. Das Flussbett lag ruhig und verlassen vor ihm, doch der Fluss machte eine Biegung, sodass er nicht weit schauen konnte. Langsam schob er sich weiter flussabwärts, bis er nicht weit entfernt in einer Senke die dunkle Gestalt eines Wolfes ausmachen konnte. Der Fremde beugte sich über irgendetwas. *Wir werden schon wieder bestohlen*, dachte Tamani und Ärger ließ seine Pfoten kribbeln. Er öffnete das Maul, um die Luft nochmals zu prüfen, und runzelte die Stirn. Dieser Wolf roch nicht nach dem Rudel der Finsternis! Er trug auch keinen anderen Rudelgeruch, dennoch kam der Duft Tamani vertraut vor. Kannte er den Wolf dort vor sich etwa? Der Jungwolf zuckte mit den Ohren und vertrieb seine Gedanken. *Ob Mitglied des Rudels der Finsternis oder nicht, ich muss das Revier des Eisrudels verteidigen!* Er bleckte entschlossen die Zähne und machte sich kampfbereit. Bevor er jedoch angreifen konnte, kamen Zweifel in ihm auf. War dies vielleicht ein Hinterhalt oder eine Falle? Er entschied sich, doch erst seinen Rudelgefährten von dem Eindringling zu berichten, wandte sich um und schlich so leise wie möglich zurück. Als er außer Hörweite des Fremden war, beschleunigte er seinen Schritt. Mit fliegenden Pfoten raste er zu der Stelle zurück, wo er und Aris sich aufgeteilt hatten. Tamani entdeckte seinen Freund sofort. Der Schwarze kam mit einem Kaninchen im Maul auf ihn zugetrabt, ließ seine Beute aber mit einem erschrockenen Gesichtsausdruck fallen, als er Tamani sah. »Was ist los?«, fragte er. Seine bernsteinfarbenen Augen leuchteten voller Sorge und sein Nackenfell war aufgestellt. Tamani stoppte und erklärte hastig: »Ich habe einen Eindringling in unserem Revier entdeckt. Wir müssen sofort Akai und Kamos Bescheid geben!« Aris riss die Augen auf, nickte dann aber schnell. »Dort lang. Dahinten habe ich sie vorhin gerochen.« Er deutete mit der Schnauze die Richtung an, aus der er gekommen war, und Tamani zögerte keinen Herzschlag länger und stürmte an ihm vorbei. Er folgte der Geruchsspur, die Aris hinterlassen hatte, den Fluss aufwärts. Sein Freund hielt sich hinter ihm und gemeinsam rannten sie so schnell durch den Wald, als würden sie von einem Feind getrieben. Schließlich erreichten die Jungwölfe eine Stelle, an der der Duft ihrer Ausbilder deutlich wahrzunehmen war, und Tamani kam ruckartig zum Stehen. »Akai!«, rief er, so laut er es sich so nahe bei dem Eindringling traute, und richtete die Ohren nach vorne. Einige Augenblicke blieb alles still, dann ertönten zwischen den Bäumen Pfotenschritte. Nur wenig später schob sich zuerst der Betawolf des Rudels aus dem Dickicht, dann folgte auch sein älterer Begleiter.

»Was ist geschehen?«, fragte Akai und musterte die zwei Jungwölfe. Tamani ignorierte das Brennen, das unter seinem Pelz prickelte, und erklärte mit wenigen Sätzen, wie er den fremden Wolf entdeckt hatte. Dann nickte er zum Fluss hinüber. »Wenn wir seinem Lauf folgen, kommen wir zu der Stelle, an der sich der Eindringling befindet.« *Oder sich zumindest gerade noch befunden hat*, fügte er im Stillen hinzu, doch er sprach seine Zweifel nicht laut aus. Der Betawolf nickte ernst, bevor er sagte: »Wir sollten keine Zeit verlieren.« Er wandte sich an Aris. »Du gehst Kora und Ravi suchen, falls wir gleich Unterstützung benötigen. Tamani, du führst uns zu dem Ort, an dem du den Wolf entdeckt hast!« Der Jungwolf kam dem Befehl augenblicklich nach. Er wirbelte herum, preschte los und verlangsamte sein Tempo erst, als er sich der Stelle näherte, an der er zuvor auf das Kaninchen gestoßen war. Nachdem er sich versichert hatte, dass die anderen ihm folgten, nahm er den Pfad entlang der Baumgrenze. Mit angelegten Ohren schob er sich geduckt durchs Unterholz und blieb schließlich stehen, als er den Punkt erreicht hatte, von dem aus man die Flussbiegung einsehen konnte. Er sog mit geöffnetem Maul die Luft ein und stellte zufrieden fest, dass der Geruch des Eindringlings noch immer so frisch und so nahe war wie zuvor. Der junge Wolf gab seinen Gefährten mit einem Zucken der Ohren zu verstehen, wo sich der Fremde befand, und sah zu, wie sich Akai an ihm vorbeischob und aus dem Dickicht spähte.

»Tamani hat recht«, flüsterte der Betawolf nahezu lautlos. »Dieser Wolf scheint nicht zum Rudel der Finsternis zu gehören und so, wie es aussieht, ist er alleine.« Der Hellgraue richtete sich auf und gab seinen Wölfen zu verstehen, dass sie ihm folgen sollten. Tamani trat hinter Akai aus dem Schutz des Unterholzes und die Nervosität vor der bevorstehenden Auseinandersetzung ließ ihn unwillkürlich sein Nackenfell aufstellen. Zu dritt glitt die kleine Gruppe den Weg hinab, geradewegs auf den fremden Wolf zu. Dieser hatte sie mittlerweile bemerkt und sich aufgerichtet. Vollkommen reglos schien er sie zu erwarten, die hellen Augen blitzend. Nun da er näher war, konnte Tamani erkennen, dass der magere Eindringling graubraun gemustertes Fell hatte, das stumpf und verfilzt an seinem Körper klebte. Und jetzt erkannte er plötzlich, worüber der Fremde sich gebeugt hatte. Erschrocken schnappte der Graue nach Luft. Der Eindringling war eine Mutter, die zwei Junge säugte! Deshalb war ihm der Geruch so vertraut vorgekommen, es war der Duft von Milch. Tamani sah zu der Graubraunen, die sich mit gebleckten Zähnen schützend vor ihre Welpen gestellt hatte. Akai schien sich davon nicht beirren zu lassen. Er baute sich vor der Wölfin auf und funkelte auf sie hinab, während sich seine Wölfe hinter ihm postierten.

»Wer bist du und was suchst du im Revier des Eisrudels?« Die Stimme des Hellgrauen klang beherrscht und ruhig, doch Tamani erkannte, dass ein tiefes Knurren dahinterlag. Die Fremde wich nicht zurück, sie zuckte nicht einmal mit den Ohren. Mit dem Mut einer Mutter, die ihre Jungen beschützen muss, erwiderte sie Akais Blick, bevor sie mit rauer Stimme zu sprechen anhob: »Mein Name ist Neya. Ich bin hier, um bei eurem Rudel Zuflucht zu suchen.« Sie hielt inne, als ein lautes Rascheln hinter dem

Trupp ertönte. Tamanis Herz setzte einen Augenblick lang aus, dann begriff er, dass es nur Kora, Ravi und Aris waren, die nun auch eingetroffen waren. Auch die jetzt noch gewaltigere Überzahl an gegnerischen Wölfen schien die Wölfin nicht aus der Ruhe zu bringen, denn sie fuhr fort: »Mein Rudel wurde vom Rudel der Finsternis vernichtet. Ihr habt sicher von ihrem Eroberungszug gehört? Die meisten meiner Rudelgefährten sind umgekommen, nur ein paar Verräter haben sich diesen Untieren angeschlossen.« Kurz überlagerte unbändige Wut die Stimme der Graubraunen, dann jedoch schien sie sich wieder zu sammeln. »Meine Jungen und ich konnten als Einzige fliehen. Aber das Leben ohne ein Rudel ist hart und gefährlich für eine Wölfin mit ihren Welpen. Darum bin ich hierhergekommen, um euch um Zuflucht und Schutz zu bitten, damit meine Jungen nicht sterben müssen.« Die Wölfin machte einen Schritt zurück und schob mit der Schnauze einen winzigen gescheckten Welpen nach vorne. Das zitternde Jungtier riss das kleine Maul auf, um zu klagen, doch es brachte keinen Ton heraus. Tamani spürte, wie ihn eine Welle des Mitleides überkam, als er das hungrige und entkräftete Junge betrachtete, das hilflos vor den Pfoten seiner Mutter umherkroch und versuchte, wieder an ihren warmen Körper zu gelangen.

»Warum seid ihr gerade zu uns gekommen?« Akai schien der Anblick des kleinen Geschöpfes nicht erweicht zu haben, denn seine Stimme klang ebenso wie zuvor und sein Blick war nach wie vor stählern. Die Wölfin blinzelte langsam, zog ihr Junges wieder an ihren Körper und antwortete: »Ich war bereits bei anderen Rudeln, habe darum gefleht, aufgenommen zu werden, doch stets wurden wir abgewiesen. Nun bin ich hier.« Ihr Blick wurde von Verzweiflung überschwemmt. »Ich bitte euch, gewährt uns einen Unterschlupf. Ihr seid die letzte Hoffnung für meine Jungen! Wenn sie nicht bald an einen warmen, sicheren Platz kommen, werden sie sterben!«

Der Betawolf wandte den Kopf um zu Kamos. Dieser wirkte nachdenklich, nickte Akai schließlich jedoch zu. Der Hellgraue drehte sich wieder zu der Wölfin und senkte in einer Art Gruß leicht den Kopf. »Nun gut, wir werden euch zu unserem Alphawolf bringen. Alles Weitere wird er entscheiden.« Er schnippte mit der Rute nach vorne. »Kamos, Tamani, ihr nehmt jeweils eines der Jungen und tragt sie bis zur Höhle.« Tamani nickte und setzte sich in Bewegung, doch Neya trat einen Schritt vor und entblößte die Reißzähne. »Niemand wird meine Welpen anrühren!«, knurrte sie. Kamos ließ sich im Gegensatz zu Tamani nicht beeindrucken, er ging auf sie zu und senkte schließlich beschwichtigend den Kopf vor ihr. »Deine Jungen sind zu klein, um den Weg bis zum Eisgebirge aus eigener Kraft zu gehen, und du kannst sie nicht beide tragen.« Seine Stimme hatte einen warmen und sanften Klang, der beruhigend auf Neya zu wirken schien, denn tatsächlich bleckte sie nicht mehr die Zähne.

»Lass uns dir beim Tragen deiner Kleinen helfen. Ich verspreche dir, deinen Welpen wird nicht ein Haar gekrümmt. Ganz im Gegenteil, umso schneller wir in der Höhle sind, desto eher können wir ihnen helfen.« Die Graubraune sah ihn zweifelnd an, dann nickte sie zögerlich und trat zurück. Kamos zuckte dankend mit den Ohren und beugte sich hinab, um das kleine graubraune Junge aufzuheben. Tamani trat ebenfalls nach vorne, um es ihm gleichzutun, doch ehe er das andere Jungtier erreicht hatte, nahm Neya ihren Welpen rasch selbst auf. Mit einem misstrauischen Blick musterte sie den Jungwolf, dann folgte sie Kamos, der hinter dem Rest des Trupps herlief. Tamani sah der Wölfin irritiert nach und spürte Unwohlsein in sich aufwallen. Er hatte lediglich versucht zu helfen, und dennoch hatte die Graubraune ihm nicht getraut.

Als der Trupp schließlich an der Höhle des Eisrudels ankam, sank die Sonne bereits dem Horizont entgegen. Tamani folgte den anderen als Letzter ins Zwielicht der Haupthöhle. Er hörte, wie Akai nach Rex rief, während sie sich hinab zur unteren Ebene begaben. Der Alphawolf kam ihnen mit weiten Schritten entgegengeeilt und auch der Rest des Rudels, der sich erschöpft vom Tag bereits in der Höhle aufhielt, sammelte sich nach und nach tuschelnd um den eingetroffenen Trupp. Tamani tauchte unauffällig in der Menge unter, während Akai zu erzählen begann, wie sie auf die Wölfin und ihre Jungen gestoßen waren. Tamani war es unangenehm, im Mittelpunkt einer Versammlung zu stehen, und zudem rumorte noch immer ein merkwürdiges Gefühl in seiner Magengrube, weil ihm Neya so offensichtlich misstraut hatte.

Rex lauschte der Rede seines Stellvertreters konzentriert, und als der Hellgraue geendet hatte, sah er zu der Fremden, die ihre Welpen an ihrem Körper wärmte. »Neya, wir werden dir und deinen Jungen eine Weile Zuflucht gewähren. Ich werde mit dem

Ältestenrat besprechen, wie wir weiter vorgehen, aber fürs Erste seid ihr hier in Sicherheit.«

Tamani sah die Erleichterung in den bernsteinfarbenen Augen der Wölfin, bevor sie dankbar den Kopf senkte und ihren Jungen mit schnellen Zügen über das flauschige Fell leckte. Unruhiges Gemurmel ertönte im Rudel, doch Rex ließ keinen Widerspruch zu, sondern unterband die Störungen mit einem strengen Knurren. »Ruhe!«, grollte er tief und sein lodernder Blick flog mahnend über seine Wölfe. »Die heiligen Regeln unserer Vorfahren schreiben uns vor, Wölfen in Not Hilfe zu leisten, und wer wären wir, wenn wir uns den Worten unserer Ahnen widersetzen würden?!« Noch immer waren einzelne Stimmen zu hören, doch niemand schien öffentlich gegen die Befehle des Alphawolfes aufbegehren zu wollen. Tamani spürte, wie in seinem Inneren Zweifel nagten. Zwar fand er es absolut richtig, dass das Eisrudel der Wölfin und ihren Jungen Unterschlupf bot, dennoch hatte er ein ungutes Gefühl dabei.

21. Kapitel

Am nächsten Morgen wurde Tamani von hektischen Bewegungen in der Höhle geweckt. Er schlug die Augen auf und blinzelte müde in das schwache Morgenlicht, das durch die Felsöffnung fiel. Kora saß neben ihm auf ihrem Moospolster und hatte die Ohren aufgestellt. Alarmiert wandte sich der Graue zu ihr. »Ist etwas passiert?« Beunruhigt glitt sein Blick in den unteren Teil der Höhle, wo die älteren Mitglieder des Eisrudels hin und her liefen. Panik stieg in ihm auf, war etwa schon wieder ein Wolf verletzt?

»Und ob etwas los ist!«

Als Tamani sich umdrehte, sah er ein fröhliches und warmes Leuchten in den Augen seiner Schwester. »Die Geburt von Taras Jungen hat begonnen!« Die unbändige Freude, die in ihrer Stimme mitschwang, war nicht zu überhören. Überrascht zog der Graue die Luft ein und blickte die junge Wölfin aus runden Augen an. »Verläuft alles gut?«, fragte er schließlich und fühlte sich mit einem Mal unsicher und hilflos. Kora schien sein ängstlicher Blick zu amüsieren, denn sie schmunzelte kurz, bevor auch auf ihrem Gesicht ein Ausdruck von Sorge erschien. »Ich weiß es nicht genau«, antwortete sie und spähte zum Eingang der Geburtshöhle. »Aber Alasi und Neko sind bei Tara und die beiden werden schon dafür sorgen, dass alles gut wird.« Sie klang zuversichtlich und Tamani nickte beruhigt. Wenn die beiden Heiler an der Seite ihrer Mutter waren, dann würde die Geburt der Jungen sicher gut verlaufen.

»Dann sieht es so aus, als hätten wir bald ein paar hungrige Mäuler mehr zu stopfen«, stellte er fest und konnte selbst die Aufregung in seiner Stimme hören. Er wusste, dass sich alle Wölfe des Rudels über den neuen Nachwuchs freuten, doch er und auch die anderen Jungwölfe freuten sich vermutlich am meisten darüber, denn dies war der erste Wurf nach Tamani und seinen Geschwistern. Fortan wären sie endlich nicht länger die Jüngsten des Rudels. Nun würde die Aufmerksamkeit auf den neuen Welpen liegen, die sicherlich das gesamte Eisrudel auf Trab halten würden. Tamani empfand Stolz bei dem Gedanken, bald ein großer Bruder zu sein.

»Hat Rex schon die Trupps für heute eingeteilt?«, fragte er und drehte sich zu seiner Schwester, die gerade dabei war, sich ausgiebig zu strecken. Kora schüttelte mit dem Kopf und deutete hinab in den unteren Teil der Höhle. »Rex steht seit Beginn der Geburt vor der Geburtshöhle und wartet auf Neuigkeiten von Tara und seinen Jungen.« Tamani nickte verständnisvoll. »Wird es heute dann überhaupt Trupps geben?«, fragte er und betrachtete seine älteren Rudelgefährten. Auch sie schienen aufgeregt. Einige liefen immer noch unruhig hin und her, während sich andere murmelnd unterhielten. Kora erhob sich und trat neben ihren Bruder, während sie sich die letzten Moosfetzen aus dem Pelz schüttelte. »Natürlich wird es die geben, du Algenhirn! Schließlich brauchen wir alle etwas zu essen, besonders Tara! Komm, lass uns zum Versammlungsplatz gehen, sicher werden Akai und Alea die Trupps einteilen.«

Tamani nickte und folgte seiner Schwester in den unteren Teil der Höhle zu Aris und Ravi. Die beiden saßen bereits dort, wo die Aufgaben des Tages verteilt wurden, und warteten offenbar darauf, dass ihnen jemand eine Beschäftigung zuwies. Tamani begrüßte die beiden und setzte sich zu ihnen, während sein Blick unruhig in der Höhle umherschweifte. Wo war Akai?

Es dauerte nicht lange, da entdeckte er den Betawolf, der auf den Höhleneingang zutrabte, wo zeitgleich der Nachttrupp mit Alea an seiner Spitze eintraf. Der Hellgraue blieb vor seiner Ranggefährtin stehen, wechselte einige Worte mit ihr und begleitete dann die Wölfe in den unteren Teil der Höhle. Während die Rudelmitglieder, die in der Nacht die Grenzen überprüft hatten, zu ihren Schlafplätzen liefen, steuerte Akai auf den Versammlungsplatz zu und rief das Rudel mit einem Jaulen zusammen. Er begann, die Aufgaben des Tages zu verteilen. Tamani lauschte seinem Ausbilder gewissenhaft in der Hoffnung zu erfahren, was der Nachttrupp bei der Kontrolle der Grenzen entdeckt hatte. Akai erwähnte Aleas Bericht mit keinem Wort, doch er wirkte besorgt und Tamani ahnte, dass der Trupp erneut Spuren vom Rudel der Finsternis gesehen hatte. Bestimmt hatten sie aber wieder niemanden entdeckt. Der dunkle Schatten, der über dem ganzen Gebiet des Eisrudels zu liegen schien, verbarg sich weiterhin in den Wäldern vor ihnen. Die Tatsache, dass die Fremden stets auf ihrem Land gerochen wurden, Spuren hinterließen und Beute fingen, sich aber nie zeigten, ängstigte Tamani mehr, als er zugeben wollte. Wie konnte es sein, dass sie sich so sicher in diesem ihnen fremden Gebiet bewegten und jedes Mal untertauchen konnten? Der Jungwolf schauderte bei dem Gedanken an die Fremden und zum ersten Mal, seit sie die Fährten der Unbekannten entdeckt hatten, fragte er sich, ob das Schattenrudel wohl etwas mit dem Rudel der Finsternis zu tun hatte. Rasch verwarf er den Gedanken wieder. Nachdem Tamani Nachtklaue besiegt und die Schattenwölfe damit von seiner bösartigen Herrschaft befreit hatte, hatten diese geschworen, dass sie sich fortan an die heiligen Regeln des großen Fjords halten würden. Zudem hatten sie mit Todessturm einen weisen Wolf an ihrer Spitze, der sie mit Vernunft und nicht mit Hass anführen würde.

Tamani zuckte zusammen, als Kora ihn in die Seite stieß. Gerade noch rechtzeitig konzentrierte er sich wieder auf Akai, der Kora und ihn anwies, sich dem Jagdtrupp anzuschließen, wenn die Sonne am höchsten stand. Kora zuckte bedauernd mit den Ohren.

»Zu schade«, murmelte sie leise, als der Betawolf die kleine Ansammlung auflöste und sich die Wölfe des Eisrudels verteilten, um den Anweisungen nachzukommen. »Ich wäre gerne an Aris' oder Ravis Stelle mit dem Grenztrupp gegangen. Vielleicht erwischen sie diesmal das Rudel der Finsternis!« Ravi, der neben ihr saß, gab ein Schnauben von sich und blickte seine Schwester verständnislos an. »Also, wenn du Lust auf einen Kampf mit dem Rudel der Finsternis hast, dann stehen deine Chancen bei der Jagd besser. Vergiss nicht, dass wir die Spuren der Fremden in den letzten Tagen immer tiefer in unserem Revier gefunden haben.« Aris neben ihm nickte. »Ja, ich glaube auch nicht, dass dieser Grenztrupp auf die Wölfe des Rudels der Finsternis trifft. Mit den ganzen Kontrollen an den Grenzen können wir nur feststellen, dass sie jedes Mal einen anderen Weg nehmen, um in unser Revier einzudringen.«

Tamani war seiner Meinung. Die ganzen zusätzlichen Trupps, die Rex und Tara losschicken, brachten sie nicht weiter.

Ravi zuckte mit den Ohren. »Das Gebiet unseres Rudels ist einfach zu groß, als dass wir es sinnvoll gegen das Rudel der Finsternis verteidigen könnten. Wir können schließlich nicht durchgehend auf den Pfoten sein, um die Grenzen abzulaufen und die Wälder zu durchstreifen.« Kora legte den Kopf zur Seite. »Du hast recht, aber ich wäre trotzdem gerne mal wieder bei einem Grenztrupp dabei. Ich habe das Gefühl, ich bin schon seit Ewigkeiten nur noch am Jagen.« Aris knuffte die Weiße spielerisch in die Seite. »Zu doof, dass du eine so gute Jägerin bist, da kann das Rudel beim Jagen halt einfach nicht auf dich verzichten.« Die junge Wölfin bleckte die Zähne, doch in ihren blauen Augen glänzte Belustigung. Tamani verstand nicht, was Kora daran reizte, an einer Schlacht teilzunehmen. Er konnte zwar verstehen, dass sie sich danach sehnte, ihre Treue im Kampf unter Beweis zu stellen und ihre neu erlernten Fähigkeiten einzusetzen, trotzdem wollte er selbst lieber auf eine Auseinandersetzung mit dem Rudel der Finsternis verzichten, solange sich diese vermeiden ließ. Er fürchtete keinen Kampf, bei dem er die Möglichkeit hatte, seinen Gegner zuvor einzuschätzen, doch bei den Fremden war das anders. Laut Graupelz waren sie äußerst gefährlich und vor allem viele – das bereitete dem Jungwolf Sorgen. Wie viele Leben würde eine Schlacht kosten?

Tamani verbrachte den Morgen damit, die Moospolster in der Höhle auszuwechseln. Währenddessen wanderten seine Gedanken abwechselnd zu Tara, von der es noch keine Neuigkeiten gab, und zu Shira, die er schmerzlich vermisste. Als alle Schlafplätze in der Höhle erneuert waren, war er erfüllt von dumpfem Schmerz und einem tiefen Gefühl der Sorge. Er wäre am liebsten fortgeschlichen, um nach der jungen Wölfin zu suchen, doch er hielt sich zurück. Vielleicht war die Hellgrau-Weiße ja nicht erschienen, weil sie doch nicht weiter gegen die heiligen Regeln verstoßen wollte? Tamani spürte, wie sich bei diesem Gedanken spitze Zähne in sein Herz gruben. Er schüttelte den Kummer ab und blickte hinüber zur Geburtshöhle. Rex saß noch immer neben dem Felsspalt und am nervösen Zucken seiner Ohren konnte Tamani erkennen, dass es noch nichts Neues von Tara gab. Hoffentlich ging alles gut und bei der Geburt gab es keine Komplikationen. Tamani entschied sich dafür, sich ein wenig abzulenken und die Zeit bis zur Jagd sinnvoll zu nutzen. Er würde einen Versuch starten, Neya näher kennenzulernen, damit sie ihr Misstrauen ihm gegenüber abbauen konnte. Er nahm sich ein Beutestück, das von der gestrigen Jagd übrig geblieben war, und trug es hinüber zum Schlafplatz der Graubraunen. Mit einem unangenehmen Kribbeln in den Pfoten ließ er den Fleischbrocken vor der Wölfin fallen. Er merkte, dass sie ihn angespannt beobachtete, und hielt Abstand von ihrem Nachwuchs. Mit der Vorderpfote angelte Neya rasch nach einem kleinen goldbraunen Welpen und zog ihn näher an ihren Körper, während sie Tamani weiter mit unverhohlenem Misstrauen betrachtete. Der Graue ignorierte den feindseligen Blick der Wölfin und neigte höflich den Kopf vor ihr.

»Sei gegrüßt. Ich habe mich noch nicht vorgestellt. Mein Name ist Tamani.« Als er wieder aufblickte, hatte sich die Graubraune noch immer nicht entspannt und ihre bernsteinfarbenen Augen glommen hell in der Dunkelheit der Höhle. Tamani zuckte nervös mit den Ohren. Er fühlte, dass dieses Gespräch nicht viel bringen würde, aber er war dennoch entschlossen, Neya davon zu überzeugen, dass er weder für sie noch für ihre Welpen eine Bedrohung darstellte. Fieberhaft suchte er nach weiteren Worten und sagte schließlich zaghaft: »Dein Junges sieht heute schon viel kräftiger und stärker aus als gestern. Ich hoffe, es erholt sich gut von eurer Flucht.« Noch während er sprach, fiel ihm auf, dass nur eines der beiden kleinen Geschöpfe da war. »Wo ist das andere?«, fragte er und nun hatte seine Stimme ein wenig mehr Sicherheit gewonnen. Neya senkte langsam den Kopf und schwieg, als würde sie über etwas nachdenken, bevor sie ruhig antwortete: »Du hast recht, er scheint sich von den Strapazen der letzten Tage zu erholen.« Sie blinzelte Tamani vorsichtig an. »Mein anderes Junges ist noch in der Höhle eurer Heilerin. Es ist nicht so kräftig wie dieses hier und braucht noch die Behandlung mit Kräutern, damit es auch ihm bald wieder besser geht.« Tamani nickte verständnisvoll und Hoffnung keimte in seinem Inneren auf, weil sich die Wölfin überwunden und mit ihm gesprochen hatte. »Wie heißen die Welpen?«, fuhr er fort.

Die Graubraune öffnete ihre Pfoten, damit das kleine goldbraune Jungtier hervorkrabbeln konnte. Mit wackeligen Schritten bewegte es sich vorwärts und riss das kleine Maul auf, um mit dünnem Stimmchen zu klagen. Noch gestern hatte Tamani die beiden Jungen für kaum älter als einige Sonnenwechsel gehalten, doch nun, da er den Welpen genauer betrachtete, mit dem sauberen Pelz und den neugierig blitzenden Augen, erkannte er, dass sie bereits mindestens einen Mondwechsel alt sein mussten.

»Dieser hier heißt Yuma«, erklärte Neya und fuhr dann mit demselben stolzen Unterton in der Stimme fort: »Mein anderer Sohn trägt den Namen Awan.« Tamani betrachtete das Jungtier, das vorsichtig auf ihn zuwackelte. Gerade wollte er die Graubraune fragen, wie alt ihre Jungen denn genau seien, als hinter ihm ein lautes Jaulen ertönte. Erschrocken wirbelte er herum und blickte zum Höhleneingang, der Richtung, aus der das Heulen gekommen war. Ein Wolf schlüpfte in die Höhle herein und an der Silhouette erkannte Tamani, dass es Aris war. Mit ihm kam der Geruch von Blut und Tamani sprang ihm entgegen, während Aris erneut ein Jaulen ausstieß, das von den Wänden der Höhle widerhallte: »Das Rudel der Finsternis hat uns angegriffen!«

22. Kapitel

Tamani erstarrte. Das, was er seit der Verkündung von Graupelz befürchtet hatte, war eingetreten. Das Rudel der Finsternis griff das Eisrudel an! Er spürte, wie ihn die aufsteigende Panik lähmte, doch er zwang sich dazu, zu Aris zu springen. Auch die anderen Wölfe, die sich noch in der Höhle aufhielten, hatten sich innerhalb weniger Herzschläge um den schwarzen Jungwolf versammelt. Anspannung lag in der Luft. Rex traf als Letzter bei seinen Wölfen ein, schob sich durch die Menge und blieb schließlich vor Aris stehen. Nun, da auch Tamani bei seinem Freund angekommen war, konnte er eine klaffende Wunde an der Schulter des Dunklen erkennen. Aris' Pfoten zitterten vor Erschöpfung und er rang noch immer keuchend nach Luft, es schien, als wäre er den gesamten Weg bis zur Höhle gerannt. *Vermutlich hat er genau das getan*, dachte Tamani und biss angespannt die Zähne zusammen, als Rex die Stimme erhob: »Was ist passiert?« Das Nackenfell des Alphawolfes war gesträubt und seine Augen glühten hell, doch nichts verriet die eigentlichen Gefühle des Anführers.

»Wölfe vom Rudel der Finsternis haben uns an der Grenze zum Wüstenrudelrevier angegriffen!« Aris' Stimme klang gepresst. »Akai hat mich während des Kampfes fortgeschickt, um Hilfe zu holen. Wir brauchen sofort Unterstützung, die Eindringlinge sind in der Überzahl!« Rex ließ ein kehliges Knurren ertönen und auch im Rest des Rudels waren wütende Laute zu hören. Der Alphawolf wirbelte herum und fixierte Alea. »Such dir zwei Wölfe, die mit dir gemeinsam hierbleiben, und bewacht die Höhle. Falls das nur ein Ablenkungsmanöver ist, dürfen wir die Höhle nicht schutzlos zurücklassen. Erst recht nicht, während Tara die Jungen zur Welt bringt!« Die Betawölfin senkte zustimmend den Kopf und rief dann Kamos und Milan zu sich.

Die beiden Wölfe lösten sich aus der Menge und trabten zu ihr, während sich Rex an das gesamte Rudel wandte: »Alle anderen Wölfe kommen mit mir! Aris, du gehst voraus und zeigst uns den Weg!« Die Rute des Anführers zuckte gebieterisch in die Höhe, als Zeichen, seinen Befehlen sofort nachzukommen. Aris gab keine Antwort, er wirbelte einfach stumm herum und war beim nächsten Herzschlag aus der Höhle gestürmt. Der Rest des Rudels setzte sich hinter Rex in Bewegung und auch Tamani reihte sich ein. Er spürte, wie sein Herz vor Aufregung wie verrückt raste, als er mit seinen Gefährten dem Lauf der Felsschlucht folgte. Seine Gedanken wirbelten wild in seinem Kopf herum und seine Muskeln fühlten sich bei jedem Sprung zum Zerreißen gespannt an.

Es dauerte nicht lange, da hatte die Gruppe der Wölfe das Donnerbecken erreicht. Mit wenigen Sprüngen überquerten sie die sandige Fläche und den Fluss und rasten in den Wald hinein, der in der Richtung der Grenze zum Wüstenrudel lag. Tamani konnte die Spur aus Angst und Blut riechen, die Aris bei seinem Lauf zur Höhle hinterlassen hatte, und er wagte kaum, sich vorzustellen, was sie schon in Kürze erwarten würde. Würden sie zu spät kommen? Hatten die Wölfe des Rudels der Finsternis den kleinen Grenztrupp des Eisrudels bereits geschlagen? Ihm wurde schlecht vor Sorge, doch er versuchte, sich an all seinen Mut zu erinnern und die Gefühle so weit wie möglich zurückzudrängen. *Dies ist schließlich nicht mein erster Kampf*, schalt sich der Graue innerlich. *Und ich habe nicht nur unerfahrene Welpen an meiner Seite, sondern gut ausgebildete Krieger.* Mühsam rang Tamani nach Luft. Es kam ihm so vor, als würden sie schon seit Ewigkeiten durch diesen Wald rennen, ohne ihrem Ziel auch nur einen Pfotenschritt näher zu kommen. Doch schließlich roch er, wie sich unter den Duft des Waldes der Geruch der Wüstenrudelgrenze mischte. Er richtete die Ohren nach vorne und lauschte konzentriert, hörte aber keine Kampfgeräusche. Ganz im Gegenteil, im Wald war es still. Gespenstisch still, wie Tamani einen Herzschlag später erkannte. Kein Vogel sang im Geäst und kein Wind rauschte in den Bäumen. Einzig und allein das Rascheln der Blätter unter den Pfoten der Wölfe und das gelegentliche Knacken eines Zweiges waren zu vernehmen.

Schließlich verlangsamte Aris seinen Schritt, und während es ihm der Trupp nachmachte, schob sich Rex an dem Jungwolf vorbei. Nur einen Herzschlag später hielt der Anführer seine Wölfe an. Er wechselte einige Worte mit Aris, dann übernahm der Alphawolf die Führung. Rex hielt zielstrebig auf eine Lichtung zu, die nicht mehr weit von ihnen entfernt lag, und Tamani spürte, wie sein Herz vor Nervosität aussetzte, als er den bedrohlichen Geruch des Rudels der Finsternis erfasste. Hier ganz in der Nähe musste der Angriff stattgefunden haben. *Aber warum ist es so still?*

Nicht ein einziges Geräusch deutete auf einen Kampf in direkter Nähe hin. Vor ihm trat sein Vater aus dem Schutz des Waldes und Tamani folgte ihm gemeinsam mit den anderen Wölfen. Der Graue hatte kaum einige Schritte nach vorne auf die offene Fläche gemacht, als er zu einem jähen Halt kam. Auch Rex war stehen geblieben und hatte seine Rute waagrecht gestellt. Tamanis Blick huschte hin und her, um die Szenerie vor sich zu erfassen.

Auf der Lichtung standen sich der Grenztrupp des Eisrudels und eine Gruppe von Wölfen des Rudels der Finsternis gegenüber. Beide Seiten wirkten feindselig und angespannt, so als wäre der Kampf gerade erst kurz vor dem Ausbruch. Tamani zuckte verwirrt mit den Ohren. Nein, das konnte nicht sein. Aris hatte von einer Schlacht berichtet und jetzt sah der Graue auch, dass die Mitglieder beider Rudel frische Wunden hatten. Wieso standen sie sich jetzt erneut knurrend gegenüber? Tamani blinzelte verwirrt. Was ging da vor sich? Er musterte die Reihe der feindlichen Wölfe. Die verschiedenen Fellfarben waren ein ungewohnter Anblick. Normalerweise passte die Fellfarbe eines Rudels zum jeweiligen Revier, damit sie bei der Jagd problemlos mit ihrer Umgebung verschmelzen konnten. Beim Rudel der Finsternis jedoch gab es helle und dunkle Wölfe, schwarze, graue, braune und sandfarbene. Was sie gemeinsam hatten, war eine kräftige Statur und ein eiskalter Blick. Die Wölfe hatten die Verstärkung des Eisrudels bemerkt, schienen davon allerdings unbeeindruckt.

»Sei gegrüßt, Rex.« Ein dunkelbraun gescheckter Wolf trat nach vorne und deutete eine Verbeugung an. »Wir haben schon auf euch gewartet. Findest du nicht, dass es unhöflich ist, seine Gäste so lange hinzuhalten?« In seinen Augen lag ein bösartiges Funkeln.

Rex trat an Akais Seite, Tamani und die anderen postierten sich hinter dem Grenztrupp.

Rex musterte seinen Kontrahenten, dann trat er mit gesträubtem Nackenfell nach vorne.

»Keinen Schritt weiter, Rex!«, stoppte der Dunkelbraune ihn. »Und das gilt auch für deine Wölfe! Zumindest, wenn euch das Leben dieses jungen Wolfes hier etwas wert ist.« Der Fremde machte einen Schritt zur Seite, sodass das Eisrudel freie Sicht auf den hellen Wolf hatte, der etwas weiter hinten zu Boden gedrückt wurde. Tamanis Herzschlag setzte aus. Ravi! Es war sein Bruder, der hilflos auf den Rücken gedreht unter einem rauchgrauen Wolf mit gebleckten Zähnen lag. Der Rauchgraue senkte seine tödlichen Reißzähne über Ravis Kehle.

»Das wagst du nicht!«, grollte Rex und seine stählernen Muskeln spielten kraftvoll unter seinem grauen Pelz.

»Du kennst mich schlecht«, erwiderte der Anführer des fremden Trupps mit einem überheblichen Schmunzeln, bevor er fortfuhr: »Aber es interessiert mich nicht, ob dein Jungwolf lebt oder stirbt!« Er lachte grollend und sein Trupp fiel mit ein. Dann zuckte der Dunkelbraungescheckte mit der Rute und die Wölfe verstummten augenblicklich.

»Nun, da ich eure ungeteilte Aufmerksamkeit habe, möchte ich euch mitteilen, was mich dazu bewegt, mit euch zu sprechen.«

In Tamani stieg eine böse Vorahnung auf. Er versuchte, ruhig zu atmen, doch sein Herz raste und seine Pfoten zitterten. Der Fremde hob wieder zu sprechen an: »Wie ihr bereits erfahren habt, nennt sich mein Rudel das ›Rudel der Finsternis‹. Wenn ihr nicht allzu dämlich seid, könnt ihr euch denken, warum wir hier sind: Mein Rudel ist groß, es zählt viele Wölfe und es wächst stetig weiter. Darum möchten wir unser Revier ein wenig …«, er machte eine kurze Pause, als suchte er nach dem richtigen Wort, bevor er mit einem eiskalten und spöttischen Lächeln hinzufügte: »… ausweiten.« Seine Augen verengten sich zu schmalen Schlitzen, als er den Alphawolf des Eisrudels fixierte. »Euer Gebiet erscheint uns dafür recht brauchbar, und deshalb haben wir euch in den letzten Wechseln des Mondes deutlich gemacht, dass das, was ihr als euer Gebiet anseht, nicht länger euch gehört. Aber ihr scheint offenbar sehr schwer von Begriff zu sein.«

Wütendes Grollen erklang von den Wölfen hinter Rex und auch Tamani knurrte voller Wut. Die abfällige und überhebliche Art dieses Wolfes machte ihn rasend. Wie konnte er denken, dass das Eisrudel sein Land teilen würde? Oder gar an Fremde abtrat? Am liebsten wäre Tamani nach vorne geprescht und hätte den Dunkelbraungescheckten angefallen – doch was würde dann mit Ravi geschehen?

Der Anführer der feindlichen Wölfe wartete, bis Rex sein Rudel zum Verstummen gebracht hatte, dann sprach er weiter: »Wir sind sogar so nett, euch mit all unserer Freundlichkeit zum Gehen zu bitten.« Der unschuldige Blick des Fremden hielt kaum länger als einen Herzschlag, dann waren wieder Hohn und Verachtung in seinen Augen zu lesen. »Ich habe gehört, im Eisrudel leben kluge Wölfe, ihr werdet unserer Bitte also sicher unverzüglich nachkommen. Schließlich musst du doch an deine Jungen denken, Rex!« Tamani zuckte erschrocken zusammen. Der Dunkelbraungescheckte konnte unmöglich auf ihn und seine Geschwister anspielen, schließlich unterschieden sie sich in der Größe nicht mehr von ihren älteren Rudelgefährten. Wie konnte er wissen, dass Rex und Tara Junge erwarteten? Das bösartige Grinsen des großen Wolfes jagte ihm einen eisigen Schauder durch den Körper und er spürte, dass auch die anderen verunsichert waren – auch wenn sie sich nichts anmerken ließen.

Rex ließ ein kehliges Knurren hören und trat einen weiteren Schritt auf seinen Gegner zu. »Mein Rudel ist tatsächlich klug. Aber vor allem sind wir keine Feiglinge!«, stellte er klar. »Eher sterben wir ehrenvoll im Kampf, als uns vertreiben zu lassen!«

Einen Herzschlag lang verfinsterte sich der Blick des Fremden, dann wurde er wieder selbstgefällig. »Aber, aber – so weit muss es doch gar nicht kommen!« Er zuckte mit den Ohren und funkelte Rex dann herablassend an. »Nun, du hast ja zum Glück noch ein wenig Zeit, um darüber nachzudenken. Schickst du deine Wölfe bei einem Kampf, den ihr nicht gewinnen könnt, in den Tod? Oder lebt ihr einfach irgendwo fern von hier ein glückliches und zufriedenes Leben? Aber lass dir mit deiner Antwort nicht allzu viel Zeit, das Rudel der Finsternis ist nicht so geduldig, wie es wirken mag.«

»Auch Bedenkzeit wird an unserer Entscheidung nichts ändern!«, grollte Rex ungehalten. »Wir werden unser Revier niemals an euch abtreten, nur über unsere Leichen!«

Tamani spürte, wie sich eine Last auf seine Schultern legte, doch er hatte keine Angst mehr. Um ihn herum erhob sich zorniges Knurren der Eisrudelwölfe und er stimmte mit ein. Wut und wilde Entschlossenheit hatten sein Herz ergriffen.

Ohne auf die Worte von Rex einzugehen, wiederholte der Dunkelbraungescheckte: »Wie gesagt: Wir geben euch noch ein wenig Zeit, um über euer weiteres Vorgehen nachzudenken.« Er richtete sich zu voller Größe auf und hob gebieterisch die Rute in die Höhe. »Und damit ihr nicht vergesst, welche die richtige Entscheidung ist, kommt hier ein kleiner Hinweis.« Er machte eine Kopfbewegung zu seinen eigenen Wölfen und fügte dann hinzu: »Tötet den Jungwolf!« Tamani erstarrte. Sein Herz setzte aus. Noch im selben Augenblick ertönte das laute Jaulen seines Vaters: »Eisrudel, Angriff!« Tamani sah, wie sich der rauchgraue Wolf, der Ravi gefangen hielt, hinabbeugte, um ihm den tödlichen Biss zu versetzen. Endlich konnte er sich aus seiner Starre lösen. Er sprang nach vorne und warf sich mit seinen Rudelgefährten den Wölfen des feindlichen Trupps entgegen. Die Mitglieder beider Rudel, die wild aufeinander losgingen, nahmen ihm die Sicht auf seinen Bruder, er hoffte, dass einer seiner Gefährten den tödlichen Biss verhindert hatte. Tamani wand sich zwischen den Kämpfenden hindurch, wurde jedoch plötzlich umgerissen. Er trat wild um sich, versuchte, wieder auf die Beine zu kommen, und drehte sich schließlich ruckartig auf die Seite, damit er keinem Gegner ungeschützt seinen Bauch und seine Kehle darbot.

Als er aufsah, blickte er in die feindseligen Augen einer Wölfin mit hellbraunem Fell. Schon im nächsten Moment gruben sich ihre Zähne in Tamanis Schulter. Er presste die Kiefer zusammen, um ein Aufjaulen zu verhindern, dann warf er sich instinktiv zur anderen Seite. Durch den Schwung mitgerissen, verlor seine Angreiferin das Gleichgewicht und fiel neben ihm auf den staubbedeckten Boden. Sie schnappte nach ihm und ihre wirbelnden Pfoten rissen ihm die Seite auf. Tamani wich zurück. Die Wölfin nutzte diesen Moment, um sich aufzurichten, und er sah, wie sie sich auf ihn stürzen wollte. Doch in diesem Augenblick erschien Aris. Trotz seiner Schulterverletzung sprang er die Hellbraune an und warf sie zu Boden. Tamani zögerte nicht lange. Blitzschnell schoss sein Kopf nach vorne und er packte die Wölfin mit aller Kraft an der Pfote. Sie begann, wild zu strampeln, und der Graue ließ von seinem ersten Ziel ab, um seine Zähne einen Herzschlag später ins Nackenfell der Feindin zu schlagen, die noch immer von Aris festgehalten wurde. Der Schwarze gab Tamani ein Zeichen, dann ließ er sie los, damit sich sein Freund um den Rest kümmern konnte. Die Wölfin versuchte, sich zu befreien, und Tamani spürte ihre Kraft, doch der junge Wolf ließ sich davon nicht beirren. Ohne Rücksicht schleuderte er seinen Kopf von links nach rechts, sodass die Fremde hin- und herflog, bevor er die Kiefer öffnete, um sie zu Boden fallen zu lassen. Sobald sie ins Dickicht geflohen war, wirbelte er zurück zum Kampfgetümmel. Erleichtert erkannte er, dass die Abordnung des Rudels der Finsternis aufgrund der Unterzahl keine Chance gegen das gesamte Eisrudel hatte. Der Anführer des feindlichen Trupps, der mit Rex kämpfte, wand sich unter seinem Gegner hervor und zog sich mit gebleckten Zähnen und unversöhnlich funkelnden Augen einige Schritte zurück. Kurz schien sein Blick über die Menge der Wölfe zu fliegen, dann jaulte er: »Rückzug!«

Noch während das Wort des Fremden verklang, begannen sich seine Wölfe freizukämpfen und zogen sich dann in Richtung der Grenze zum Wüstenrudel zurück. Der Anführer blieb als Letzter zwischen den Bäumen zurück. Ein tiefes Grollen ertönte aus seiner Kehle und seine dornenspitzen Reißzähne funkelten hell im Licht des Tages. »Ihr mögt euch für stärker halten, aber merkt euch meine Worte: Noch einmal werdet ihr uns nicht in Unterzahl begegnen. Bei unserer nächsten Schlacht werden wir mehr sein. Viel mehr. Und wir werden siegen!« Er fixierte Rex voller Hass, dann wandte er sich um und folgte seinen Rudelgefährten in den Schutz des Waldes.

23. Kapitel

Zitternd vor Anspannung kauerte Tamani vor Alasis Höhle und starrte gebannt auf die helle Öffnung in der Felswand. Er wartete schon ewig darauf, dass Neko endlich auftauchte und berichtete, wie es Ravi ging. *Warum dauert das nur so lange? Kämpfen sie immer noch um sein Leben?* Tamani scharrte ungeduldig mit den Krallen über den Steinboden. Schmerz brannte in seiner Schulter, dort wo ihn die gegnerische Wölfin erwischt hatte, und auch am restlichen Körper spürte er die Wunden, die er sich während des Kampfes zugezogen haben musste. Hunger rumorte laut in seinem Bauch, doch Tamani wagte es nicht, etwas vom mickrigen Beutehaufen des gestrigen Tages zu nehmen, da er das Futter niemandem wegfressen wollte, der es nötiger hatte als er.

Ungeduldig sah er zu der Öffnung im Felsen, aus der immer noch kein Wolf heraustrat. Trotz seiner Ungeduld fürchtete er sich auch davor zu erfahren, wie es Ravi ging. Immer wieder flammte vor seinem inneren Auge das Bild seines Bruders auf, wie er reglos in einer dunklen Blutlache gelegen hatte, mit einer klaffenden Wunde am Hals. Tamani schauderte vor Entsetzen, dann sträubte sich sein Fell in wilder Wut. Es war das Rudel der Finsternis gewesen, das seinen Bruder so zugerichtet hatte. Er würde alles dafür geben, dass sie für ihre Tat bezahlten! Voller

Rachegelüste bleckte der Graue die Zähne. Er wusste, dass dieser Hass, der tief in seinem Inneren brodelte und nach dem Tod des Dunkelbraungescheckten verlangte, nur von seiner Angst genährt wurde, die er um seinen Bruder hatte. Dennoch konnte er sich erst beruhigen, als Kora sich dicht zu ihm stellte, um ihm Gesellschaft zu leisten. Mit runden, kummervollen Augen sah auch sie zur Höhle der Heilerin hinüber. Tamani hätte seiner Schwester gerne ihre Sorgen genommen, doch ihm fielen keine Worte ein, die er hätte sagen können.

Bitte Pala, begann er still zu beten und schloss die Augen in der Hoffnung, dass seine Verbindung zu seinem verstorbenen Bruder so stärker sein würde. *Lass ihn bei uns, wir brauchen ihn doch hier.* Einen Herzschlag lang glaubte er, den vertrauten Geruch von Pala neben sich wahrzunehmen und einen warmen Körper zu spüren, der sich tröstend an den seinen presste, dann verblasste die Erscheinung jedoch wieder. Im nächsten Augenblick erklangen Pfotenschritte vor ihm und Tamani sprang auf. Neko kam aus der Lichthöhle getreten und lief direkt auf sie zu.

»Wie geht es ihm?«, platzte Tamani heraus. Er versuchte, in Nekos Gesicht etwas zu lesen, und bemerkte mit Schrecken, dass tiefe Schatten um die Augen des Dunklen lagen und er die Ohren angelegt hatte.

»Es sieht schlecht aus«, gestand Neko und in seine sonst ruhige Stimme hatte sich tiefes Bedauern geschlichen, sodass sie dumpf und erstickt klang. »Ravi hat so viel Blut verloren, dass nur das Rudel der ewigen Jagd weiß, wie er überhaupt noch am Leben sein kann.«

Tamani ließ sich entmutigt zurück auf den Boden sinken, während Kora neben ihm kummervolles Wimmern ausstieß.

Einige Herzschläge lang herrschte bedrücktes Schweigen, bevor die Weiße fragte: »Können wir zu ihm?« Neko schüttelte entschlossen den Kopf. »Nein, noch nicht. Aber wenn es irgendwelche Veränderungen seines Zustandes gibt, ob positiv oder negativ, dann gebe ich euch Bescheid.« Er nickte seinen beiden Freunden zu, dann drehte er sich um und verschwand wieder in der Felsöffnung. Tamani schloss seine Augen. Es gab keine Neuigkeiten von Tara und ihren Welpen, keine Nachricht von Shira, Laos war gestorben, Makui noch nicht genesen und jetzt schwebte Ravi in Lebensgefahr – das alles belastete ihn zutiefst. Tamani hörte erneut Pfotenschritte, und als er aufblickte, sah er in Lakotas schmales Gesicht.

»Keine Sorge.« Der Graue mit der hellen Brust versuchte zu lächeln, doch es gelang ihm nicht, und so schnippte er nur mit den Ohren, von denen eines vom Kampf blutig und zerfetzt war. »Das Rudel der ewigen Jagd sorgt für Ravi, ganz egal, was ihr Plan für ihn ist. Habt Vertrauen!«

Tamani nickte nachdenklich und senkte seinen Blick dann wieder auf die Pfoten. Im Herzen konnte er den Worten des Freundes nicht zustimmen. Er wollte nicht, dass sich seine Ahnen dazu entschieden, Ravi zu sich zu holen. Er war noch viel zu jung, um mit ihnen auf ewig am Himmelszelt zu wandern!

»Konzentriert euch auf das, was ihr selbst tun könnt. Nicht auf das, wofür eure Macht nicht ausreicht«, fuhr Lakota fort und seine Stimme hatte einen sanften und ruhigen Tonfall. Tamani wusste, dass er recht hatte, aber er war sich nicht sicher, ob er die Sorgen um seinen Bruder einfach so verdrängen konnte, um am Leben des Rudels teilzunehmen. Er blinzelte zu dem Älteren hinauf, als dieser hinüber zum Beuteplatz zeigte. Das wenige Fleisch musste heute für das gesamte Rudel ausreichen, denn keiner der Wölfe würde heute noch jagen gehen.

»Fresst etwas. Und dann geht zum Eingang der Geburtshöhle und sprecht mit Rex. Es gibt Neuigkeiten von Tara!« Seine dunklen Augen leuchteten fröhlich auf. Tamani stutzte, doch noch ehe er etwas sagen konnte, fragte Kora: »Sind die Jungen auf der Welt? Geht es ihnen gut? Und was ist mit Tara?« Lakota lächelte wissend, doch er verriet nichts: »Das müsst ihr schon selbst in Erfahrung bringen.« Im nächsten Augenblick wurde seine Miene jedoch wieder ernster, ehe er hinzufügte: »Ich weiß, die Zeiten sind schwer, aber wir dürfen uns von den Schwierigkeiten nicht einfach aufhalten lassen. Wir müssen weiterleben und uns um die neuen Rudelmitglieder kümmern.« Der Ältere beugte sich hinab und knuffte Tamani freundschaftlich in die Seite, bevor er weitersprach: »Also, erkundigt euch nach den Kleinen und legt euch dann schlafen, damit ihr morgen früh mit dem Jagdtrupp losziehen könnt.« »Und was ist, wenn wir schlafen und Ravi geht es schlechter?«, widersprach Kora und in ihren blauen Augen glänzte Angst.

»Neko hat euch doch gesagt, dass er euch Bescheid gibt, wenn es etwas Neues gibt. Er wird euch wecken, wenn es nötig ist.«

Tamani spürte, dass die Freude über die Jungen die Sorge um

Ravi etwas zurückdrängte. »Danke«, erwiderte er und senkte den Kopf vor seinem Freund. Er konnte nichts an Ravis Befinden ändern, aber Lakota hatte recht: Er hatte Einfluss darauf, wie es seinem Rudel ging und weiterhin gehen würde. Und er musste sich darum kümmern, dass sie genug Nahrung für den Nachwuchs beschafften!

»Gern geschehen.« Lakota zuckte rasch mit den Ohren, dann wandte er sich ab und trabte in Richtung seines Schlafplatzes. Tamani sah ihm einen Herzschlag lang nach, dann stupste er Kora an und lief mit ihr zur Geburtshöhle.

Vor dem Felsspalt saß Rex und empfing die beiden Jungwölfe mit einem warmen Leuchten in den Augen.

»Lakota hat gesagt, dass es Neuigkeiten von Tara gebe«, begann Tamani. »Geht es ihr gut?« Rex nickte und sagte dann voller Stolz: »Ja. Tara geht es gut. Alasi hat berichtet, dass die Geburt hervorragend verlaufen ist. Tara hat vier gesunde Junge zur Welt gebracht.«

Tamani lächelte glücklich und auch Kora strahlte bei den Worten ihres Vaters.

»Das sind ja tolle Nachrichten!« Akai war zu ihnen getreten und schob sich nun nach vorne, um sich mit Rex über den Nachwuchs auszutauschen. Die Jungwölfe wandten sich von den älteren Wölfen ab und trabten zu ihrem Schlafplatz. Tamani ließ sich kraftlos neben Kora sinken und rollte sich zu einem engen Knäuel zusammen. Trotz der freudigen Nachricht der Geburt flackerte immer und immer wieder das Bild seines verletzten Bruders vor seinen Augen auf, und während er allmählich glaubte, dass er die ganze Nacht davon wach gehalten werden würde, fiel er doch in einen unruhigen Schlaf …

Als Tamani die Augen aufschlug, saß er vor dem Eingang der Höhle. Es herrschte tiefe Nacht um ihn herum, nur die dunklen Umrisse und der Schatten der hoch aufragenden Felswand verrieten ihm, wo er war. Er schauderte, als ihm eine eisige Nachtbrise unter den Pelz fuhr. Irgendetwas stimmte hier nicht. Tamani brauchte einige Herzschläge, um zu verstehen, was es war. Es war still, vollkommen still, so als wäre er das letzte Lebewesen, das auf der Erde zurückgeblieben war. Der Wind, der durch sein Fell fuhr, erzeugte keine Geräusche und auch die üblichen Laute der Tiere, die nachts unterwegs waren, konnte er nicht wahrnehmen.

Etwas muss geschehen sein! Tamani spürte, wie seinen Pfoten in böser Vorahnung zu prickeln begannen und sich das Prickeln nach und nach in seinem ganzen Körper ausbreitete. Eisern versuchte er, die aufkommende Panik zu verdrängen. Er durfte sich jetzt nicht wie ein ängstliches Junges zusammenrollen! Er musste herausfinden, was da vor sich ging! Er erhob sich auf die Pfoten und machte die wenigen Schritte hinüber zum Höhleneingang, dann schob er vorsichtig den Kopf in die dunkle Öffnung. Auch innen war es unnatürlich still. Kein Geräusch von schlafenden Wölfen und nicht einmal das entfernte Brausen des Wasserfalles war zu hören. Tamani kniff die Augen zusammen, in der Hoffnung, seine Rudelgefährten im Zwielicht ausfindig zu machen, doch seine Sicht wurde von einer dichten Wand aus Nebel begrenzt. Nebel in der Höhle?

Der Graue zuckte beunruhigt mit den Ohren und trat rückwärts wieder heraus. Was auch immer dort im Inneren vor sich ging, er sollte sich nicht alleine hineinwagen, wenn er kaum eine Schnauzenlänge weit sehen konnte. Er drehte sich um und erstarrte. Auch hier, auf dem felsigen Platz vor der Höhle, hingen nun schwere Nebeltropfen in der Luft und umringten ihn. Tamani wich zurück, bis er spürte, dass seine Pfoten gegen die Felswand hinter ihm stießen. Mit aufgerissenen Augen starrte er in die Nebelwand, während er verzweifelt versuchte, etwas zu erkennen. Als ein Geräusch aus dem Grau ertönte, zuckte er zusammen. Schwere Pfotenschritte erklangen, begleitet von einem tiefen, unheilvollen Knurren. Nun konnte Tamani schemenhafte Umrisse ausmachen, die sich langsam auf ihn zubewegten. Er duckte sich tiefer zu Boden und die Angst in seinem Kopf verwandelte sich in Panik.

Die Gestalten waren inzwischen nah genug, dass er erkennen konnte, dass es sich um Wölfe handelte. Sie wirkten bedrohlich – doch das Unheimlichste waren ihre Augen. Dunkelrot wie Blut glommen sie im Nebel. Ein beängstigender Geruch nach Tod und Verderben ging von den Fremden aus. Sie fixierten ihn und Geifer troff aus ihren Mäulern, während sie sich ihm weiter näherten und ihm gleichzeitig jede Fluchtmöglichkeit abschnitten. Er konnte sechs Wölfe in seinem Umkreis zählen, doch der Nebel hinter ihnen schien nun ebenfalls in Bewegung zu sein.

Er war umzingelt! Tamani blickte sich hektisch um und versuchte, einen Ausweg zu finden. Doch obwohl die Gedanken in seinem Kopf rasten, kam ihm nichts in den Sinn, das ihm helfen konnte. *Rudel der ewigen Jagd, hilf mir,* betete er und presste sich verzweifelt gegen die Felswand.

Als wäre das stumme Gebet erhört worden, stoppten die unheimlichen Wölfe plötzlich in ihren Bewegungen. Tamani blinzelte verwirrt, dann kniff er erschrocken die Augen zusammen, als ein helles Licht vor ihm im Nebel erschien. Die fremden Wölfe wichen zurück und in Tamanis Innerem entflammte Hoffnung. Seine Vorfahren hatten ihn tatsächlich erhört und waren vom Himmel herabgestiegen, um ihm zu helfen! Durch die Nebelwand konnte der Jungwolf den vertrauten Umriss von Pala erkennen. Doch sein Bruder kam nicht auf ihn zu. Stattdessen blieb er dort, wo er erschienen war, sodass Tamani nur die leuchtend blauen Augen erkennen konnte, während der Rest von Palas Körper sich lediglich schemenhaft abzeichnete. »Pala!«, rief Tamani aus und wollte zu ihm hinübersetzen, doch seine Pfoten schienen im Steinboden verwurzelt zu sein, denn sie rührten sich nicht. Er hörte, wie ihm die bekannte Stimme seines Bruders antwortete, doch sie klang undeutlich und merkwürdig verzerrt. Tamani lauschte angestrengt, doch er verstand Palas Worte nicht. Was wollte sein Bruder ihm mitteilen? Als der Glanz des Weißen allmählich schwächer zu werden begann, stieg erneut Panik in Tamani auf. »Warte, geh nicht! Pala!« Doch das Licht war bereits endgültig erloschen und das Einzige, was sein Bruder zurückgelassen hatte, war der Klang eines Wortes, das durch die Nachtluft hallte und von den Felswänden zurückgeworfen wurde: »Vereinigung!«

Zitternd und nach Luft schnappend schreckte Tamani auf. Er

lag auf seinem Moospolster in der Höhle des Eisrudels. Tief atmete er die kühle Nachtluft ein und versuchte, seinen rasenden Herzschlag zu verlangsamen. Die schrecklichen Bilder seines Traumes hielten ihn noch immer gefangen. War es eine Vision gewesen? Er glaubte, in der Luft schon den beißenden Gestank von Blut und Tod wahrzunehmen, den das Unheil mit sich bringen würde.

Er schüttelte sich, aber es dauerte eine ganze Weile, bis er sich wieder so weit beruhigt hatte, dass er klar denken konnte. Pala war in seinem Traum erschienen, um ihm eine Botschaft zu überbringen, doch er hatte nur ein einziges seiner Worte verstehen können. Wie gerne hätte Tamani alles als einen Albtraum abgetan, den er aufgrund der gestrigen Schlacht gehabt hatte, doch der ernste und zugleich eindringliche Blick seines Bruders ließ ihn keinen Zweifel daran haben, dass das Rudel der ewigen Jagd ihm tatsächlich wieder eine Vision geschickt hatte. Er blinzelte in das schwache Licht, das in die Höhle fiel. Pala hatte so weit entfernt gewirkt. War das etwa ein Zeichen dafür, dass das Rudel der ewigen Jagd die Wölfe am großen Fjord verließ? Würde sich das Eisrudel alleine dem Kampf gegen die Feinde stellen müssen?

Tamani schüttelte den Kopf. Nein, das würden seine Vorfahren nicht tun. Aber was hatte Pala ihm sagen wollen? Er hatte ihn in seinen Träumen bisher nie einfach so besucht, sondern stets, um eine wichtige Botschaft zu übermitteln. Warum also war er ihm diesmal im Traum erschienen? Wollte er Tamani vor dem Rudel der Finsternis warnen? Hatte die Prophezeiung etwas mit dem gestrigen Kampf zu tun? Nun, da er genauer darüber nachdachte, kam ihm die dunkle Drohung vom Anführer des fremden Rudels noch viel Frucht einflößender vor. Der Dunkelbraungescheckte hatte Rache geschworen und Tamani zweifelte nicht daran, dass er seine finsteren Versprechungen wahrmachen würde. Doch konnte das alles so schlimm sein, dass selbst das Rudel der ewigen Jagd sie verließ? Hilflos schüttelte er den Kopf, um seine durcheinanderwirbelnden Gedanken zu ordnen.

»Ich muss Rex von der Vision erzählen«, murmelte Tamani leise und erkannte schon beim nächsten Herzschlag, wie dämlich das war. Wovon sollte er Rex denn berichten? Von dem Nebel oder davon, dass er keine Ahnung hatte, was Pala ihm hatte mitteilen wollen? Nur ein einziges Wort hatte er verstanden. Und das ergab keinen Sinn. Nein, wenn überhaupt, dann würde er mit Neko sprechen. Das hatte er ja sowieso vorgehabt. Vielleicht hatte der junge Heiler auch selbst eine klarere Vision gehabt? Eine Weile lang beobachtete Tamani die heller werdende Öffnung des Höhleneinganges, die ihm verriet, dass es nicht mehr lange bis zum Sonnenaufgang war. Schließlich raschelte es um ihn herum. Die anderen Rudelmitglieder erwachten aus ihrem Schlaf. Tamani beobachtete, wie sie sich von ihren Moospolstern erhoben und sich nach und nach in den unteren Teil der Höhle begaben. Er warf einen Blick auf Kora und Aris, die neben ihm noch schliefen, und bei ihrem Anblick wurde ihm Ravis Fehlen schmerzlich bewusst.

Der Graue entschied sich, seine beiden Gefährten schlafen zu lassen, erhob sich auf die Pfoten und trabte hinab auf die Ebene. Er gesellte sich zu Lakota, der ganz alleine mit etwas Abstand zu den älteren Wölfen des Rudels saß. Tamani begrüßte ihn mit einem Nicken, bevor er fragte: »Weißt du, ob es irgendetwas Neues von Ravi gibt?« Der Graue mit dem hellen Bauch schüttelte den Kopf. »Ich glaube nicht, zumindest habe ich nicht mitbekommen, dass Neko oder Alasi irgendetwas berichtet haben.« Tamani senkte ruhig den Kopf, obwohl erneut Sorge und Angst um seinen Bruder in seinem Bauch zu rumoren begannen. »Ich gehe mal nachsehen«, sagte er. Wenn er mit Neko sprach, konnte er nicht nur in Erfahrung bringen, wie es Ravi ging, sondern er konnte ihm auch von seinem Traum erzählen und mit ihm beraten, was nun zu tun war.

Doch als er gerade einen Schritt in Richtung Lichthöhle gemachte hatte, stoppte ihn Lakotas Stimme: »Du solltest Neko und Alasi lieber in Ruhe lassen. Sie müssen sich um Ravi kümmern und sollten ihre Zeit nicht damit vergeuden, uns Auskunft über seinen Zustand zu geben.« Tamani wollte ihm widersprechen, doch Lakota hatte recht. Er sollte die Heiler wirklich in Ruhe arbeiten lassen. Er zwang sich dazu, mit Lakota über Taras Junge zu sprechen – die noch niemand sehen durfte, die aber wohlauf waren –, in der Hoffnung, so die düsteren Bilder seines Traumes, die noch immer um ihn herumwaberten, vertreiben zu können. Doch immer wieder erinnerte Tamani sich an seine unheilvolle Vision.

Er war froh, als schließlich Akai vor das Rudel trat, und begann, die Aufgaben des Tages an die Wölfe zu verteilen. Rex war nicht zur Einteilung gekommen, er saß vor dem Eingang der Geburtshöhle. Auch der Alphawolf durfte die Jungen erst sehen, wenn diese etwas älter und nicht mehr blind und taub waren. Solange durfte außer der Heilerin des Rudels niemand die Höhle betreten, in der der neue Nachwuchs zur Welt gekommen war.

Tamani konzentrierte sich wieder auf Akai, gerade noch rechtzeitig, um zu hören, wie er ihn Kamos' Grenztrupp zuteilte. Kora und Aris, die sich mittlerweile ebenfalls beim Rest des Rudels eingefunden hatten, schickte er mit auf die Jagd. Der Betawolf beendete die Einteilung mit einem Zucken der Rute und trat zurück, während sich die Rudelmitglieder zerstreuten, um sich ihren Trupps anzuschließen. Tamani hörte, wie in den kleinen Gruppen, die sich zusammenfanden, über die Neugeborenen gesprochen wurde, doch er selbst fühlte die Freude, die er noch am Vortag verspürt hatte, nur noch gedämpft. Zu groß war die Sorge um Shira und Ravi und die Last, die er seit seinem Traum mit sich trug.

Tamani reihte sich hinter seinen älteren Rudelgefährten ein, als diese die Höhle verließen, und gemeinsam folgten sie Kamos, der den Trupp anführte, hinab zum Donnerbecken. Sie überquerten die sandige Fläche vor dem Wasserfall und den kalten Fluss, trabten dann mit schnellen Schritten in den Wald hinein und in Richtung der Wüstenrudelgrenze. Wie seine Gefährten hielt Tamani inzwischen stets das Maul geöffnet, um zu wittern und so zu prüfen, ob sich ein feindlicher Wolf in der näheren Umgebung befand. Rute und Ohren hatte er gesenkt und seinen Körper ein wenig geduckt. Es war offensichtlich: Das Rudel der Finsternis hatte nicht nur seine Fährten ins Revier des Eisrudels gebracht, es hatte auch Spuren der Angst in den Herzen der Wölfe hinterlassen.

Die Sonne hatte ihren höchsten Punkt bereits überschritten, als der Trupp die Grenze zum Revier des Blutrudels erreichte. Sie hatten bereits die anderen Grenzen markiert und auf frische Spuren von Eindringlingen untersucht. An beiden waren sie fündig geworden. Überall hatte es nach den fremden Wölfen gestunken und sie hatten Marken entdeckt, die das Rudel der Finsternis offenbar gesetzt hatte, um zu zeigen, dass das Revier des Eisrudels nun ihnen gehörte. Tamani spürte, wie unbändige Wut in ihm aufstieg und sich das Fell in seinem Nacken sträubte, als er auch an der Grenze des Blutrudels frische Duftspuren der Eindringlinge roch. Ihr beißender Gestank überdeckte den Duft des Blutrudels fast vollständig.

Der Graue überließ es seinen älteren Rudelgefährten, die Grenze neu zu markieren, während er selbst stumm hinüber ins andere Revier starrte. Wie es wohl um Shiras Rudel stand? Hatten sie auch schon gegen das Rudel der Finsternis antreten müssen? War Shira deshalb nicht mehr bei ihm aufgetaucht? War sie verletzt oder gar …? Er schluckte schwer und war froh, als sie schließlich weiterzogen. Er wusste einfach nicht, was er tun konnte, um Shira wiederzusehen oder um in Erfahrung zu bringen, wie es ihr ging. Mittlerweile glaubte er sogar kaum noch daran, dass er die Hellgrau-Weiße jemals wiedersehen würde.

24. Kapitel

Drohende Dunkelheit umgab Tamani, als er die Augen aufschlug. Er fühlte eiskalten Steinboden unter sich, der ihm die Wärme seines Körpers entzog. Kein Licht erhellte die Finsternis, kein Geruch lag in der Luft und kein Ton, der ihm bei der Orientierung hätte behilflich sein können, drang an sein Ohr. Das Einzige, was er wahrnahm, waren die Kälte, die ihn umgab, und seine eigene Angst.

Wie bin ich hierhergekommen?, fragte sich der Graue. *Träume ich wieder?* Vielleicht wollte ihm Pala diesmal eine klarere Vision geben!

»Pala?«, jaulte Tamani und durchbrach damit die unheimliche Stille. Konzentriert lauschte er auf ein Geräusch, doch die einzige Antwort, die er bekam, war das hallende Echo seiner eigenen Stimme. Furcht stieg in ihm auf. Wenn dies ein Traum war, warum hatte ihn das Rudel der ewigen Jagd hierhergeholt?

Dann plötzlich, wie mit einem Blitzschlag, stand er an einem felsigen Hang, auf dem eine wilde Schlacht tobte. Der Gestank von frischem Blut stach Tamani in die Nase und er wich unwillkürlich zurück, nur um gegen zwei ineinander verkeilte Leiber zu stoßen, die sich mit wilden Bissen attackierten. Er erstarrte vor Schreck. Er befand sich mitten im Getümmel, überall um ihn herum gingen Wölfe aufeinander los. Sie sprangen sich gegenseitig an, verwickelten sich in heftige Beißereien oder versuchten, dem Gegner an die Kehle zu gehen, um diesen ein für alle Mal zu beseitigen.

Tamani schauderte, als er das gequälte Jaulen der Verletzten wahrnahm. Er versuchte, Wölfe seines Rudels ausfindig zu machen, doch sobald er eine Gestalt fixiert hatte, verschwamm sie vor seinen Augen. Hilflos kauerte er sich zu Boden. Er hielt es hier nicht länger aus. Fast hätte er selbst ein Jaulen ausgestoßen, um seinen Gefühlen Luft zu machen, doch zum Glück verblasste das schreckliche Bild vor seinen Augen. Der Gestank nach Blut und Tod verschwand allmählich, während Tamani in das Nichts vom Beginn seines Traumes zurückkehrte. Mit einem Mal erhellte ein Licht vor ihm das Nichts.

Geblendet kniff der Jungwolf die Augen zusammen, während das helle Leuchten immer näher kam. Erleichtert atmete er auf, als er Pala entdeckte, der mit festem und sicherem Schritt auf ihn zulief. Tamani öffnete das Maul, um seinen Bruder mit Fragen zu bestürmen, doch er schloss es schnell wieder, als der Weiße ihm mit einem strengen Zucken der Ohren zu verstehen gab, dass er schweigen sollte. »Das Rudel der ewigen Jagd hat eine neue Botschaft für dich, Tamani. Höre gut zu, denn ihr habt nicht viel Zeit!« Palas Stimme war warm und sanft, aber er klang ernst. Zum Glück konnte Tamani ihn diesmal klar sehen! Aufmerksam sah er seinen Bruder an und drehte die Ohren nach vorne, damit er auch ja nichts verpassen würde.

»Du hast gesehen, was geschehen wird. Ein Unheil bedroht

die Rudel am großen Fjord. Ihr steht vor einer schweren Prüfung.« Der Weiße fixierte Tamani mit seinem hellen Blick. »Finsternis wird kommen. Schon bald! Verderben und Tod wird die Rudel ereilen und niemanden verschonen. Nur der Wolf, der einst die Schatten besiegte, kann das Bündnis am großen Fjord retten.« Pala hielt kurz inne, bevor er eindringlich hinzufügte: »Nur er kann die Vereinigung herbeiführen. Die Verbindung aus Blut und Eis ist der erste Schritt!«

Ein Schauder durchfuhr Tamani, als die Worte langsam verklangen, doch er wusste nicht, ob es die Ehrfurcht oder die Angst war, die sein Fell sträubte – beides erfüllte seine Brust gleichermaßen. Er bemerkte, dass die helle Gestalt des Weißen allmählich blasser wurde.

»Nein, geh noch nicht! Lass mich nicht allein!« Doch schon war Pala verschwunden und Tamani blieb zurück in der tiefen Dunkelheit des Nichts.

Als er aus dem Schlaf aufschreckte, schlug Tamanis Herz hektisch und sein Atem ging stoßweise.

Das war nur ein Traum, versuchte er, sich zu beruhigen, dabei wusste er es besser. Er hatte eine neue Vision vom Rudel der ewigen Jagd erhalten! Vielleicht war das Eisrudel schon in diesem Augenblick in Gefahr? Der Graue lauschte in die Höhle, doch das Einzige, was er hörte, war das gleichmäßige Rauschen des Wasserfalles. Er öffnete das Maul, um Witterung aufzunehmen, doch nur der vertraute Duft des schlafenden Eisrudels durchdrang seine Sinne.

Ich muss mit Rex sprechen!, dachte er. *Doch vorher muss ich herausfinden, was Pala gemeint hat.* Sein Bruder hatte von einem großen Unheil gesprochen und vom Wolf, der die Schatten besiegt hatte. Von welchen Schatten hatte er gesprochen? Und was hatte Pala mit der Verbindung aus Blut und Eis gemeint?

Noch bevor Tamani weiter darüber nachdenken konnte, durchbrach mit einem Mal ein Geräusch die Ruhe der Nacht. Tamani hob den Kopf und richtete den Blick auf den fahlen Umriss des Höhleneinganges. Erneut waren Geräusche zu vernehmen. Tamani stellte die Ohren nach vorne und lauschte konzentriert. Leise waren Bewegungen vor der Höhle zu hören, dann verstummte das leise Klicken, das wie Krallen auf dem Steinboden geklungen hatte.

War etwa jemand vor der Höhle? Sein Rückenfell sträubte sich. Beim nächsten Herzschlag verdeckte ein Schatten die schmale Öffnung im Felsen, dann schob sich ein Wolf ins Innere des Raumes. Tamanis Herz begann zu rasen. Da kamen noch weitere Wölfe! Sie drängten sich dicht aneinander, sodass sie wie ein schwarzer Fluss wirkten, der ins Felsinnere floss. Entsetzt nahm Tamani ihren Geruch wahr: Das Rudel der Finsternis war gekommen!

»Wir werden angegriffen!« Schon war Tamani auf den Pfoten und sein warnendes Jaulen hallte durch die Höhle. Er hörte, wie die Eindringlinge knurrten, und schließlich – wie auf ein stummes Zeichen hin – strömten sie nach vorne. Das Moospolster, das dem Höhleneingang am nächsten war, war das der Jungwölfe, und so zögerte der Graue nicht einen Herzschlag, sondern sprang den ersten Wolf an, der sich ihm näherte. Er hörte, wie Kora hinter ihm ein Heulen ausstieß, als auch sie mit ihrem Gegner zusammenstieß, und im nächsten Moment war der gesamte Felsraum mit Kampfgeräuschen erfüllt. Tamani spürte, wie er von den Pfoten gefegt wurde, als die erste Welle von Angreifern an ihm vorbei weiter ins Innere der Höhle stürmte.

Nein! Wir müssen uns verteidigen! Wir müssen Tara und die Jungen beschützen! Sie dürfen die Höhle nicht einnehmen! Der Graue jaulte auf. Ein höllischer Schmerz war in seiner Schulter explodiert. Einer der Feinde hatte ihn zu Boden geworfen und seine Zähne in das weiche Fell des jungen Wolfes gegraben. Reflexartig drehte Tamani sich zur Seite und stieß seine Pfoten nach oben, in der Hoffnung, den Fremden dabei zu treffen und von sich stoßen zu können.

Sein Plan ging auf. Von der Wucht des Trittes wurde der andere Wolf fortgeschleudert und ein dumpfer Schlag bewies, dass er in einiger Entfernung zu Boden gestürzt war. Sofort war Tamani wieder auf den Pfoten und spähte vorbei an dem Kampfgetümmel, das sich um ihn herum gebildet hatte, in den dunkleren, unteren Teil der Höhle. Finstere Schatten wogten hin und her und dornenspitze Zähne blitzten im fahlen Nachtlicht. Das Jaulen und Knurren kämpfender Wölfe erfüllte die ganze Höhle. Außer schemenhaften Gestalten, die übereinander herfielen, konnte er jedoch nichts erkennen. Der Jungwolf wandte sich ab und blickte sich um. Noch immer strömten die Feinde in die Höhle und er wusste, dass das Eisrudel in dieser Unterzahl keine Chance hatte. *Aber wir dürfen nicht aufgeben! Wir lassen uns nicht aus unserem eigenen Zuhause vertreiben!* Tamani machte einen weiten Satz und sprang zur ersten Gestalt hinüber, die er in dem Gewühl erkannte. Es war

Kora, die halb unter dem massigen Körper eines Wolfes begraben war und verzweifelt versuchte, wieder auf die Pfoten zu kommen. Der Graue packte den Eindringling am Genick und zerrte ihn weg von seiner Schwester, bevor er ihn mit einem weiteren gezielten Biss in die Flucht jagte. Zum Glück waren wohl doch nicht all ihre Gegner so stark wie befürchtet.

»Danke.« Keuchend erhob sich Kora. Ihr Fell war blutig und zerrissen und ihre Beine zitterten, doch sie schien nicht darauf zu achten. »Die Jungen!«, stieß sie angsterfüllt hervor. »Wir müssen Taras Junge beschützen!« Tamani durchzuckte erneut eine Welle der Sorge, als er an die Neugeborenen dachte, die den Angreifern vollkommen hilflos ausgeliefert waren. Wenn es dem Rudel der Finsternis tatsächlich darum ging, die Jüngsten des Rudels zu töten, so wie der Dunkelbraune es in seiner Drohung angekündigt hatte, wären sie leicht dazu in der Lage.

»Hol Aris!«, befahl der Graue seiner Schwester und diesmal war es ihm egal, ob er das Recht hatte, ihr Anweisungen zu geben. »Geht zu Tara, sie wird euch sagen, was zu tun ist!« Kora nickte, dann wirbelte sie herum, um nach Aris zu suchen. Tamani selbst wollte zur anderen Seite der Höhle gelangen, dorthin, wo Neya und ihre Jungen einen Schlafplatz zugewiesen bekommen hatten. Er musste der Graubraunen unbedingt helfen, ihre Welpen in Sicherheit zu bringen, wenn es dafür nicht schon zu spät war. Zwar waren die Kleinen keine Mitglieder des Eisrudels, aber Tamani spürte, dass es genauso wichtig war, diese Jungen zu schützen wie seine eigenen jüngeren Geschwister. Mit schnellen Sprüngen hetzte er weiter und wollte sich gerade durch das Gedränge in der Höhle schieben, als ein Körper in ihn krachte und er zu Boden gerissen wurde. Schon im nächsten Augenblick war sein Gegner über ihm. Die bernsteinfarbenen Augen des Wolfes glühten boshaft und er hatte die blutigen Zähne gefletscht.

Tamani versuchte, denselben Trick anzuwenden wie zuvor, und stieß seine Hinterbeine mit aller Kraft nach oben, doch der Angreifer war so groß, dass sein Tritt ins Leere ging. Energisch stemmte Tamani seine Vorderpfoten gegen die Schultern des anderen, als sich dieser zu ihm hinabbeugte, um ihm an die Kehle zu gehen. Schmerzen durchzuckten ihn, als ihm sein Gegner in die Pfoten biss. Tamani presste die Zähne zusammen, um ein Aufjaulen zu unterdrücken. Er wusste, dass er der Kraft des Feindes nicht viel länger standhalten konnte, also warf er sich zur Seite und stieß den Angreifer in dem Moment von sich, als sie auf dem Boden aufkamen. Schnell rappelte er sich auf, wirbelte herum und stürmte wieder los.

Seine oberste Priorität war es, Neya und ihre Jungen zu verteidigen. Geschickt wich der Jungwolf einem weiteren ineinander verbissenen Knäuel aus, sprang um die letzten Wölfe herum und erreichte endlich die Felswand der anderen Höhlenseite. Dort führte Akai einen Kampftrupp an. Hinter den Eisrudelwölfen hatte sich Neya über ihre Welpen gekauert und wehrte mit wilden Bissen alle Wölfe ab, die die Kette vor ihr durchbrachen und bis zu ihr vordrangen. Der Betawolf des Eisrudels winkte Tamani mit einem schnellen Nicken zu sich, nachdem er einen weiteren Angreifer davongejagt hatte.

»Hilf Neya, die Jungen zur Lichthöhle zu bringen, und verteidige dort zusammen mit Alea den Eingang!« Akais Jaulen übertönte das wilde Knurren und Heulen des Kampfes kaum, doch Tamani nickte schnell und eilte an ihm vorbei. Er hörte, wie sich die Kampfreihe auf weitere Eindringlinge stürzte, doch er achtete nicht darauf, sondern flitzte zu Neya, die sich gerade gegen die brutalen Bisse eines massigen feindlichen Wolfes wehrte. Tamani stürzte sich nach vorne, zerrte den Feind von ihr weg und bearbeitete ihn dann so lange mit den Zähnen, bis er die Flucht ergriff und in Richtung Ausgang stürzte. Seine Wut schien Tamani Stärke zu verleihen.

»Nimm eines der Jungen und folge mir!«, wies der Jungwolf die Wolfsmutter an. Sie protestierte nicht und hob den kleineren ihrer Welpen auf. Tamani nahm das goldbraune Junge. Der Weg durch das Kampfgetümmel zu Alasis Höhle war gefährlich, besonders für die kleinen Geschöpfe, die sie trugen. Dennoch sprang Tamani beherzt los, den Blick fest auf die Felsöffnung gerichtet, die ihr Ziel war. Neya folgte ihm keuchend. Sie hatten bereits fast die Hälfte der Strecke zurückgelegt, als sich auf einmal ein großer Wolf vor ihnen aufbaute und ihnen den Weg versperrte. Tamani stoppte und sah den Fremden an, der sich mit gebleckten Zähnen vor ihm duckte, um ihn im nächsten Moment anzuspringen. Vor Angst sträubte sich das Fell des jungen Wolfes, als er zurückwich. Mit dem zappelnden und schreienden Welpen in seinem Maul war er kein ebenbürtiger Gegner für den Eindringling. Der andere sprang nach vorne, doch noch bevor er Tamani erreichte, wurde er von einem grauen Blitz zu Fall gebracht.

Lakota hatte den Wolf abgewehrt und rang nun mit ihm auf dem Boden. »Los, weiter mit euch!«, zischte er zwischen zwei Bissen. Tamani dankte ihm mit einem knappen Nicken und hastete dann weiter. Er hatte kaum drei Sprünge gemacht, da prallte etwas mit voller Wucht in seine Seite und er ging zu Boden. Reflexartig öffnete er seine Kiefer und das kleine goldbraune Jungtier schlitterte wild um sich strampelnd über den Boden ins Kampfgetümmel. Tamani sprang auf.

»Geh weiter zur Höhle, wir kommen nach!«, befahl er Neya. In ihren Augen stand nackte Angst, aber sie schien auf ihn zu hören. Tamani suchte die wogende Menge der Kämpfer nach dem Kleinen ab. Wo war er? Hoffentlich hatte ihn noch keiner der Feinde entdeckt!

Rudel der ewigen Jagd, hilf mir, ihn zu finden, betete Tamani verzweifelt. Kaum hatte er den Satz zu Ende gedacht, da entdeckte er das Junge. Es kroch kaum zwei Schritte von ihm entfernt mit vor Angst weit aufgerissenen Augen über den Boden und versuchte, den massigen Körpern der erwachsenen Wölfe zu entkommen, die um ihn herum aufeinander losgingen. Tamani machte einen weiten Satz, packte das Junge und wirbelte herum. Mit langen Sprüngen raste er auf Alasis Höhle zu. Vor dem Höhleneingang kämpfte Alea gegen einen ganzen Trupp des Rudels der Finsternis. An ihrer Seite Neko, Alasi und Kamos.

Tamani schob sich an seinen Rudelgefährten vorbei und wollte sich gerade in die Lichthöhle zwängen, als sich ihm Makui mit gebleckten Zähnen entgegenstellte. Sie war offenbar trotz ihres Zustandes als letzte Wächterin im Eingang aufgestellt worden. Sobald sie Tamani erkannte, zog sie sich zurück und ließ ihn ein, dann postierte sie sich sofort wieder im Felsspalt. Der Graue machte einige Schritte in die Höhle hinein und das Brausen des Wasserfalles, das ihn augenblicklich umhüllte, kam ihm zum ersten Mal angenehm und beruhigend vor, verglichen mit dem ungeheuren Lärm, der in der Haupthöhle herrschte. Tamani sprang zu Neya und ließ das klagende Junge neben ihr zu Boden sinken. »Zieht euch zum Wasserfall zurück!«, wies er sie an und wollte sich gerade umdrehen, um seinen Gefährten wieder zu Hilfe zu eilen, als ihm jemand etwas zurief: »Braucht ihr da draußen unsere Hilfe?« Varu kam mit den anderen beiden Wölfen, die zu alt für den Dienst im Rudel waren, auf ihn zugelaufen. Reflexartig schüttelte Tamani den Kopf. Er wusste zwar, dass sie jeden Wolf beim Kampf gebrauchen konnten, doch sein Vater hätte mit Sicherheit etwas dagegen gehabt, das Leben der Mitglieder des Ältestenrates aufs Spiel zu setzen.

»Ich denke, es ist besser, wenn ihr hierbleibt«, sagte der Jungwolf vorsichtig. Worik warf ihm einen zornigen Blick zu, aber Varu neigte verständnisvoll den Kopf. »Gut, dann werden wir auf Ravi, Neya und die Jungen aufpassen.« Tamani zuckte dankend mit den Ohren, dann eilte er zum Höhlenausgang und schob sich an Makui vorbei zurück in die Haupthöhle. Er postierte sich neben Kamos, um ihm gegen einen weiteren Eindringling beizustehen. Er hörte, wie Rex' Stimme durch die Höhle hallte, um seinen Wölfen Befehle zu geben, doch er konnte kaum Eisrudelwölfe zwischen den Feinden entdecken. Der Kampf tobte noch immer wild, und soweit der Graue es überblicken konnte, waren sie im Begriff, die Schlacht zu verlieren. Wie viele Tote und Schwerverletzte es wohl schon gab?

Tamani machte ein paar Sätze vom Eingang der Lichthöhle weg, als er Viakim unter der Attacke von drei Wölfen zu Boden gehen sah. Innerhalb eines Herzschlages war er bei ihm und riss einen sandbraunen Angreifer von dem Omegawolf weg. Der Fremde bäumte sich auf und Tamani taumelte zurück, stolperte und fiel. Sein Gegner war sofort über ihm und drückte ihn kraftvoll zu Boden. Tamani winselte leise auf, als ihm der Feind mit dornenspitzen Zähnen ins Nackenfell biss. Verzweifelt warf sich Tamani zur Seite, zog seinen Gegner zu Boden und beim nächsten Herzschlag war er mit ihm zu einem beißenden Fellknäuel verwickelt. Der Graue spürte, wie sein Gegner immer wieder schmerzhafte Treffer landete, während er selbst nur wenige Züge richtig anbringen konnte. Er wehrte sich so gut es ging, doch die Wölf des Rudels der Finsternis waren deutlich besser ausgebildet, als es die Schattenwölfe damals gewesen waren.

Hatte er als unerfahrener Jungwolf überhaupt eine Chance gegen seinen Feind? Tamani verdrängte die Frage und konzentrierte sich voll und ganz auf den Kampf. Er warf sich nach vorne und begann, wild um sich zu schnappen und zu kratzen und alle Körperteile seines Gegners zu attackieren, die in seine Reichweite kamen. Nicht nur seine eigenen, sondern auch die Kräfte des Sandbraunen ließen schließlich nach und endlich ließ der große Wolf von ihm ab und humpelte hastig zum Höhlenausgang davon. Tamani erhob sich zitternd und sah sich um. Das Eisrudel war mittlerweile in den unteren Teil der Höhle gedrängt worden.

Aber sie konnten nicht aufgeben, denn das würde für sie alle den Tod bedeuten. Tamani war sich ganz sicher, dass das Rudel der Finsternis keinen von ihnen entkommen lassen würde. Tamani sah Viakim, der jetzt Seite an Seite mit Lakota kämpfte, und auch die Wölfe, die sich um Rex herum positioniert hatten, versuchten erbittert, die Eindringlinge zurückzuschlagen und zu vertreiben. Aris und Kora kämpften nahe der dunklen Öffnung in dem verzweifelten Versuch, die Feinde von der Alphawölfin und ihren Jungen fernzuhalten. Voller Entsetzen sah Tamani, wie sich plötzlich ein riesenhafter schwarzer Wolf an ihnen vorbeischob und sich durch den Eingang der Geburtshöhle zwängte.

25. Kapitel

Tamani kämpfte gegen das lähmende Entsetzen an, das seinen Körper erfasst hatte. Es gelang ihm, sich aus seiner Starre zu lösen, und er sprang los. Mit schnellen Schritten hastete er an Alasis Höhle und den davor kämpfenden Wölfen vorbei, wich Kora und ihrem Gegner aus, die über den Boden rollten, und erreichte schließlich schwer atmend die Geburtshöhle. Er hörte das ängstliche Quieken und hohe Jaulen der neugeborenen Jungen, dann erklang ein tiefes, bedrohliches Knurren und übertönte alle anderen Geräusche. Tamani zögerte. Die Tradition seines Rudels verbot es ausdrücklich, dass andere Rudelmitglieder die Welpen der Alphawölfin sahen, bevor sie die Jungen offiziell dem Rudel vorstellte.

Plötzlich hörte er Palas Stimme in seinem Kopf: *Wenn du noch lange wartest, brauchst du nicht mehr zu warten, bis Tara die Welpen ihrem Rudel vorstellen möchte, dann gibt es keine Welpen mehr!* Der Jungwolf zuckte beschämt mit den Ohren, dann stürzte er los, ohne einen weiteren Gedanken an die mögliche Gefahr zu verschwenden, die ihn erwartete. Dunkelheit und ein warmer, vertrauter Geruch schlugen dem Jungwolf entgegen, als er die Geburtshöhle betrat. Doch sofort überlagerte der stechende Gestank des Eindringlings seine Sinne. Und dann sah Tamani, dass der Angreifer bereits direkt vor Tara kauerte, die stählernen Muskeln angespannt zum Sprung.

Die Alphawölfin hatte sich schützend über ihre Jungen gebeugt und knurrte den Fremden wild an, was dieser mit einem tiefen Grollen erwiderte. Er würde jeden Moment angreifen! Tamani zögerte nicht länger. Mit einem Satz warf er sich nach vorne, schlug dem Gegner die Zähne in die Schulter und brachte ihn mit der Wucht des Sprunges zu Fall. Blitzschnell drehte sich der Dunkle auf dem Boden um und stieß dem Jungwolf die Pfoten in die Seite, sodass dieser gegen eine Wand der engen Höhle prallte. Ehe Tamani wieder auf die Pfoten kommen konnte, war der Eindringling bereits über ihm und schnappte nach seiner Kehle. Im letzten Augenblick konnte Tamani den Angriff abwehren, indem er sich gegen den Dunklen stemmte, doch schon beim nächsten Herzschlag winselte er auf – die Zähne des Angreifers gruben sich in seine Pfote!

Er trat mit seinen Hinterpfoten aus, traf den Bauch des feindlichen Wolfes und versuchte, ihn mit weiteren Tritten von seiner Kehle fernzuhalten. Er wusste, in welch misslicher Lage er sich nun befand. Zwar hatte er es geschafft, den Eindringling davon abzuhalten, dass dieser Tara und die Jungen angriff, doch nun steckte er selbst in der Klemme. Sein Gegner war wesentlich schwerer als er selbst und auch stärker. Der Graue spürte, wie Blut vom Bauch des Feindes auf ihn herabtropfte, während er weiter dessen weiches Fell mit hektischen Pfotentritten in Fetzen riss, doch der Dunkle verzog keine Miene. Er setzte eine seiner massigen Pfoten auf Tamanis Kehle ab und legte sein gesamtes Gewicht darauf. Verzweifelt schnappte Tamani nach Luft. Doch die Tatze des Dunklen machte es dem jungen Wolf unmöglich, zu Atem zu kommen, und langsam schwanden Tamanis Lebenskräfte. Die fehlende Luft ließ seine Bewegungen allmählich schwächer werden. Er merkte, wie ihm schwarz vor Augen wurde, und er wusste: Wenn er sich nicht bald befreien würde, würde er ersticken. Mit letzter Kraft bäumte sich der Jungwolf auf, wurde von seinem Gegner jedoch sofort wieder zu Boden gepresst. Erschöpft schloss er die Augen. Er konnte nichts mehr tun, und wenn er nun starb, würden Tara und ihre Jungen ebenfalls sterben.

Mit einem Mal verschwand das Gewicht von Tamanis Kehle. Hektisch rang Tamani nach Atem und endlich strömte wieder Luft in seine Lungen. Der Graue blickte auf und sah, dass Tara sich auf den Eindringling geworfen hatte und ihn mit wilden Bissen attackierte. Tamani rappelte sich auf. Sein gesamter Körper fühlte sich matt und vollkommen zerschlagen an. Dennoch sammelte der Jungwolf seine letzten Kraftreserven und machte einen Satz auf den Dunklen zu. Er verbiss sich im Nackenfell des Feindes, zerrte so fest wie möglich daran und schaffte es so schließlich, den Gegner gemeinsam mit der Alphawölfin in die Flucht zu schlagen. Aber Tamani zweifelte nicht daran, dass er wiederkommen würde – mit Verstärkung! Keuchend schnappte er nach Luft, während er versuchte, seine Beine dazu zu bringen, dass sie nicht vor lauter Erschöpfung unter ihm nachgaben. Auch seine Mutter atmete schnell, doch das zornige Funkeln, das in ihren Augen lag, ließ keine Anzeichen von Erschöpfung erahnen.

»Geht es den Jungen gut?«, fragte Tamani und war erleichtert, dass seine Stimme fester klang als erwartet. Tara wandte sich von ihrem Sohn ab und trat hinüber in die Ecke der Höhle, wo auf einem Moospolster die verängstigten Welpen lagen. Tamani sah zu, wie die Wölfin jedes ihrer Kleinen sorgfältig beschnüffelte und ihnen dann zur Beruhigung den Pelz leckte, bevor sie sich wieder dem jungen Wolf zuwandte: »Sie scheinen alle in Ordnung zu sein. Danke, Tamani.« Der warme Ausdruck in ihren Augen verschwand jedoch schnell und ihr Blick wurde sorgenvoll.

»Geh zurück in die Höhle und hilf dem Rudel. Wir kommen hier jetzt alleine klar.«

Der Graue senkte gehorsam den Kopf, dann drehte er sich um und verschwand durch die schmale Felsöffnung. Er schob sich zurück in die Haupthöhle. Wie würde er sein Rudel vorfinden? Tamanis Blick glitt über die Kämpfer. Wo wurde er am meisten gebraucht? Nicht weit von ihm entfernt kämpften Aris und Kora Seite an Seite, doch die beiden Jungwölfe schienen keine Hilfe zu brauchen. Nahe dem Höhleneingang kämpfte Akai mit einigen anderen Wölfen des Rudels. Dann erblickte Tamani Rex. Er kämpfte gegen den Dunkelbraungescheckten, der bei ihrem ersten Kampf den Trupp des Rudels der Finsternis angeführt hatte. Erinnerungen an die Schlacht gegen die Schattenwölfe kamen in Tamani auf. Damals hatten sie gewonnen, als der boshafte Anführer der Schattenwölfe gefallen war und sich diese Nachricht unter seinem Gefolge verbreitet hatte. Würden sie auch diese Schlacht mit dem Tod des Anführers beenden können?

Er sprang zu seinem Vater, der noch immer erbittert mit seinem Gegner rang. Als die Bewegungen beider Wölfe schließlich schwächer wurden, stürzte Tamani nach vorne. Im Sprung versenkte er seine Zähne in der Schulter des Dunkelbraunen, riss ihn durch den Schwung mit sich mit und brachte ihn so zu Fall. Sofort rappelte Tamani sich auf und wollte den Feind erneut angreifen. Doch ein tiefes Grollen stoppte ihn. Er wirbelte zu Rex herum. Die blaugrauen Augen des Alphawolfes funkelten und mit einem deutlichen Nicken befahl er dem Jüngeren, augenblicklich von seinem Vorhaben abzulassen und zu ihm zu kommen. Tamani blinzelte verwirrt.

Wollte sein Vater den Feind etwa nicht besiegen? Warum hielt er ihn von dem Angriff ab? Dennoch trat er gehorsam zu seinem Vater. Er beobachtete mit angespannten Muskeln seinen Gegner, der sich auf die Pfoten hievte. Die Augen des Fremden loderten wie zwei Feuerbälle, als er zu Rex und dessen Sohn sah. Die Muskeln spielten kraftvoll unter seinem Pelz und ein tiefes Knurren erklang, als er sich zum Sprung bereit machte. Tamani versuchte, seine Erschöpfung zu ignorieren, und konzentrierte sich auf den bevorstehenden Angriff. Er würde seinen Vater bei dem Kampf gegen den Eindringling unterstützen und sie würden den Feind besiegen!

Er bleckte die Zähne und ließ ein Grollen aus seiner Kehle ertönen. Dieser Wolf hatte befohlen, Ravi zu töten. Dieser Wolf hatte den hinterhältigen Angriff auf das Eisrudel angeführt, als diese friedlich und unwissend in ihrer Höhle geschlafen hatten. Dieser Wolf war verantwortlich für jedes Opfer, das dieser unnötige Kampf forderte. Der Jungwolf machte sich zum Sprung bereit, doch dann erstarrte er mitten in der Bewegung. Der Dunkelbraune richtete sich plötzlich zu voller Größe auf. Seine hellen Augen loderten und sprühten förmlich Funken, als er die Rute gebieterisch in die Höhe hob und mit einem lauten Jaulen verkündete: »Genug!«

Tamani schaute ihn verwirrt an und auch Rex schien irritiert. Wollte der Anführer des Rudels der Finsternis den Kampf beenden? Was war sein Plan? Unsicher zuckte Tamani zurück, als sein Gegenüber erneut jaulte: »Genug jetzt!« Um sie herum kamen die Kämpfe zum Erliegen und die Wölfe des Rudels der Finsternis begannen, sich zischend und knurrend hinter ihrem Anführer zu versammeln. Der Dunkelbraune zuckte zufrieden mit den Ohren und ein teuflisches Lächeln prangte in seinem Gesicht, als er seinen Blick über das Eisrudel gleiten ließ. Dann wandte er sich an sein eigenes Rudel: »Rückzug!«

Neben der Verwunderung machte sich Erleichterung in Tamani breit, als er sah, dass sich die Feinde tatsächlich umwandten und der Höhlenöffnung entgegentraten, um einer nach dem anderen im hellen Licht der Morgendämmerung zu verschwinden. Das Eisrudel hatte seine Höhle und die Nachkommen verteidigt. Der Dunkelbraungescheckte schien zu warten, bis sein Rudel die Höhle verlassen hatte. Er selbst stand noch immer wie versteinert vor dem Eisrudel. Dann entblößte der Anführer der Gegner nochmals seine Reißzähne und schon hallte seine Stimme unversöhnlich von den Felswänden wider: »Dies war nur ein kleiner Vorgeschmack. Bald vernichten wir euch endgültig! Ihr wisst jetzt alle, dass wir dazu imstande sind. Das Rudel der Finsternis bekommt seinen Willen. Und ihr alle habt den Tod gewählt, indem ihr nicht geflohen seid! Ich werde meinem Alphawolf von eurem mickrigen Rudel und jeder seiner Schwächen berichten und wir werden mit Verstärkung zu euch zurückkehren. Ihr bekommt eine letzte Gnadenfrist. Wir werden zurück sein, wenn der Schnee der Kältezeit geschmolzen ist.« Seine glühenden Augen flackerten hell auf, dann wirbelte er herum, verschwand mit weiten Sprüngen in der Höhlenöffnung und ließ die Wölfe des Eisrudels alleine auf dem blutigen Schlachtfeld zurück.

26. Kapitel

Im Eisrudel blieb es eine ganze Weile still, nachdem die Feinde die Höhle verlassen hatten. Nur das Brausen des Wasserfalles hallte von den Felswänden wider. Sie hatten ihre Gegner abgewehrt und ihr Heim verteidigt, aber es war klar, dass dies kein endgültiger Sieg war. Das Rudel der Finsternis hatte geschworen, zurückzukommen und sie zu vernichten. Bei diesem Gedanken lief ein eisiger Schauer über Tamanis Rücken. Der Dunkelbraune hatte davon gesprochen, dass er seinen Alphawolf über ihren Kampf und das Eisrudel informieren würde, und erst da hatte der Jungwolf das eigentliche Ausmaß ihrer Situation erfasst. Er hatte erkannt, was ihnen Graupelz eigentlich hatte mitteilen wollen. Wenn das Rudel der Finsternis so groß war, dass es eine Abordnung mit so vielen Wölfen vorschicken konnte, bevor man mit dem ganzen Rudel antrat, dann hatten sie keine Chance gegen diese Wölfe. Tamani war sich sicher: Hätte das Rudel der Finsternis in dieser Nacht tatsächlich die Absicht gehabt, sie zu vernichten, dann wären sie siegreich gewesen. Diese Schlacht war nur ein Test gewesen. Ein grausamer und blutiger Test, um alles über die Kampftechniken des Eisrudels zu erfahren. Ohne dass der Graue es wollte, flackerten Bilder aus seiner Vision vor seinen Augen auf. Sein Bruder hatte ihn vor einem Kampf warnen wollen! Doch Tamani hatte keine Zeit mehr gehabt, mit Neko oder seinem Vater über die Vision zu sprechen. Was hatte Pala mit ›Vereinigung‹ gemeint? Etwa, dass das Rudel der Finsternis durch die Wölfe aus anderen Rudeln, die zu ihnen übergelaufen waren, noch größer war, als Tamani geglaubt hatte? Sollte es bedeuten, dass das Eisrudel keine Chance gegen die Eindringlinge hatte? Oder bedeutete ›Vereinigung‹ noch etwas anderes?

Allmählich kamen die Wölfe des Eisrudels in Bewegung und sammelten sich unter leisem Getuschel vor dem Eingang zu Alasis Höhle. Nun, da der Rausch des Kampfes abflaute, spürte Tamani, wie Wellen des Schmerzes durch ihn hindurchzogen. Er spürte, wie seine Verletzungen brannten, und die Wunde an seiner Schulter machte ihm mittlerweile so große Schwierigkeiten, dass er sie kaum noch belasten konnte. Dennoch entschied er sich dagegen, ebenfalls zur Heilerin zu gehen und sich von ihr verarzten zu lassen. Er wusste, dass es genug Wölfe gab, die schwerer verwundet waren.

Er entdeckte Kora und Aris, die in der Nähe der Geburtshöhle beieinandersaßen und den Blick umherschweifen ließen. Zum Glück lebten sie und schienen nicht schwer verletzt zu sein. Tamani lief zu ihnen herüber. Noch bevor er einen Laut von sich geben konnte, ertönte hinter ihm Akais Stimme: »Gut gemacht, ihr drei!« Der Betawolf trat zu ihnen und blickte mit einem warmen und zugleich stolzen Blick auf die Jungwölfe hinab.

»Durch eure Weitsicht konnten die Geburtshöhle verteidigt und die Jungen geschützt werden. Ich war gerade eben bei Tara und sie sagte, dass es den Welpen gut gehe! Vielen Dank für eure großartige Mithilfe, ihr habt dem Eisrudel damit einen großen Dienst erwiesen.« Der Hellgraue deutete eine Verbeugung an und Tamani spürte, dass trotz der unheilvollen Drohung, die über ihnen lag, und der Schmerzen, die seinen Körper zu betäuben schienen, Stolz in ihm aufstieg. Auch Koras und Aris' Augen leuchteten, als Akai erneut zu sprechen anhob: »Geht jetzt zu Alasi und Neko und lasst eure Wunden behandeln, wir brauchen schließlich gesunde Wölfe, die das Rudel auch in nächster Zeit versorgen können.« Er nickte ihnen nochmals zu, dann wandte er sich ab und entfernte sich, um auch dem Rest seiner Wölfe zum überstandenen Kampf zu gratulieren.

Aris und Kora leisteten dem Befehl ihres Ausbilders Folge, und so lief auch Tamani ihnen nach, hinab zum Eingang der Lichthöhle. Während sie auf ihr Ziel zuhielten, sah der Graue, wie ein kleiner Trupp von drei Wölfen, der von Alea angeführt wurde, auf den Höhlenausgang zusteuerte. Er sah ihnen nach, wie sie im hellen Morgenlicht verschwanden. Vermutlich sollte dieser Trupp den Spuren der Eindringlinge folgen und überprüfen, ob das Rudel der Finsternis auch tatsächlich ihr Revier verlassen hatte. Der junge Wolf blinzelte nachdenklich, während er sich fragte, ob er sich nicht ebenfalls hätte für eine solche Aufgabe anbieten sollen. Doch Akai hatte recht, das Eisrudel brauchte Beute, und wenn sich Tamani dem nächsten Jagdtrupp anschloss, der die Höhle verließ, so wäre seinem Rudel ebenso gut gedient.

Er ließ seinen Blick durch die Höhle schweifen. Überall lagen Fellfetzen und es stank ekelhaft nach den Eindringlingen. Auf dem Steinboden waren Blutlachen zu sehen, sie sorgten dafür, dass die Höhle im Zwielicht unheimlich und beinahe bedrohlich wirkte. Tamani konnte einige reglose Gestalten entdecken. Grauen packte ihn, als er realisierte, dass es sich dabei um Tote handeln musste. Er sandte ein stummes Gebet zum Rudel der ewigen Jagd, dass es keine Wölfe des Eisrudels waren.

Tamani reihte sich nun hinter Kora und Aris ein und beobachtete Neko, der sich um die Wunden der Wölfe kümmerte und einen nach dem anderen entließ, damit sie sich zum Versammlungsort begeben konnten, wo bereits der Alphawolf wartete. Neko arbeitete zügig und dennoch gewissenhaft, und niemand beschwerte sich. Der junge Heiler schien nun, da er seine Treue auch im Kampf bewiesen hatte, endlich von allen im Rudel akzeptiert zu werden. Alasi war nicht zu sehen, vermutlich kümmerte sie sich um Neya und Tara und die Welpen. Als Tamani schließlich an der Reihe war, mit Kräutern versorgt zu werden, untersuchte Neko ihn schnell und gekonnt. »Die schlimmste deiner Wunden ist die an deiner Schulter. Ich werde eine Salbe auftragen, um den Rest kannst du dich selbst kümmern. Lecke die Verletzungen einfach sauber, und wenn sich doch etwas entzündet, dann komm zu Alasi und mir.« Seine grünen Augen leuchteten zufrieden, während er für seinen Freund die Salbe aus Blättern zubereitete und dann mit den Pfoten auf seiner Bisswunde an der Schulter verteilte. Seine Selbstzweifel schienen verschwunden zu sein und Tamani merkte wieder einmal, wie sehr den Schwarzen seine Aufgabe im Rudel erfüllte. Nach der Behandlung entließ ihn der zukünftige Heiler, doch bevor er sich seinem nächsten Patienten zuwenden konnte, flüsterte ihm Tamani zu:

»Neko, ich muss mit dir reden. Es geht um eine Vision. Pala hat mich vor dem Angriff des Rudels der Finsternis gewarnt! Er hat von einer Vereinigung gesprochen und von einer Verbindung aus Blut und Eis. Was bedeutet das alles?«

Neko sah ihn einen Herzschlag lang nachdenklich an, dann nickte er. »Gut, wir sprechen so bald wie möglich. Aber jetzt müssen erst die Verletzten versorgt werden.« Er wandte sich von Tamani ab und dem nächsten Rudelmitglied zu. Der Graue murmelte einen Dank, dann begab er sich hinüber zum Versammlungsplatz, an dem sich inzwischen die meisten Wölfe um ihren Anführer geschart hatten. Rex schien bereits begonnen zu haben, die Trupps einzuteilen. Die Energielosigkeit, die Tamani noch vor Kurzem verspürt hatte, war wie weggeblasen und Freude begann sich in seinem Körper auszubreiten. Sie hatten den Angriff abgewehrt und Neko würde ihm helfen, die Vision zu deuten. Tamani war bereit, die anstehenden Aufgaben zu erledigen, und voller Tatendrang, etwas Nützliches für sein Geburtsrudel zu tun. Er wusste, dass sich das Eisrudel erholen würde, und er selbst hatte vor, mit Feuereifer daran zu arbeiten, die Gemeinschaft zu stärken.

27. Kapitel

Tamani schreckte aus seinem Schlaf auf und blickte sich erschrocken um. Seit der Schlacht mit dem Rudel der Finsternis waren einige Tage vergangen, in denen es keine Anzeichen für ihre Anwesenheit gegeben hatte. Doch noch immer erwachte er bei jedem ungewohnten Geräusch mit klopfendem Herzen. Nun lag jedoch Dunkelheit über der Höhle des Eisrudels und einzig das Geräusch schlafender Wölfe war zu hören. Die Stille der eisigen Nacht wurde nur von dem entfernten Brausen des Wasserfalles gestört. Beruhigt legte der Graue den Kopf wieder auf die Pfoten und atmete die Höhlenluft tief ein. Er hatte sich mit Neko über seine Vision beraten, doch auch gemeinsam waren sie nicht zu neuen Erkenntnissen gelangt. Der zukünftige Heiler hatte ihm nur geraten, weiter darüber nachzudenken und auf ein erneutes Zeichen von Pala zu warten.

Tamani hatte sich gerade dazu entschieden weiterzuschlafen, als etwas in sein Sichtfeld drang. Eine Gestalt schob sich durch den Eingang ins Innere des großen Raumes und erhellte die schlafenden Silhouetten mit einem strahlenden Leuchten.

»Pala?«, flüsterte Tamani. »Schickst du mir eine neue Botschaft? Ich habe die letzte nicht verstanden.«

»Steh auf, Tamani«, erwiderte sein Bruder. Tamani öffnete das

Maul, um weiterzureden, doch Pala schnitt ihm das Wort ab: »Keine Fragen, sonst weckst du noch jemanden. Folge mir einfach!« Das Leuchten, das ihn umgab, entfernte sich und Tamani sprang auf und folgte ihm still. Pala führte ihn durch die sternenklare Nacht. Der Schnee, der während der letzten Tage gefallen war, dämpfte die Schritte der beiden jungen Wölfe, als sie einen schmalen Pfad entlangliefen, der sich hinab ins Tal wand.

»Warte kurz!« Eine Frage musste Tamani seinem Bruder stellen. Zu seiner Erleichterung blieb Pala tatsächlich stehen und sah sich zu ihm um.

»Neko hat mich gefragt, wer mein Sternendeuter ist. Bist du mein Sternendeuter?«

Ein Lächeln erschien auf Palas hellem Gesicht. Stumm nickte er und wandte sich dann wieder nach vorne, um seinen Weg fortzusetzen. Der Graue blieb dicht bei seinem Führer, doch die Unsicherheit, die er verspürte, wurde größer, als sie den Wald erreichten und ihren Weg im Schatten der Bäume fortsetzten. »Pala, wohin führst du mich? Willst du mir nicht lieber erklären, was du mir sagen wolltest?«

»Jemand muss dir etwas zeigen«, erklärte der Weiße und sein Tonfall machte deutlich, dass er nicht mehr verraten würde.

Am Rand einer kleinen Lichtung blieb Pala schließlich stehen. Das Licht des Sternenhimmels leuchtete auf die offene Fläche herab und ließ einen kleinen Felsen silbrig strahlen. Dies war der Treffpunkt von Shira und Tamani! Tamani spürte, wie ihm die Sorge, die er seit der Abwesenheit von Shira stets verspürte, einen Stich versetzte. Warum hatte ihn sein Bruder hierhergeführt? Pala wandte sich zu ihm um und legte ihm die Nase an die Stirn. Dann trat er zurück und verschwand still zwischen den Bäumen des Waldes. Tamani blickte ihm nach und erstarrte: Eine silberweiße Gestalt trat zwischen den Bäumen hervor.

»Shira!«, hauchte der Jungwolf. Er löste sich aus seiner Starre, sprang zu seiner Gefährtin hinüber und presste sich ungestüm an sie. »Shira, du lebst! Wo bist du gewesen? Ich habe mir solche Sorgen gemacht!«, bestürmte er sie, während ihn eine Welle von Gefühlen überflutete.

Shira lächelte sanft. »Du wirst es gleich verstehen«, murmelte sie und rieb ihre Schnauze liebevoll an der Wange des Grauen, bevor sie sich von ihm abwandte und zur Grenze lief. »Ich möchte dir jemanden vorstellen.« Der Graue erstarrte vor Angst, als die Wölfin etwas in die Schatten des Waldes rief. Hatte sie jemandem von ihren Treffen erzählt? Verwirrt betrachtete Tamani die sich auseinanderschiebenden Farnwedel. Dann weiteten sich seine Augen voller Überraschung. Drei winzige Welpen kamen auf die Lichtung getapst und blieben schließlich unmittelbar hinter Shira stehen. Die Hellgrau-Weiße drehte sich wieder zu Tamani um. Ihre smaragdgrünen Augen leuchteten hell vor Freude und Stolz, als sie sagte: »Tamani, das sind unsere Jungen.«

Epilog

Tamani stand hoch oben auf dem Gebirgshang. Wind zerrte an seinem Fell und nahm ihm fast den Atem. Er befand sich an jener Stelle, von der aus man das gesamte Revier des Eisrudels überblicken konnte. Ihm gegenüber ragte das mächtige Eisgebirge in die Höhe und unter ihm wogte das Gras der Ebene im Wind.

Tamani löste den Blick von seiner Heimat und blickte auf zum Nachthimmel. Eine riesige dunkle Sturmwolke schob sich auf ihn zu und verschluckte auf ihrem Weg einen Stern nach dem anderen. Der Jungwolf schauderte beim Anblick dieses Naturschauspieles. Irgendetwas an dem, was die tiefschwarze Wolke ausstrahlte, fühlte sich für ihn grausam vertraut an.

»Rudel der ewigen Jagd«, flüsterte Tamani, gar nicht erst bemüht, das Brausen des Windes zu übertönen. »Möchtest du mir etwas zeigen?« Einzelne vom Mond beschienene Wolken waren aufgetaucht und drohten, von der wütenden Sturmwolke verschluckt zu werden. Tamani stockte der Atem, als sich die Bewegungen der Wolken mit einem Mal veränderten.

Es schien, als zöge eine unsichtbare Macht die hellen Wolken zueinander, bis sie schließlich verschmolzen und als ein großes, weißes Gebilde die Sterne über ihm verschleierten. Wie ein Blitz zuckte Erkenntnis durch Tamani, als er den Sinn dieser Vision verstand. Diese Wolken, das waren sie, die vielen Rudel am großen Fjord, und die Sturmwolke, die stätig näher kam, stellte das Rudel der Finsternis dar. Die Rudel hatten sich verbunden, um gemeinsam dem Feind entgegenzutreten. Das war der Beweis! Das Rudel der ewigen Jagd hatte ihm mit diesem Bild ein Zeichen geschickt:

Die Rudel am Fjord sollten sich vereinigen! Shiras und seine Jungen, sie waren die Verbindung aus Blut und Eis und sie sollten ihnen den richtigen Weg weisen! Einen Weg, den das Bündnis am großen Fjord vereint gehen musste, damit es wie Wölfe eines einzigen Rudels gegen seine Feinde antreten konnte, um sie zu bezwingen. Sein Pelz stellte sich auf, als Tamani bewusst wurde, wer die Aufgabe hatte, diese Vereinigung einzuleiten: *der Wolf, der einst die Schatten besiegt hatte*. Er selbst! Fast wäre der Jungwolf instinktiv zurückgewichen bei dem Gedanken an eine solch große Verantwortung, doch da spürte er, wie sich ein Pelz an den seinen drückte. Palas Geruch hüllte ihn ein und mit einem Mal drängte grimmiger Mut die Angst zurück. Mit der Kraft seiner Vorfahren würde er die Rudel am großen Fjord vereinen. Gemeinsam würden sie gegen das Rudel der Finsternis antreten, um ihre Heimat zu schützen. Ein Lächeln trat auf sein Gesicht. Denn diesmal würde er nicht nur für sein Rudel kämpfen, sondern auch für seine eigene kleine Familie. Seine Jungen würden in einer friedlichen Welt aufwachsen, dafür würde er sorgen!

ENDE

Charly Art

Charly Art wurde 2003 in Oberbayern geboren. Er verließ das Gymnasium nach der 10. Klasse mit dem Abschluss der mittleren Reife und bereitet sich nun extern auf das Abitur vor.

Seit der ersten Klasse liest er gerne Bücher. Schon in der 2. Klasse fing er – nach der Lesung einer Autorin an der Schule – selbst an, Geschichten zu schreiben.

Auf einer Klassenfahrt in der 6. Klasse kam ihm in den Dünen von Sylt, die Idee zu einem Buch über Wölfe. Zu Hause begann er, diese Geschichte von Hand aufzuschreiben. Es dauerte zwei Jahre, bis er damit fertig war. Danach tippte er seinen Roman ein weiteres Jahr lang ab, um ihn bei einem Verlag einreichen zu können.

Als Charly 16 Jahre alt war, erschien sein erstes Buch, der Tierfantasy-Roman »Moonlight Wolves – Das Geheimnis der Schattenwölfe« beim Kosmos Verlag.

Seine Freizeit verbringt er gerne mit seinen Hunden in der Natur. Außerdem geht er gerne klettern, bouldern und mag Parcours. Auch künstlerische Tätigkeiten, wie malen, singen und tanzen, findet er toll. Charly liest gerne Bücher verschiedener Genres – von Antonia Michaelis bis Paulo Coelho aber auch Comics. Sein Lieblingsbuch ist »Jenseits der Finsterbachbrücke«. Er hört auch gerne Hörbücher oder Hörspiele, wie die »Die Drei ???«.